Um verão off_line

BETH REEKLES

Um verão off_line

TRADUZIDO POR
FLÁVIA SOUTO MAIOR

LIVROS DA ALICE

Título original: *The Summer Switch-Off*

Copyright © 2023 by Beth Reekles.

Direitos de edição da obra em língua portuguesa no Brasil adquiridos pela Livros da Alice, selo da EDITORA NOVA FRONTEIRA PARTICIPAÇÕES S.A. Todos os direitos reservados. Nenhuma parte desta obra pode ser apropriada e estocada em sistema de banco de dados ou processo similar, em qualquer forma ou meio, seja eletrônico, de fotocópia, gravação etc., sem a permissão do detentor do copirraite.

EDITORA NOVA FRONTEIRA PARTICIPAÇÕES S.A.
Av. Rio Branco, 115 — Salas 1201 a 1205 — Centro — 20040-004
Rio de Janeiro - RJ - Brasil
Tel.: (21) 3882-8200

DADOS INTERNACIONAIS DE CATALOGAÇÃO NA PUBLICAÇÃO (CIP)

R327v Reekles, Beth

Um verão offline/ Beth Reekles; traduzido por Flávia Souto Maior. – 1. ed. – Rio de Janeiro: Livros da Alice, 2025.
336 p.; 15,5 x 23 cm

Título original: *The Summer Switch-Off*

ISBN: 978-65-85659-17-8

1. Literatura infantojuvenil – Reino Unido. I. Maior, Souto. II. Título.

CDD: 820.83
CDU: 82-93(410)

André Felipe de Moraes Queiroz – Bibliotecário – CRB-4/2242

CONHEÇA OUTROS LIVROS DA EDITORA

Para a turma de física: Amy, Katie, Harrison, Jack e Emily. Seus bobos, vocês mudaram minha vida para melhor. Continuem a brilhar.

RESERVE AGORA!

Resort de luxo com tudo incluso que vai reconectar você com a vida real!

Esqueça os incômodos e o estresse do mundo lá fora e viva totalmente no presente no cobiçado refúgio espanhol Casa Dorada. Você vai se sentir relaxado e renovado assim que pisar neste resort luxuoso e sofisticado na costa de Maiorca. Ao chegar ao recém-reformado hotel, você vai trocar seu celular — e suas preocupações — por uma taça de espumante e a chave de uma suíte.

As acomodações são decoradas com tecidos naturais e obras de arte da cidade, que dão um toque de cor para o ambiente. De sua janela, aproveite a vista de nossos premiados jardins ou da esplêndida praia. Além disso, pode ficar tranquilo — nossa equipe sempre estará à disposição para atender suas necessidades.

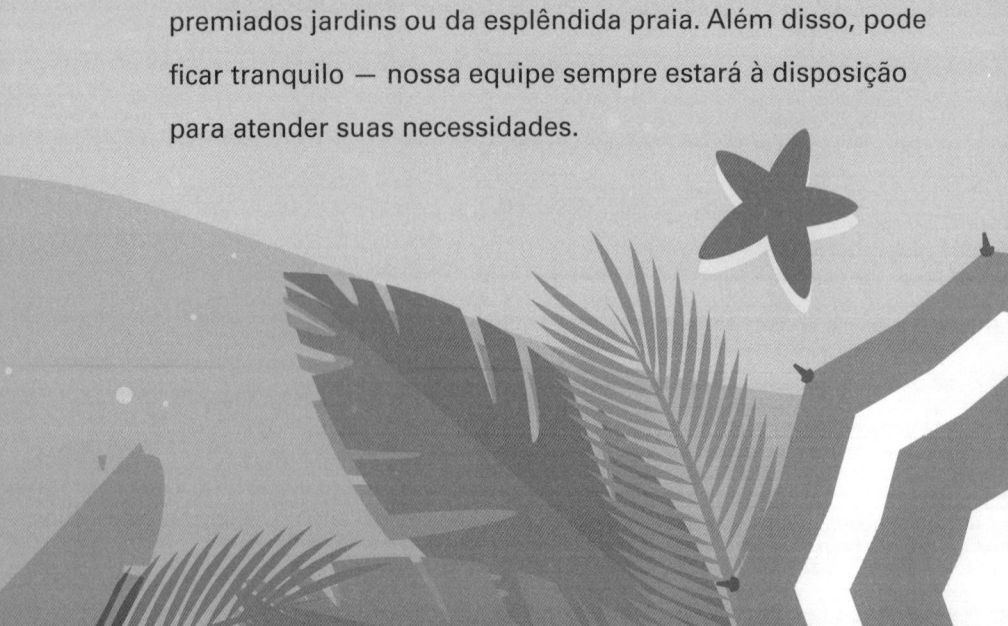

Ideal para quem viaja sozinho ou para grupos que desejam se reconectar com o mundo off-line, Casa Dorada é a escolha perfeita para as férias de verão. Aqui, podemos auxiliar você a fazer um detox, para que se desconecte da agitação da rotina. Para casais que procuram uma experiência privativa, estamos aceitando reservas antecipadas para o próximo ano em nossas *villas* de luxo na praia reservada do Casa Dorada.

Com uma ampla oferta de atividades, há diversão para todos: de caminhadas pela orla no início da manhã, noites de microfone aberto regadas a bebidas, polo aquático e passeios pela região com nossos guias, que ficarão felizes em responder suas perguntas… ou preparar mais um drinque!

Reserve agora para não ficar de fora!

CAPÍTULO UM
LUNA

— Não — digo, deslizando o papel pelo balcão. — Veja só. Eu paguei para despachar a bagagem. Está bem aqui.

— Sinto muito, senhorita. Não está no nosso sistema.

Engulo em seco. Que tipo de companhia aérea sem-vergonha é essa? *Completamente* sem-vergonha, já que estão tentando me cobrar de novo pela bagagem despachada.

Minhas mãos estão suando. Odeio esse tipo de coisa. Odeio *discutir* por esse tipo de coisa. Em geral, evito confrontos a todo custo, mas eu *não vou* pagar. Liam teria lidado tão bem com isso; ele era ótimo em situações como essa — ainda mais porque sabia que eu era péssima.

Sinto uma pontada no peito só de pensar nele, e tento reprimir esse sentimento. Tenho a semana toda pela frente para pensar nisso. No momento, preciso lidar com o fato de que uma funcionária quer me cobrar 58 libras por uma bagagem pela qual já paguei 23 libras para despachar.

Ela está sorrindo como se quisesse me colocar sobre a esteira transportadora para se livrar de mim, esperando eu ceder e pagar o valor.

Vamos, Luna, você consegue. Você tem quase vinte anos. Já é adulta, e adultos sabem como lidar com essas burocracias.

Respiro fundo e aponto para o papel sobre o balcão. Estou feliz por minha mãe ter insistido que eu imprimisse tudo "só por garantia".

— Mas eu já paguei. Olha, está... está bem aqui. É um comprovante de pagamento. É o que consta no papel.

A mulher contém um suspiro, mas abre um sorriso grande e forçado.

— Vou chamar a gerente e nós vamos resolver isso.

— Obrigada — digo, mas ainda não me permito sentir alívio.

Internamente, já estou rascunhando um e-mail de reclamação exigindo um reembolso, caso isso tudo dê errado.

(Lidar com conflitos é algo muito mais fácil do outro lado de uma tela, afinal.)

Aguardo ansiosa, irritada e bastante chorosa até ter a mesma discussão com a gerente da mulher, que verifica o sistema e insiste que preciso pagar a tarifa. Tento não perder a cabeça ao deslizar meu e-mail com a confirmação de bagagem despachada impresso na direção dela. Dá para ouvir outras pessoas reclamando na fila atrás de mim porque estou causando problemas e demorando muito.

Não se preocupem, quero gritar para eles. *O avião não vai sair sem vocês.*

Mesmo sabendo que eu estaria fazendo exatamente a mesma coisa no lugar deles.

E mesmo que eu também esteja preocupada com a possibilidade do avião sair *sem mim* a esta altura.

Por fim, a gerente reconhece que eu, de fato, paguei a tarifa e aceita a bagagem. O cartão de embarque é entregue com um sorriso.

— Sinto muito pelo inconveniente. Deve ser porque você reservou por um terceiro. Tenha um bom voo, senhorita.

— Obrigada — resmungo, torcendo para não ter o mesmo problema no hotel.

Talvez ter reservado esta viagem depois de tomar alguns drinques não tenha sido uma boa ideia.

Mas a questão é que *muita* coisa entrou na lista "Luna perdeu completamente a cabeça" nos últimos tempos — e viajar sozinha para a Espanha nem é a mais drástica delas.

Eu me viro, examinando meu cartão de embarque e verificando o número do meu assento pela bilionésima vez. Estou tão concentrada nisso que esbarro com alguém que está tentando chegar ao balcão para fazer o check-in.

— Ai!

— Desculpa, desculpa! Sinto muito — falo, e a garota começa a se desculpar também. — A culpa foi minha.

Ela ajeita os óculos escuros, colocados de maneira astuciosa no alto da cabeça, onde seu cabelo loiro está amarrado em um coque bagunçado.

— Imagina, querida.

Ela parece tranquilíssima, segurando uma carteira de viagem azul-clara entre os dedos com as unhas longas pintadas de lilás, e um sorrisinho descolado no rosto. Está usando uma blusa de alcinha branca por dentro de um short de linho cinza, um cardigã longo, quase transparente, com franjas até os joelhos. O visual se completa com um volumoso colar turquesa e sandálias plataforma de cortiça altíssimas com tiras de camurça marrons, combinando com a bolsa de couro marrom pendurada na dobra de seu cotovelo.

Por um instante, só consigo pensar: *essa garota é tão instagramável*. Apesar de parecer ter mais ou menos a minha idade, eu me pergunto por meio segundo se ela não seria alguma influenciadora famosa, porque meu pensamento seguinte é: *quem se veste assim para viajar? Ela vai ter que tirar essas sandálias para passar pela segurança, e aposto que esse colar faz o dispositivo apitar. E como ela consegue colocar toda a bagagem de mão naquela bolsinha? Parece estar quase vazia.*

Quando saio do caminho para ela poder chegar com a pequena mala de rodinhas ao balcão de check-in, dou mais uma olhada em como ela parece glamorosa. Ela entrou no fim da fila e está segurando a carteira de viagem entre os dentes, bolsa no chão, enquanto faz um vídeo dela mesma balançando o passaporte.

Sinto-me uma desleixada com minha mochila grande, minha legging de sempre, camiseta, Vans e um moletom fininho. Sempre nos vestíamos de maneira confortável para as férias de família e esse é um costume que pelo jeito não vou abandonar tão cedo.

Viajar sozinha já é estressante o suficiente sem incluir novos hábitos desnecessários.

Bem, coitada da Garota Instagram, penso, ajeitando a mochila nos ombros e seguindo na direção da escada rolante para passar pela segurança. *Vai sentir frio nas pernas quando estiver no avião.*

Demoro uma eternidade para passar pela segurança. Eu me lembro de, em meu momento de loucura (ou melhor, de bebedeira), ficar tentada a comprar o passe livre para a segurança. Naquele dia mudei de ideia, mas parada na fila, na frente de um homem de terno falando alto no celular e atrás de uma família com uma criança pequena gritando e um garotinho que não para de correr sob as divisórias, eu me arrependo.

A fila rasteja. Pego o celular, saio do aplicativo com o cartão de embarque, agora que não preciso mais dele, e dou uma olhada nas redes sociais. Quase nada no Twitter chama minha atenção, e meus fones de ouvido estão no fundo da mochila, então ficar vendo vídeos no TikTok não é uma opção. Recebi um e-mail inútil promovendo uma marca de maquiagem, que deleto, e quando estou prestes a olhar o Instagram, meu celular vibra.

Liam.

Por um segundo, meu coração para. Em seguida, os batimentos disparam, me deixando com o estômago embrulhado.

> Vi no Insta que você vai viajar.
> Espero que se divirta. Bjs.

Fico olhando para a mensagem por um tempo — o bastante para o Cara Barulhento que está atrás de mim dar um tapinha em meu ombro.

— Com licença, a fila andou — diz ele.

Dou um passo à frente e, antes que consiga decidir se devo responder ou não, chega outra mensagem.

> Roger trouxe minhas coisas. Eu teria ido buscar se tivesse me dado conta de que você se mudaria antes. Mas obrigado.

Três pontinhos reaparecem, o que significa que ele está digitando. Mas desaparecem.
Então aparecem de novo.

> Estou com saudade.

O homem atrás de mim pigarreia alto, incisivo o bastante para eu me virar e o ver apontar com a cabeça para a minha frente de um jeito irritado, então percorro o espaço que se abriu na fila.

O que eu deveria fazer a respeito daquilo, afinal? O que eu deveria fazer com um "Estou com saudade"?

Ainda mais quando eu havia passado as últimas semanas arrependida porque tinha percebido que sentia saudade dele também...

Eu soube que Liam era o Cara Ideal no instante em que o conheci. Um amigo nos apresentou alguns anos atrás. Ele estudava em outra escola, mas passávamos quase todo nosso tempo juntos desde os 15 anos. Fiquei muito animada quando entramos na Universidade de Newcastle, assim eu não teria que me preocupar com o que o estresse de um relacionamento a distância poderia fazer com a gente. Achei que as coisas só melhorariam para nós.

Em geral, eu era mais sensata e não acreditava em coisas como amor à primeira vista, mas Liam preenchia todos os meus requisitos. Ele era inteligente, engraçado, popular entre nossos amigos e até entre os professores — e ele era próximo da família. Isso era o que eu mais gostava nele.

Seu jeito descontraído não combinava muito com minha compulsão por estar no controle de tudo, mas nos dávamos bem; equilibrávamos um ao outro. Ele era alto, e eu era baixinha; ele era magro, e eu curvilínea, ele falava com franqueza, eu era reservada e atenciosa. Ele me tirava de minha zona de conforto e me ajudava a ter uma vida social agitada, quando, se não fosse por isso, eu teria escolhido ficar em casa.

E ele me amava.

Sempre foi tão fácil imaginar o futuro com Liam: nós nos formaríamos ao mesmo tempo, encontraríamos empregos perto um do outro, alugaríamos um apartamento e juntaríamos dinheiro para comprar uma casa. Estaríamos incluídos no seguro do carro um do outro, compartilharíamos uma conta da Netflix, discutiríamos sobre como se chamaria o gato que ambos queríamos. Ele ria quando eu dizia coisas como: "Quero me casar quando estiver com 25 anos e ter filhos aos trinta." Mas então ele me beijava e dizia que era bom saber — ele se lembraria disso, anotaria na agenda para não se esquecer de sair para comprar a aliança com tempo de sobra.

Nós iríamos dividir o mesmo alojamento no próximo ano na universidade; seria uma boa prática para quando morássemos juntos, só nós dois.

Era para ele ser o meu "felizes para sempre."

Não tive notícias de Liam desde que terminei com ele, algumas semanas atrás.

Como fui eu que terminei as coisas, acho que não tenho muito direito de desejar que ele tivesse entrado em contato, mas ainda dói passar de ter meu mundo todo repleto dele para — de repente, nada.

Bem, não *exatamente* nada, porque toda vez que eu abria um story do Instagram de algum de nossos amigos, *bam*, lá estava ele. Saindo com todo mundo. Se divertindo com todo mundo. Não estava em casa, de coração partido, com todo o futuro em frangalhos, como eu estava — até porque ninguém tinha me convidado para sair, então não tive opção.

Fui eu que pedi para nosso amigo em comum, Roger, ir pegar as coisas que ele tinha deixado no meu quarto. Eu era covarde demais para encarar Liam, porque sabia que, se o visse, acabaria chorando e implorando para ele voltar comigo. O que eu já teria feito se ele não estivesse saindo com todos os nossos amigos e agindo como se tudo estivesse perfeitamente bem. Como se os últimos quatro anos não tivessem significado... nada.

Até aquela mensagem, eu não sabia que ele sentia saudade de mim.

Enfio o celular no bolso; posso garantir que, se houvesse uma chance, ainda que bem pequena, me arrastaria de volta para ele e tentaria reconquistá-lo — mesmo tendo me esforçado muito só para *mantê-lo por perto* durante todo o ano passado. Eu me lembro do mural dos sonhos que joguei no lixo, das páginas que arranquei de meu diário em meio a lágrimas, embriagada, da noite em que reservei essa viagem. Penso em todo o tempo que perdi com ele, e no tempo que estou prestes a perder tentando superá-lo.

Um nó se forma em minha garganta, mas eu o engulo.

A *última* coisa de que preciso é me debulhar em lágrimas no aeroporto, pelo amor de Deus. Dá até para ouvir meu irmão no fundo da mente, me provocando por ser tão emotiva.

(Embora ele tenha ficado bem desolado quando lhe contei sobre o término. Ele gostava muito de Liam.)

Respirei fundo e endireitei os ombros.

Recomponha-se, Luna.

Tiro o celular do bolso. A mensagem de Liam ainda está na tela.

Tem sido uma tortura passar de vê-lo todos os dias a nem ao menos mandar um vídeo que acho que ele ia curtir. Acho que nunca me senti tão sozinha.

Depois que ambos seguirmos em frente, acho que não há motivos para não sermos amigos. Eu gostaria de ser amiga dele. Não é isso que adultos fazem? Nós *somos* adultos agora, afinal. E se pudermos ser amigos, todo mundo vai continuar sendo meu amigo também.

— Senhorita?

Ergo os olhos, dedos pairando sobre a tela, pronta para digitar que sinto saudade dele também. Mas em vez disso vou até as bandejas vazias e a esteira de segurança.

— Por favor, coloque todos os itens eletrônicos em uma bandeja separada. Qualquer líquido...

Eu me distraio, mas sigo as instruções, colocando meu celular na bandeja ao lado de meu iPad e Kindle.

Depois que passei pelos detectores de metal e peguei a bandeja para começar a colocar tudo de volta na mochila, a tela de meu celular acende com uma chamada de Liam. Sinto meu coração parar.

Será que ele acha que eu segui em frente por estar viajando sozinha e quer consertar as coisas antes de eu partir? Ou será que só encontrou um dos meus livros enquanto encaixotava as coisas de seu quarto e quer saber o que fazer com ele? Não — ele sente a minha falta, ele ainda me ama, isso é tudo um erro terrível, uma grande confusão e...

Encaro a tela por um segundo, mal conseguindo respirar, esperançosa, mas logo estou sendo empurrada por outras pessoas que passaram pelo raio X da segurança, e quando vou pegar minhas coisas na bandeja, sem querer recuso a ligação.

Faço uma careta, mas... talvez seja melhor assim. Eu terminei com ele por um motivo, não terminei? E essa viagem é para ser uma chance de ter um pouco de espaço e superá-lo. Ou, pelo menos, me impedir de voltar correndo para ele.

Saindo do caminho, seguro o celular e o coloco no mudo.

Desculpe, Liam. Mas esta semana é só para mim.

CAPÍTULO DOIS
RORY

Minhas irmãs são boas demais comigo, penso, passando direto pelas pessoas na fila gigantesca para a segurança. Usei o passe livre que minha irmã mais velha, Hannah, comprou para mim sem nem pensar duas vezes.

— Não precisa disso — insisti, vendo-a clicar na opção de compra quando reservou minha viagem. Se eu roesse as unhas, elas estariam curtíssimas a esta altura.

Eu deveria tê-las impedido, pensei por algum tempo. *Não deveria ter deixado que elas comprassem o passe livre. Eu deveria crescer de uma vez e assumir a responsabilidade por minha vidinha patética.*

Mas eu apenas deixei que fizessem tudo. Até comentei sobre o resort e peguei um código de desconto em um anúncio que tinha visto no Instagram. Estava empolgada demais com a ideia de fugir de todos os meus problemas por uma semana no paraíso.

(Não *muito* empolgada por ter que abrir mão das redes sociais por uma semana, mas...)

— Ah, por favor — repreendeu minha outra irmã mais velha, Nic. — Isso vai te dar mais tempo de andar pelas lojinhas ou tomar um café.

— Vocês sabem que eu não tenho dinheiro nem para tomar um café, muito menos para gastar com compras, né? — retruquei.

Mas agora minha carteira de viagem estava recheada de euros que meus pais me deram de presente. Foi por pura pena que me deram o dinheiro, mas acho que eles preferem a ideia de eu viajar para pegar um pouco de sol a ficar deprimida no meu quarto de infância, mais reclusa do que já estava.

Tudo isso me faz parecer mimada e desagradável, e eu sei que deveria me sentir superculpada, mas simplesmente não me sinto.

Estou prestes a passar uma semana no sol da Espanha, em um resort de luxo à beira da praia, tomando mojitos e degustando tapas, sem nenhuma responsabilidade além de estar descansando, e me sinto ótima em relação a isso. Afinal, quem não se sentiria?

Sem contar que é a oportunidade perfeita para fugir do desastre iminente do resultado do vestibular assim que o verão acabar. Posso enterrar a cabeça na areia (talvez literalmente; isso ainda será determinado) em vez de lidar com a realidade.

Algum tempo atrás, saí para almoçar com minhas irmãs em um fim de semana e deixei que elas pagassem a conta, pois não tinha condições com os bicos que venho fazendo. Além disso, dava para ver que aquilo era uma ideia de nossos pais — uma "intervenção suave".

— Você parece tão deprimida nos últimos tempos — comentou Nic, fazendo biquinho.

— Eu? — perguntei, bufando. — Estou bem. — É você que acabou de ter um filho e, tipo, nunca dorme. E Hannah, você foi promovida no trabalho e seu expediente agora é de doze horas por dia...

— Aurora — interrompeu Hannah.

Senti o sangue se esvair de meu rosto. Não conseguia me lembrar da última vez que alguma de minhas irmãs tinha usado meu nome inteiro assim.

— Estamos falando sério — continuou ela. — Estamos preocupadas com você.

— Talvez você devesse voltar ao médico — sugeriu Nic, com gentileza.

E, como eu não conseguia encarar a ideia de seguir por *aquele* caminho e ter *aquela* conversa de novo, falei:

— Não estou deprimida. Só estou... nervosa por começar a faculdade. É só isso. Sair de casa, fazer novos amigos, tentar não queimar o macarrão... A mamãe contou para vocês? Cheguei até a estragar a panela. Não sei como uma pessoa consegue queimar *macarrão*. Essa deveria ser uma refeição à prova de erros, aliada dos estudantes.

Ou fiz um trabalho bom o bastante para convencê-las ou elas sentiram pena de mim, mas decidiram que me faria *muito bem* sair em uma viagem. E um detox digital também — porque, pelo jeito, eu passava tempo demais no celular. O que é ridículo, mas não deixa de ser verdade. E é uma viagem completamente paga por elas, porque eu tenho menos de cinquenta libras no banco.

Posso não ter tocado em nenhum livro da lista de leitura para meu novo curso, mas com certeza já estou no clima de estudante falida.

Passo depressa pela segurança fingindo costume e vago pelo *free shop*, experimentando amostras de perfume como se estivesse de fato considerando comprar algum deles. Aceito um chocolate grátis e converso com a atendente da loja, dizendo que tenho que pensar e que talvez volte mais tarde, mesmo não tendo intenção nenhuma de fazer isso.

Tenho meia hora até anunciarem o portão de embarque, então vou até a cafeteria Costa e compro (com meu próprio dinheiro desta vez) um *chai latte* com chantili e uma pitada de canela por cima. Parece — e tem um cheiro — divino. Com a bebida em mãos, fico em pé por alguns minutos, dando uma olhada ao redor, até ver um casal saindo de uma mesa. Vou até lá.

Quando coloco meu copo na mesa, alguém ao lado bufa.

Rá, venci, penso, vendo um homem revirar os olhos e se virar com a bandeja.

Vasculho a bolsa, tirando meu caderno e algumas canetas. Pego as canetinhas azul e verde e minha esferográfica preferida. Isso vai servir.

Vou viajar por uma semana, fazer um detox digital com tudo incluso para parar de achar que minha vida é trágica (porque, *na verdade*, não é) e refletir sobre o que fazer quando o verão acabar — e traçar um plano.

Nunca fui muito boa em planejar, mas talvez esta seja a semana em que isso finalmente aconteça.

Talvez a inspiração surja!

Talvez, quando voltar, eu descubra que minha conta do TikTok viralizou e estou recebendo propostas para trabalhar com várias marcas. Talvez eu tenha vendido alguma coisa na minha lojinha on-line, depois de meses sem clientes. Talvez meus pais vejam e pensem: *uau, olha só como a Rory é boa no que faz!* E talvez eu finalmente encontre coragem para recusar a oferta de ir para a universidade que eu nunca quis de verdade, para início de conversa.

Repreendo a mim mesma e abro o caderno em uma página em branco. Até parece que isso vai mesmo acontecer. Mas… posso ter esperança, certo?

Antes de começar, faço um vídeo da minha bebida e do aeroporto para adicionar ao "Viaje comigo!" no TikTok, depois me levanto e me inclino sobre a mesa para tirar uma foto de cima para o Instagram. Edito a foto, informo a localização e marco a cafeteria Costa, a Tiffany & Co e a lojinha on-line independente onde comprei o caderno.

Relaxando no aeroporto com meu planejamento e uma bebida quentinha… Vou ficar fora das redes até semana que vem. Tentem não sentir muito a minha falta! Bjs.

P.S.: Alguém já experimentou o novo perfume da @tiffanyandco? É uma DELÍCIA.

Dou uma melhorada no alcance da postagem com algumas hashtags e coloco o celular com a tela para baixo sobre a mesa em uma tentativa de não dar muita atenção às notificações. Hannah e Nic me disseram para aproveitar ao máximo essa viagem, então acho que eu deveria começar a ficar sem celular um pouco.

O foco dessa semana é descansar e renovar as energias, e não quero desperdiçar isso. Não pretendo voltar para casa apenas com um bronzeado. Além disso, sei que minha família quer que eu aprenda algo nesta viagem. Minha mãe disse à Nic que ela espera que eu volte "um pouco menos deprimida", o que não era para Nic me contar, mas obviamente ela contou, porque é isso que irmãs fazem.

Esta semana é minha chance de mudar tudo.

De sentir que sei o que estou fazendo da vida. De parar de choramingar e começar a ter sucesso. Não gosto muito dessas coisas de "manifestação", mas estou aberta a experimentar para variar. Mandar vibrações e atitudes positivas para o universo.

Então preciso de uma lista.

Bebo o *chai latte*, depois estalo os lábios e pego a caneta. Está na hora de colocar a mão na massa.

~ Lista para as férias ~

1. Escrever uma lista de prós e contras de estudar Direito em uma universidade da qual recebi uma OFERTA IRRECUSÁVEL.
2. Escrever uma lista de prós e contras de fazer qualquer outra coisa além de Direto.
3. Considerar outras graduações para me inscrever em vagas remanescentes.
4. Escrever uma lista de prós e contras de um ano sabático, só por garantia.
5. ME DIVERTIR! FICAR TRANQUILA! PRATICAR ATENÇÃO PLENA!
6. Falar com estranhos (fazer amigos???).
7. Fazer algo pela primeira vez!
8. Descobrir como contar para minha mãe, meu pai, Nic e Hannah que não quero fazer faculdade de Direito, nunca quis fazer faculdade de Direito, nunca vou querer fazer faculdade de Direito e que talvez eu comece a chorar se alguém mencionar Direito mais uma vez.
9.
10.

Fico olhando os itens em branco ao fim da lista por um tempo, batucando a caneta sobre a página e então mordendo a ponta dela — depois batucando de novo ao tomar mais um pouco da bebida. Fico incomodada por ter apenas oito coisas na lista em vez de um número redondo (ter dez itens seria muito melhor, não consigo deixar de pensar), mas que se dane — tenho o voo inteiro para pensar em mais duas coisas para fazer durante a semana.

Enfeito a página com alguns desenhos feitos com as canetinhas, depois guardo tudo na bolsa e pego o celular. Talvez já tenham se passado dez minutos, o que eu acho que é um ótimo começo para um detox digital. Deve ser o tempo mais longo que passei sem pegar no celular em anos.

Vejo algumas notificações — muitas delas são mensagens entusiasmadas demais de meus pais e minhas irmãs dizendo para eu me divertir. Há algumas de meus amigos comentando que estão com inveja, às quais respondo com uma selfie sorrindo no aeroporto. Preciso admitir que me sinto, *sim*, um pouco superior por isso. Mas, em minha defesa, meus amigos vão viajar para Ibiza este ano, só que eu não vou poder ir, porque coincide com a viagem da minha família para Tenby, e meu pai não me deixaria escapar dela. O que é uma droga, mas eu adoro quando vamos para Tenby. E eles estão pagando todas as minhas viagens, então não tenho alternativa.

Não que seja um grande problema, porque ainda há muito tempo para sair com meus amigos antes do fim do verão. As garotas do basquete, o pessoal do clube de artes, alguns colegas da escola... sinto certo orgulho quando vejo todos aqueles diferentes rostos aparecendo quando veem minhas atualizações no Messenger. Todas essas pessoas que eu juntei... É uma sensação boa.

Mas, antes que o pessoal do grupo possa começar a compartilhar os planos para a viagem a Ibiza e *eu* me transforme na invejosa, dou uma olhada nos comentários de meu *#Arrume-seComigo* de hoje de manhã no TikTok — e meu estômago afunda quando vejo que tem só algumas centenas de visualizações, sendo um completo fracasso em comparação com a maioria de meus outros vídeos. Meu alcance tem diminuído há semanas e meu número de seguidores estagnou — e nada disso está ajudando nas vendas em minha lojinha on-line.

Por que será? O que estou fazendo de errado? Será que o algoritmo não gostou do novo filtro dos meus vídeos? Não faz sentido. A maioria dos meus conteúdos tem dezenas de milhares de visualizações. E um *Arrume-se comigo* sempre viraliza!

O que aconteceu? Quero gritar.

Então é isso? O início da minha decadência?

Não quero ser dramática nem nada do tipo, mas com certeza me parece um sinal para desistir de qualquer ideia de seguir uma carreira criativa. Em vez disso, deveria fazer a tediosa, sensata e idiota graduação em Direito. Por alguma razão incompreensível, meus pais acharam que seria uma boa escolher esse curso depois que meu orientador vocacional declarou que eu tinha um "potencial tremendo" para estudar Direito e que, por alguma razão ainda mais inconcebível, *eu disse que parecia divertido*. É o universo me dizendo que sou uma piada.

Furiosa, segurando as lágrimas (porque não vou *chorar* no aeroporto por causa de um vídeo miserável e patético), jogo o celular de volta na bolsa e tomo o último gole do *chai latte*, que já está quase frio a essa altura.

Tamborilo o tampo da mesa, e minhas unhas fazem um barulhinho. Uma mulher na mesa ao lado pigarreia, trazendo-me de volta à realidade. Só então me dou conta de que estou bufando pelo nariz e meus lábios se contorcem como se estivessem articulando uma réplica para os meus pais, para o algoritmo, para aquela terrível carta de condenação me parabenizando por conseguir uma vaga na Universidade de Bristol.

Pego o celular de volta para ver que horas são.

O portão deve ter aberto há quatro minutos. Meu pai brincou que eu provavelmente ficaria tão distraída viajando sozinha que perderia o voo, e eu *preciso* provar que ele estava errado. Ainda mais depois de tudo o que a minha família fez para me animar com essa viagem. Reúno minhas coisas depressa, respiro fundo e me levanto, pendurando a bolsa no ombro. Dou uma olhada ao redor para ver se não esqueci nada e caminho entre as mesas, que foram organizadas muito próximas umas das outras, até o painel de voos mais próximo.

Fico encarando-o por alguns minutos, sem encontrar meu voo.

— Droga — resmungo. — Só pode ser brincadeira.

E alguém diz:

— O seu também está atrasado?

Olho para a garota ao meu lado, que contorce a boca, demonstrando empatia. Seu cabelo castanho está preso em um pequeno rabo de cavalo alto, e ela usa a calça cor-de-rosa mais brilhante que já vi na vida. Deve ter a minha idade.

— Sim. Para Maiorca — respondo.

— O meu também. Aff, é a forma perfeita de começar uma viagem, não é? Parece que teve algum problema com o avião, mas não anunciaram nada.

— Como você sabe disso?

— Ouvi de um dos funcionários da companhia aérea. Eu meio que o atormentei até ele falar.

Ela abre um rápido sorriso, dando-me a impressão de que fez um pouco mais do que "meio que atormentar" o cara. Ela começa a digitar depressa no celular.

— Você fica nervosa ao voar? — pergunto.

— Um pouco.

— Acho que tem algo errado com a falange esquerda.

Assim que digo isso, me arrependo. Porque, se ela não entender a referência de *Friends*, eu provavelmente deixei a pobre garota ainda mais ansiosa... Vou ter que explicar e nem vai valer a pena.

Mas, para o meu alívio, ela ri.

— Vamos esperar que seja isso, né? — retruca. — Bem, só está vinte minutos atrasado. Não pode ser tão ruim assim, certo?

— Pois é — concordo, pouco convencida, sem saber o que responder.

Eu disse que queria "falar com estranhos" e "fazer amigos", mas não quis necessariamente dizer que faria isso com a primeira pessoa com quem esbarrasse... Para ser sincera, eu já sou um desastre sozinha, não preciso fazer amizade com alguém que tem medo de avião.

Já me afastando, abro um sorriso educado.

— É melhor eu comprar uma bebida para o voo antes de embarcarmos — falo. — Acho que não vai atrasar muito. Mais dez minutos, no máximo.

CAPÍTULO TRÊS
JODIE

Ao embarcar, uma hora e vinte minutos mais tarde do que o planejado, já estou esgotada.

Considero baixar o aplicativo do Twitter só para mandar uma mensagem para a companhia aérea e reclamar, mas imagino que já tenha reclamado o bastante com os funcionários no aeroporto.

Gosto de pensar em mim mesma como alguém que faz acontecer. Sou a *definição* de "mulher forte e independente", só para deixar claro... mas tenho *pavor* de viajar de avião. Além disso, não vou para o exterior há alguns anos. Qualquer resistência que eu tenha criado no início de minha adolescência para voar com tranquilidade parece ter desaparecido sem deixar rastros.

Fico feliz por não ter nenhum conhecido ao redor para me ver surtando.

Com os dentes cerrados, dou um sorriso para a alegre comissária de bordo e mostro o cartão de embarque em meu celular. Ela me indica a direção de meu assento e eu penso em como essa é uma prática que nunca vou entender.

Quer dizer, além da cabine do piloto, só existe um lado para ir. Não é preciso ser um gênio para encontrar a fileira onze.

Mas agradeço e sigo pelo corredor com as pernas bambas, parando às vezes quando as pessoas à minha frente encontram sua fileira e demoram uma eternidade para guardar as coisas no bagageiro, ou precisam pedir para que todos os outros da fileira se levantem para conseguirem se sentar na janela — tudo isso prolonga o tortuoso processo de eu me acomodar para o voo. Como se já não fosse ruim o bastante sem eu ver quem seria lento demais para sair da frente no caso de uma emergência...

Quando chego à minha fileira, tem uma garota no meu assento.

— Com licença — digo.

Ela deve ter a minha idade, e está usando moletom combinado com leggings tão desgastadas que dá para ver as bolinhas no tecido. Seu cabelo curto, preto e cacheado está preso para trás com uma faixa, que deixa à mostra um simples par de brincos brilhantes em suas orelhas, e ela levanta os olhos verdes e grandes de um livro do qual leu apenas três ou quatro páginas.

— Desculpa — continuo —, mas acredito que esteja em meu lugar.

— Ah, nossa, me desculpa — fala, com um sorriso envergonhado, se levantando. — É que... eu gosto muito de ficar na janela. O meu assento é o do corredor. Você se importa?

Nunca me importei menos com uma coisa em minha vida.

Sinto um alívio.

— Na verdade, isso é excelente — respondo. — Detesto o assento da janela.

— Uma dupla perfeita! — exclama ela, voltando a se sentar. Ela sorri para mim de novo e volta à leitura.

O livro era um romance cafona com caligrafia rebuscada na capa, do tipo que minha avó leria.

Seguro a bolsa no colo, esperando o avião encher e alguém parar ao meu lado e me pedir para sentar-se no assento do meio. Mas os comissários começam a fechar as portas do avião e todos estão em seus lugares, colocando o cinto de segurança ou colocando filmes em seus iPads, e eu me dou conta de que ninguém vai se sentar ao meu lado.

Pelo menos alguma coisa deu certo hoje.

Primeiro, eu me atrasei para chegar ao aeroporto — minha mãe insistiu que havia saído com tempo suficiente, mas teve que parar para abastecer o carro, depois pegou uma entrada errada no aeroporto e passamos mais quinze minutos dando voltas, tentando retornar para a área de embarque. Segundo, a companhia aérea disse que eu não poderia levar duas bagagens de mão no voo, então tive que pagar uma tarifa ridícula para despachar uma das malas, mesmo depois de ter me matado para espremer tudo e poder viajar apenas com bagagens de mão. Mas não parou por aí, pois *é claro* que fui parada ao passar pela segurança, o que é uma chatice...

E, para completar, o voo atrasou. *Uma hora e vinte minutos.*

Além disso, eu nunca viajei sozinha antes. Não tinha certeza se faria essa viagem, mas minha avó e minha mãe acabaram me convencendo, e dois anos estudando e trabalhando por meio período com turnos extras frequentes significavam que eu tinha economias o suficiente.

Além disso, elas foram bem persuasivas.

— Você acabou de terminar o segundo ano na faculdade, passou o verão em casa, está meio perdida, sem planos antes de começar o trabalho de verão na cafeteria no centro... E você trabalha tanto! — Minha mãe sorriu para mim, e minha avó assentiu atrás dela. — Não tem nada errado com tirar uma folga! Você merece, Jodie. Quando foi a última vez que se permitiu um pouco? Que se presenteou com alguma coisa legal?

— Comprei aquele casaco na Zara algumas semanas atrás. E compro um docinho na Starbucks toda quarta-feira depois da minha aula de métodos computacionais.

— Nem tudo são bens materiais, mocinha — afirmou minha avó, antes que minha mãe pudesse dizer qualquer coisa.

Fiquei chocada por não conseguir rebater, mesmo depois de passar várias noites em claro pensando nisso. Então... aqui estou. Em um voo para Maiorca. Para tirar uma semana de folga, na praia, sozinha.

O que, devo admitir, me deixa empolgada.

Mas essa *só pode* ter sido a pior experiência no aeroporto da história.

Só consigo pensar que não deve ser um bom presságio para o restante da viagem.

Vasculho minha bolsa atrás dos fones de ouvido. Quando encontro, rapidamente guardo a bagagem sob o assento da frente, e os comissários de bordo repassam os procedimentos de emergência e apontam para saídas e todas as outras coisas, como se já não estivessem muito bem sinalizadas. O comandante se desculpa pelo atraso — um atraso devido às condições adversas do clima no voo de saída.

Solto um pequeno suspiro aliviado, não totalmente convencida de que não era um problema com o avião, mas...

Talvez fosse, *de fato*, um problema na falange esquerda, como em *Friends*.

Sorrio um pouco ao me lembrar daquilo. Foi engraçado.

Quando o avião começa a taxiar na pista, pronto para decolar, me lembro de meu remédio para enjoo. Eu me abaixo e tento pegá-lo da forma mais discreta possível sem tirar a bolsa de baixo do assento à frente.

Coloco dois na boca, engolindo-os sem água. Eles não descem com facilidade e eu tusso, fazendo cara feia.

— Você está bem?

A garota que está no assento da janela abaixou o livro para olhar para mim com uma mistura de empatia e "minha nossa, por favor não vomita em mim". O avião pega velocidade e eu não consigo responder, apenas ranger os dentes e fechar bem os olhos, prender os dedos com força no descanso para os braços e acenar com a cabeça de forma rígida.

Você consegue, Jodie. Vamos, recomponha-se.

Ah, certo, uma voz no fundo de minha mente responde. *Porque dizer isso para si mesma já te serviu muito bem até agora, certo? Não é como se você acordasse apavorada com as aulas ou morresse de medo de receber a notícia de que foi reprovada em todas as matérias e todas as provas que fez...*

— Quer que eu converse com você? Isso ajuda? Meu irmão tinha medo de avião e isso sempre ajudava. — Não consigo responder, mas ela continua assim mesmo. — Você está indo passar férias em Maiorca? Eu estou. Uma semana fora, com tudo incluído. Mal posso esperar. Bem, para ser sincera, estou com um pouco de medo, porque é a primeira vez que viajo sozinha, mas tenho certeza de que vai ficar tudo bem quando eu estiver deitada ao lado de uma piscina com um livro. Meu namorado... ex-namorado, sempre gostou muito mais de aventuras do que só ficar relaxando, então acho que vai ser uma boa mudança.

Aqui é onde eu diria alguma coisa sobre também estar viajando sozinha e que também queria relaxar — mas, no momento, não consigo nem relaxar meu *maxilar* para botar as palavras para fora.

A garota continua:

— Nas minhas últimas férias, fomos visitar a família do meu pai na Jamaica, o que deveria ter sido *muito* mais empolgante do que parece. Fomos só para o casamento de um primo e acabei passando metade da viagem com uma intoxicação alimentar... Quer um pouco de água?

Estamos no ar.

Ainda bem.

— Não — respondo, com a voz seca e embargada. Pigarreio.
— Obrigada.

Ela pega a água no bolso do assento e abre a tampa, entregando-me assim mesmo.

Tomo um gole, meio preocupada de vomitar se não tomar.

— Obrigada.

— Imagina. Seu caso não é tão ruim como o do meu irmão. Ele chorava bastante. Ele é mais velho que eu, então sempre fazia pose, como se fosse muito durão, mas quando entrávamos em um avião ele era um desastre. Eu adorava, vivia mexendo com ele por causa disso na frente de seus amigos.

— Aposto que ele te ama por isso.

— Bem, ele mereceu. Ele implicava comigo por chorar assistindo aos filmes da Pixar.

— Acho que todo mundo chora com esses filmes.

Ela ri.

— O meu irmão não. Aqueles primeiros dez minutos de *Up: Altas Aventuras*? Ele nem deu uma fungada. Se não chorasse em aviões, eu poderia jurar que ele tinha um coração de pedra. Você viaja de avião com frequência? — indaga, olhando ao redor, como se tentasse descobrir se eu estou com alguém.

Balanço a cabeça. O avião está barulhento e um pouco agitado, e ainda não desligaram o aviso para usar o cinto de segurança. A comissária de bordo animada que indicou meu assento está pegando alguma coisa em um bagageiro. Ela cambaleia um pouco andando pelo corredor. Minha mão direita ainda não soltou o descanso para o braço.

Definição de "mulher forte e independente", né? *Ah, tá bom.*

— Na verdade, não — respondo. — Acho que a última vez que viajei foi com uns amigos da escola.

— Ah, essas viagens são uma bagunça, não são? Fui para Amsterdã com meus amigos no fim do ano passado, durante um fim de semana. Ficamos em um hostel horroroso porque ninguém quis ouvir minha sugestão de compartilhar quartos em um hotel legal. Uma garota que dividiu quarto comigo ficou chapada e sem querer contratou uma prostituta. Acabamos jogando Uno com ela.

Abro os olhos um pouco mais. Meu pescoço está tenso quando me viro para ela com um olhar desconcertado. Ela está sorrindo para mim, conversando como se fôssemos velhas amigas, e percebo que a garota tem um espaço entre os dentes da frente. Não consigo decidir se é estranho ou tranquilizador, mas a alternativa é pensar em todas as formas que esse avião pode cair (eu *não* deveria ter deixado minha avó me convencer a assistir àquele filme com o Tom Hanks sobre o Comandante Sully na semana passada), então decido continuar com a conversa.

— Como isso aconteceu? — questiono. — Quer dizer, como alguém contrata uma prostituta *sem querer*?

— Olha, não faço ideia. Estávamos muito ocupados tentando não fazer xixi de tanto rir e nunca descobrimos. Mas a história é ótima, não é?

— Com certeza.

Ouve-se um *ding* na cabine.

— Senhoras e senhores, o comandante desligou o aviso para permanecer com os cintos de segurança afivelados. Os comissários vão passar em breve com o carrinho de alimentação, e vocês poderão comprar comida e bebida. Se forem acessar os bagageiros, por favor, tenham cuidado, pois os itens podem ter se movimentado durante a decolagem.

A garota ao meu lado fica quieta, e eu relaxo no assento.

— Meu nome é Jodie, aliás — digo a ela.

Há centenas de hotéis em Maiorca, então é improvável estarmos hospedadas no mesmo lugar, mas vamos passar as próximas horas juntas neste voo; não posso refazer a primeira impressão que passei, mas posso tentar compensar um pouco.

Estendo a mão na direção dela, para a qual ela olha achando graça, até que me dou conta de que isso provavelmente é uma coisa muito esquisita de se fazer. Estamos em um avião, não em um evento profissional. Estou esperando o quê, um palestrante de Glossier junto com o carrinho de alimentação?

Ela sorri e aperta minha mão com firmeza.

— Luna.

Quando o carrinho chega, deixo Luna pedir primeiro — ela pede um chá e um Twix. Peço logo depois, dizendo ao comissário que vou pagar pelos dois pedidos.

Ela fica corada.

— Não, nossa, não, por favor — diz. — Não precisa fazer isso.

— Você não precisava ser legal comigo durante a decolagem — comento, pagando nossas bebidas e petiscos antes que ela possa protestar novamente.

Quando passo as coisas para ela, Luna franze os lábios e ergue uma sobrancelha para mim, como se estivesse reprovando o que fiz, mas logo sorri de novo.

— Obrigada.

Conversamos um pouco mais, mas dá para ver que estamos sem assunto — noto que ela está mexendo no livro em seu colo e eu tenho alguns podcasts baixados que gostaria de ouvir. Nós duas voltamos para nosso próprio entretenimento de bordo durante o restante do caminho.

Solto um suspiro de alívio que não sabia que estava prendendo. Talvez eu consiga fazer isso, afinal — relaxar. Aproveitar as *férias*.

Apesar de todo o meu esforço, não sou muito *boa* na faculdade. Mas isso não é biologia molecular nem nada absurdamente difícil. É um descanso — e um descanso merecido. E eu *com certeza* posso passar uma semana sem me preocupar com o futuro e simplesmente aproveitar o sol e um podcast bobo para distrair a mente de todo o resto.

CAPÍTULO QUATRO
LUNA

A esteira de bagagens está quebrada. Leva uma eternidade para as malas aparecerem, e mesmo assim só aparecem três ou quatro de cada vez. Depois fica sem funcionar durante mais alguns minutos, manda mais algumas bagagens, e emperra novamente. É uma tortura.

Digo a mim mesma que o ônibus não vai partir sem mim, mas ainda assim me vejo roendo a unha, ansiosa, enquanto a espera infinita por minha mala se arrasta. *O ônibus não vai embora sem você. É do resort. Eles têm uma lista de hóspedes. Eles vão esperar.*

Não consigo esquecer o desastre da bagagem despachada paga com antecedência no outro aeroporto, e sinto meu coração saltar para a garganta toda vez que a esteira volta à vida e começa a se mover.

Nesse meio-tempo, mando algumas mensagens. Tinha uma do meu pai assim que pousei, dizendo: *Vi que pousou. Avisa quando chegar no hotel.* Mando uma mensagem para o meu irmão reclamando da esteira de bagagens e sorrindo para a sequência de GIFs do Capitão Holt, de *Brooklyn Nine-Nine*, que ele manda em resposta.

Quando estou respondendo para que ele saiba que é um idiota, chega uma nova mensagem.

É de Liam.

> Tentei ligar, mas acho que você já estava no avião.
> Só queria dizer que espero que se divirta.
> Seria bom conversar, se você puder. Bjs.

Será que ele quer conversar porque quer consertar as coisas? Será que Liam percebe que havia aspectos de nosso relacionamento que *precisavam* ser consertados? Por mais que eu sinta falta dele, por mais que meu coração esteja partido, eu me lembro de imediato do tipo de coisa que me levou a terminar com ele.

Mensagens que Liam não respondia e às vezes mal nos falávamos durante dias a fio, mesmo com ele morando do outro lado do campus. Era sempre eu que me esforçava para fazer planos para nós dois, porque se eu não fizesse, ele não faria. O fato de ele sempre priorizar seus novos amigos em vez de mim, e me fazer sentir que era *eu* que não passava tempo com ele se não saísse junto com a galera... Mas Liam praticamente me ignorava quando saíamos com os amigos dele.

Sinto saudade de Liam, mas não sinto a *menor* falta disso tudo.

É nessas lembranças que me concentro ao resistir ao ímpeto de responder suas mensagens — não naquelas em que estou em seus braços como se aquele fosse o meu lugar no mundo, ou em todas as viagens divertidas ou nas vezes em que saímos com amigos, que eu teria ficado em casa se ele não tivesse me convencido a ir, e na forma como meu coração disparava quando ele ficava sentado ao meu lado, com o braço ao meu redor, e sorria como se eu fosse a pessoa mais maravilhosa do mundo.

Provavelmente deveríamos conversar. O término — meu surto — foi tão repentino que eu provavelmente devo a ele uma explicação.

Mas não agora. Pelo menos não esta semana. Essa viagem deveria ser um agrado para mim mesma, uma tentativa de superá-lo. Se eu ainda estiver a fim de Liam depois que voltar para casa, talvez possa dizer a ele que sinto saudade — mas só *depois* que voltar para casa.

Desligo as notificações das mensagens dele até o fim da semana.

Chega uma mensagem de minha operadora de celular dando boas-vindas à Espanha e me lembrando dos detalhes das tarifas. Abro um grupo de WhatsApp de meus amigos da faculdade e vejo as últimas mensagens. O grupo está tranquilo ultimamente, o que é estranho, porque com sete pessoas sempre tem alguma conversa.

No grupo dos amigos de minha cidade, que também anda quieto há algumas semanas, mando uma mensagem mais longa dizendo que estou saindo de férias, pergunto como todos foram nas provas e digo que seria legal conversarmos melhor quando eu voltar, na semana que vem.

Recebo uma única mensagem curta e sem graça do grupo da faculdade alguns minutos depois, e sinto um peso no peito. É a mesma sensação que tenho quando vejo as últimas fotos que eles postaram, que incluem Liam, mas não eu.

Ele deve ter contado a todos sobre o término. Sempre foi assim com a gente: Liam é o extrovertido, sempre no celular, mandando mensagens para as pessoas, e nós estávamos sempre juntos, então ele lia o que estava acontecendo e eu entrava na conversa por meio dele. É claro que ele deve ter dito a eles o que aconteceu, eles são nossos amigos, mas... *Ninguém* me procurou para conversar sobre isso, e a forma como minhas mensagens ficam sem resposta parece um caminho sem volta.

Então vejo a minha mala, com uma faixa laranja que peguei emprestada de meus pais, e sou poupada de ter que especular sobre a possibilidade de meus amigos e de Liam não serem mais *meus* amigos.

Coloco o celular no bolso do moletom e tento alcançar a alça da mala, ofegando de leve quando a levanto da esteira e a coloco em pé sobre as rodinhas.

Dezenove quilos de bagagem mal dão para eu passar a semana, mas agora que tenho que carregar, estou um pouco arrependida. Espero que esse resort não seja cheio de escadarias pelas quais eu tenha que subir com a mala.

Sigo as placas de SALIDA, feliz pelo pouco de espanhol que acabei de lembrar, e vou na direção dos estandes coloridos onde diferentes funcionários que fazem translado esperam vestindo camisetas polo.

Mas não vejo o que estou procurando.

Alguém passa por mim com saltos anabela e uma mala de quatro rodinhas, parando diante de um funcionário. É a Garota Instagram, do balcão de check-in. Seu coque bagunçando ainda parece tão estiloso quanto antes — era quase um milagre ver que continuava impecável. Fico imaginando se o penteado não está preso por uma centena de grampos que não consigo ver, ou por mera força de vontade.

— Com licença. Oi? Desculpa. Estou procurando o translado do resort Casa Dorada.

Eu me inclino na direção da conversa, me esforçando para não ficar na cara que eu estava bisbilhotando.

— Hã, o quê? Poderia repetir?

Fico grata ao notar que o funcionário é inglês. Mas não tanto, porque ele não parece saber do que estamos falando. (Quer dizer, *ela* — do que *ela* está falando.)

— Casa Dorada? — diz ela, e deu para ouvir o nervosismo se espalhando por sua voz. — Tem... deveria ter um ônibus de translado para lá, mas não estou vendo nenhum. Sabe de alguma informação?

— Eu, hã...

O homem hesita quando a Garota Instagram digita no celular e mostra a ele alguma coisa, provavelmente o e-mail de confirmação do resort. Sei que eu poderia entrar na conversa e tentar ajudá-la, mas tudo o que posso fazer é me afastar, ansiosa, ouvindo enquanto ela resolve a questão.

— Só um momento. Hillary! Hillary, venha aqui. Casa Dorada?

Outra funcionária pede licença a uma família de cinco pessoas e se aproxima depressa, com uma prancheta na mão. Com um sotaque francês, ela pergunta:

— Pois não?

A Garota Instagram tenta de novo, mostrando o celular a Hillary.

— Ah! Sim, sim, eu acho... — A representante Hillary olha ao redor. — Acho que eles não têm um estande como nós, sabe? Devem estar esperando perto dos táxis.

— Sério? Ah, muito obrigada.

Perto dos táxis?

Não consigo deixar de fazer careta, incrédula. O translado do resort não deveria estar aqui, com os demais? Não é... mais *profissional*?

Tenho um mau pressentimento, mas vou atrás da Garota Instagram assim mesmo.

Do lado de fora, avisto Jodie, a garota com medo de avião que conheci mais cedo, parada em um pequeno grupo ao lado de alguém com uma placa. Bem, primeiro eu avisto sua calça rosa-choque, que se destaca a um quilômetro de distância. Ela também me vê e dá um aceno desajeitado.

Ela murmurou alguma coisa sobre Casa Dorada durante a aterrissagem, não foi? A garota estava resmungando coisas incoerentes, e tão rápido que não entendi quase nada. A maior parte do tempo, na verdade, eu fiquei falando com ela em uma tentativa de distraí-la na decolagem e aterrisagem.

(E para tentar não pensar tanto em Liam, e se deveria ou não responder as mensagens dele quando aterrissássemos. Por melhor que meu livro prometesse ser, não tinha sido uma distração boa o bastante.)

A Garota Instagram parou para dar uma olhada ao redor, apertando os olhos contra o sol que entrava pelas janelas para tentar ler a placa do resort entre todos os nomes aleatórios erguidos por motoristas de táxis reservados ou para os passageiros da classe executiva.

Respiro fundo e tomo coragem para dar um tapinha no ombro dela.

— Casa Dorada, certo? — pergunto.

— Ah! Sim. Você também está procurando?

Aponto na direção de Jodie.

— Acho que é por aqui.

Ela abre um sorriso rápido e então sai andando com suas longas pernas, deixando-me para trás, ainda mais atrasada por minha mala.

De fato, há um homem de bermuda cargo bege e camisa de botão branca com uma inscrição no bolso em que se lê CASA DORADA em um azul brilhante. O uniforme tranquiliza um pouco, eu acho.

Mas ele não tem uma prancheta com informações dos hóspedes.

— Nomes? — questiona ele.

— Luna Guinness.

— Rory Belmont — fala a Garota Instagram.

— Então estamos todos aqui. *Bueno.* Por favor, me acompanhem.

Somos sete esperando pelo ônibus. Um casal mais ou menos da idade dos meus pais, ocupado discutindo baixinho, um senhor musculoso, que me faz pensar no carvalho do jardim dos meus vizinhos, e uma mulher de rosto enrugado usando uma saia longa de camponesa. Acabo ficando atrás dela e sinto um leve aroma do que tenho quase certeza de que é maconha.

Do lado de fora, está calor. O tipo de calor sufocante e opressivo, e eu posso sentir que já estou suando, apesar de ainda estar na sombra do aeroporto.

Preciso de uma limonada e uma espreguiçadeira agora mesmo.

A Garota Instagram foi esperta ao viajar com aquelas roupas. Minha legging está grudando em todos os piores lugares, o moletom está me afligindo e acho que minha mochila pode me derrubar de cara no asfalto se eu me inclinar um pouquinho para a frente. Nosso grupo sai do aeroporto em fila única. Depois de um tempo, o homem que nos guia para em frente a um ônibus minúsculo que deve ser branco por baixo das camadas de poeira. Ele entra primeiro no banco do motorista, colocando a chave no contato e ligando o ar-condicionado. O veículo inteiro balança e se agita com o esforço. Ele sai de novo e contorna o veículo para pegar nossa bagagem.

Quando chega minha vez, falo:

— Desculpa, mas... bem, você não deveria... Você não deveria ter uma lista ou algo do tipo? E se deixou alguém para trás?

Ele abre um sorriso.

— Não, srta. Lola, não se preocupe. Tenho uma memória maravilhosa, *sí*? Sei quem estou transportando.

Não aponto a ironia de ele ter errado o meu nome.

Ele ergue minha mala, ofegante.

— *Ay*, srta. Lola, parece que você trouxe todas as listas, hein!

Ele está tão ocupado rindo que não ofereço nenhuma explicação nem tento argumentar, só fico corada e me afasto para entrar no ônibus.

A Garota Instagram — Rory Belmont — já está ali dentro, digitando no celular em um assento no fundo. Ela inclina a cabeça e faz uma cara inexpressiva, não exatamente fazendo biquinho, tira uma selfie, depois clica no aparelho e faz a mesma coisa de novo, mas agora se movendo de leve como se fosse para um vídeo, e volta a digitar. Jodie está sentada perto do meio, na frente do casal, que agora está em silêncio. A garota colocou os fones de ouvido e murmura ao celular — falando com alguém, imagino. Ela está de olhos fechados e com a testa apoiada nas mãos. Fico imaginando se ainda está passando mal do avião, mas não quero interrompê-la para ver se está bem.

Escolho um assento vazio na frente do ônibus. Uma rápida consulta ao Google Maps diz que é um trajeto de cinquenta minutos até nosso destino.

Queria ter guardado um pouco da água do voo ou comprado outra garrafa no aeroporto. Estou com tanto calor e tanta sede, e agora só consigo pensar em ter que passar calor e sede pela próxima hora, e na limonada gelada que de repente se tornou uma *necessidade*.

Liam já estaria bufando e resmungando a essa altura. Fomos a Lisboa no verão passado, antes de começarem as aulas, e ele ficou tão irritado no calor... Fiquei mal-humorada com ele por não aproveitar a viagem, mesmo que eu também estivesse sofrendo um pouco. Acho que pelo menos dessa vez só terei que me preocupar comigo.

Só comigo.

Passei quatro anos sempre tendo alguém com quem compartilhar *tudo*, sempre com planos com nossos amigos e outras pessoas, e agora sou só *eu*. Sozinha pela primeira vez na vida.

Ai, meu Deus, o que eu estava pensando?

O que acho que estou *fazendo*, indo para a Espanha passar uma semana sozinha? E em uma viagem que reservei por impulso, quando estava bêbada! Já é ruim o bastante eu ter terminado *de repente* com o garoto com quem achei que passaria o resto de minha vida. Eu não sou esse tipo de pessoa. Não largo tudo de repente e vou embora. Não sou extrovertida e espontânea, nem nada parecido com... *isso*. Só porque Liam está saindo como nossos amigos (nem tão "nossos" assim, afinal) o tempo todo, e minha versão bêbada queria provar que *eu* tinha seguido em frente...

O problema é que eu nem sei como *ficar* sozinha.

Ainda nem saí do aeroporto, mas estou começando a achar que essa viagem já poderia acabar.

CAPÍTULO CINCO
RORY

Meu buço está suado. A parte de trás de meus joelhos está suada. Tem uma gotinha nojenta de suor escorrendo por minha perna, rondando meu tornozelo.

Demoramos demais para chegar ao hotel. O ar-condicionado começa a ficar ruim na metade do trajeto (que parece cada vez mais longo) e mesmo fazendo um grande esforço para continuar, não está mais gelando. Eu me sinto suada e suja. Minha Coca-Cola Zero (quente e nem um pouco refrescante) está acabando e eu queria ter comprado mais água no aeroporto.

Nota mental: garrafas d'água *nunca* são demais.

Tiro uma foto rápida, tentando parecer o mais bonita e arrumada possível, colocando o conselho no story do Instagram. *#FicaADica*.

Todas as estradas que pegamos parecem estar em obras, o que resulta em trânsito. Segundo o itinerário incrivelmente detalhado que Nic fez, deveríamos estar no hotel bem mais de uma hora atrás.

A bateria do meu celular, assim como meu refrigerante, está quase no fim, e já não tenho mais carga no carregador portátil. Desligo a música para economizar bateria e tento me manter entretida olhando para as outras pessoas. Como estou no fundo do ônibus, é mais fácil de observar.

A garota negra baixinha na frente — como ela disse que se chamava mesmo? Lola? Luna? Algum nome fofo assim — parece relaxada e está quase dormindo. Ela deve estar recebendo a melhor carga de ar-condicionado em seu assento. A segunda melhor, depois do motorista. Embora eu não saiba como ela não está derretendo com aquela legging e aquele moletom de algodão.

Tem um senhor forte, usando fones de ouvido Beats e assistindo a um filme do Studio Ghibli no iPad. Ele fica resmungando consigo mesmo e se contorcendo no assento para tirar a tela do brilho do sol. O que será que ele vai fazer em um resort de detox digital?

A mulher à minha frente, no entanto, se encaixa perfeitamente nesse tipo de viagem. Com uma sacola de fibra de cânhamo, cabelo ondulado longo e pulseiras de miçanga, ela me lembra um pouco de quando minha mãe foi a uma festa dos anos 1970 vestida de hippie. Eu não ficaria surpresa se ela nem *tiver* celular.

O casal à esquerda deve ter seus quarenta e tantos anos, talvez cinquenta. Eles estão discutindo baixinho há uns bons vinte minutos. Ele acha que se esqueceu de levar o protetor solar, mas foi *ela* que errou durante o check-in on-line e acabou reservando assentos para eles nos fundos do avião, perto dos banheiros, e fez com que fossem os últimos a sair. E *agora* ele está verificando os e-mails *de novo*. ("Sério, Andrew?", resmunga, e eu penso: *É, Andrew, sério mesmo?* E dou uma rápida olhada nos meus próprios e-mails, mas não há nada novo.)

A outra pessoa no ônibus é a garota que tem medo de avião, que conheci no aeroporto. A que entendeu a referência da falange esquerda. Acho que ela é um pouco mais velha do que eu. Está furiosa, digitando no celular, com a testa tão franzida que acho que vai precisar de umas doze sessões de botox para se livrar das rugas. Ela parece ainda mais desesperadamente necessitada de um descanso do que eu, o que *de fato* é significativo.

O lado de fora é menos interessante. Sacudimos por estradas principais ladeadas por montanhas ou rochas altas — não sei bem — cor de arenito, e um ou outro arbusto marrom-esverdeado saindo de suas rachaduras. Depois entramos em ruas estreitas, de alguma forma nos espremendo entre duas fileiras de carros estacionados e construções brancas monótonas.

Sinto que deveria apreciar tudo. *Quero* apreciar a vista e a cultura, mas me parecem tão... sem graça, que não consigo encontrar nenhuma inspiração nelas. É só uma rua cheia de casas, ou a lateral de uma estrada.

Para ser sincera, não vejo nada que valha a pena fotografar, mas faço algumas fotos assim mesmo.

Meu estômago revira. Por que tenho a sensação de que isso não é um bom presságio para nosso destino?

Afasto-me da janela, inquieta.

É muito ruim eu querer entrar em minhas redes sociais, ver como está o alcance das minhas postagens depois de todo o esforço que dediquei a elas? Olhar meus e-mails, caso as várias marcas para as quais entrei em contato tenha respondido — positiva ou negativamente? E se meu grupo de mensagens estiver bombando e eu estiver perdendo toda a fofoca?

Eu *odeio* estar de fora. Odeio aquele limbo. Odeio me sentir como o maldito gato de Schrödinger — só que às vezes eu penso que uma morte tranquila e silenciosa por envenenamento, presa em uma caixa, poderia ser preferível à ansiedade incapacitante de não saber as coisas.

Mando uma mensagem para Hannah e Nic em nosso grupo do WhatsApp.

> **Rory**
> Ainda a caminho do hotel.
> Não sei quanto mais vai demorar.
> Morrendo lentamente de calor e
> exaustão e pouca bateria no celular.

> **Nicola**
> Ainda bem que você não
> vai precisar do celular no resto
> da semana, então!

Hannah
GAROTA, sai do celular. Mas também manda fotos quando chegar lá. Quero ver pelo que paguei caro em toda sua glória digital.

Nicola
Pelo que NÓS pagamos!

Hannah
Foi o que eu disse.

Rory
Estou com 18% de bateria. Até mais, bobonas. Bjs.

 Fecho o WhatsApp e desligo o celular. Desativei a função vibrar nos últimos dias em uma tentativa de entrar aos poucos nessa coisa toda de detox digital, mas acho que não funcionou muito bem até agora — em menos de um minuto a ansiedade de estar por fora dos acontecimentos bate e eu pego o celular de novo para ver se alguma coisa nova aconteceu.

 Quando o ônibus estaciona, sinto que tudo isso valeu a pena.
 O resort é exatamente igual às fotos que vi on-line, e tão pitoresco quanto a propaganda o fazia parecer. Da forma como as coisas

estavam acontecendo pela manhã — a esteira de bagagem quebrada, o atraso... eu estava meio que (leia-se: totalmente) esperando uma cabana desmantelada.

Mas não é, e eu poderia quase chorar de alívio.

Tem uma brisa balançando os arbustos e as palmeiras. Dá para *ver o mar*. É perto o bastante para ouvir as ondas quebrando de leve. O céu é de um tom de azul brilhante; quase não tem nenhuma nuvem à vista. O ar tem cheiro do sal do mar e de areia e...

E, na verdade, estou certa de que posso sentir o cheiro de meu próprio suor.

Que nojo.

Pego o celular, tiro algumas fotos e faço um rápido vídeo para usar como o *grand finale* de meu TikTok de férias. Talvez dê para postar mais alguma coisa rapidinho antes de renunciar ao celular...

O hotel em si é um bloco branco, mas de apenas três andares, com muitas janelas e amplas sacadas pretas de ferro fundido. Ele não ocupa muito espaço, mas o restante do resort é composto por *villas* de luxo, que — pelo menos de acordo com as fotos do site — parecem feitas de madeira, com telhados de palha, espalhadas pela areia. Imagino que elas fiquem do outro lado do hotel. Há uma grande área gramada cheia de arbustos vibrantes deste lado, longe da praia: flores amarelas, cor-de-rosa e brancas alegram a paisagem à minha frente.

O motorista descarrega nossas malas e cada um pega a sua.

— Não acredito que você perdeu a faixa da mala — murmura a mulher para Andrew.

— Se você tivesse comprado aquelas mais baratas, como eu falei, talvez não importasse tanto — retruca ele. — Dezesseis libras em uma faixa para bagagem... Sinceramente, Linda.

Sinceramente, Linda, penso, observando toda a interação sem disfarçar. Avisto a garota que tem medo de avião escondendo uma risadinha com a mão.

— Por aqui, por favor — diz o motorista, fazendo um sinal com o braço, conduzindo-nos até o bloco do hotel.

Ele deixa a chave no ônibus e as portas todas abertas, e Lola/Luna observa com nervosismo, assim como eu. Ele não deveria levar a chave, mesmo que não trancasse o ônibus?

Não que tenha alguém por perto, eu acho. Parece que estamos a muitos quilômetros de qualquer um e qualquer coisa. A estrada para o resort não passava de uma rua de terra pelo mato ao longo do litoral.

Mesmo assim...

O motorista nos leva por um caminho que eu não tinha reparado, por meio de arbustos floridos. Perdemos de vista a maior parte da praia, mas acabamos com uma vista melhor do hotel. Tiro mais algumas fotos, tentando ser sutil caso me digam para guardar o celular antes mesmo de fazer o check-in. O andar de baixo é aberto, como um grande pavilhão com colunas. É todo branco, tem uma grande recepção com móveis de vime adornados com almofadas azuis. É uma cena *muito* melhor para encerrar meu vídeo; fico muito feliz por ainda não ter postado.

Espero que o quarto seja convidativo assim.

Então me dou conta de que todos paramos.

— *Gracias*, Rafael — agradece um homem com o bigode torcido mais bem-cuidado que já vi na vida.

O motorista assente. Em seguida, o homem abre um amplo sorriso e estende os braços, a palma das mãos para cima.

— *Bienvenidos a todos* — declara ele. — Bem-vindos ao Casa Dorada. É uma honra ter todos vocês aqui conosco hoje. Meu nome é Esteban Alejandro Alvarez e sou o gerente do resort. Alma?

Há uma moça ao seu lado que eu não tinha visto antes, escondida pelo senhor musculoso. Mas agora ela dá um passo à frente e entra em meu campo de visão, segurando uma bandeja com taças de champanhe cheias do líquido dourado.

Ai, meu Deus.

Isso é *tão* perfeito.

Tipo... mais do que perfeito.

Hannah e Nic nunca estiveram tão certas, e eu nunca fiquei tão feliz em deixar que assumissem o controle de minha vida dessa forma. Tento não parecer muito ávida quando Alma e o champanhe vêm em minha direção, mas acho que acabo parecendo mesmo assim.

Huum...

Delicioso.

Acho que é só Prosecco ou Cava, e não champanhe de verdade, mas eu não saberia a diferença. Depois de anos de festas com o álcool que eu conseguia pegar de minhas irmãs mais velhas — ou roubar dos armários da cozinha de nossos pais — até termos idade o suficiente para comprar nossas próprias bebidas, não posso dizer que tenho um paladar muito refinado. Mas está gelado, tem bolinhas e é tudo o que eu preciso no momento.

Até Linda e Andrew parecem estar um pouco mais tranquilos.

Esteban continua:

— Para tudo o que precisarem esta semana, minha equipe e eu estamos à disposição. Estamos aqui para garantir que sua estadia seja... inesquecível, *sí?* Agora, se puderem me acompanhar, vamos instalá-los em seus quartos, recolher seus celulares e as férias podem começar!

CAPÍTULO SEIS
JODIE

Algumas pessoas começam a seguir Esteban Alejandro Alvarez, mas tudo o que eu consigo fazer é passar um minuto olhando para as costas dele se afastando.

Ele *não pode* estar falando sério.

— Com licença — digo, correndo até a frente (com cuidado para não derrubar a bebida de minha taça) e abandonando a mala atrás de mim.

Esteban para e se vira para mim.

— Desculpa, mas... você acabou de dizer *recolher nossos celulares?* — pergunto.

— Você quis dizer passaportes? — intervém Luna, do avião, em um tom temeroso.

A garota segura o celular com força, o que é exatamente o que eu tenho vontade de fazer.

Esteban ri, mas não de maneira cruel.

— Não, *señorita*, eu quis dizer *celulares*. Meu inglês é muito bom, posso garantir.

— Por que precisa de nossos celulares? — indago, porque ainda acho que não entendi direito.

Meu cérebro processou alguma palavra que parece "celulares", mas não consigo pensar em nada. Talvez ele só queira dizer que precisa do número de nosso celular? Para que possam entrar em contato durante a semana? Talvez em caso de emergência? Sim, deve ser isso. Deve existir uma explicação razoável. Está tudo bem.

Esteban se vira para os hóspedes com um sorriso confuso em seu rosto bronzeado e envelhecido.

— Vocês sabem que estão em um resort livre de eletrônicos, *sí?*

O grupo todo assente, menos eu e Luna, que parece tão chocada quanto imagino que eu esteja no momento.

Isso *não vai* acontecer.

— Desculpa — falo, com o máximo de paciência que consigo —, está dizendo que não podemos usar nossos celulares? A semana inteira?

Esteban ri de novo. É uma dessas gargalhadas gostosas, mas agora está me irritando. Aquela risada e aquele bigode bobo com as pontas enroladas e a *audácia* de estar usando um Apple Watch e...

— Sim, *señorita*, a semana inteira. Agora, se isso ficou claro, vamos continuar com o check-in.

Luna fica para trás para andar ao meu lado, olhos arregalados e mãos ainda agarradas ao celular, desesperada. A garota alta e loira no fim do grupo que fez a piada sobre a falange esquerda nos alcança.

— Então imagino que vocês não ficaram sabendo do detox digital? — questiona ela, alternando o olhar entre nós com empatia.

— Não *mesmo* — murmuro. — Bem, eu vi coisas sobre "desconectar" e "detox" quando reservei, mas achei que significava, tipo, *relaxar*, sabe. Tomar chá verde, um banho de lama ou algo assim. Não achei que era tão *literal*.

Olhando para o meu celular, meu estômago embrulha. Sei que não vou perder tanta coisa assim, são apenas alguns dias, mas... É muita coisa para assimilar. Não me lembro da última vez que passei mais de algumas horas sem meu celular, ou algum tipo de conexão à internet.

E, droga, eu estava planejando ser produtiva durante a semana. Adiantar a procura de emprego. Os programas de *trainee* abrem em setembro e eu preciso começar a me inscrever. Eu ia dar uma melhorada no meu currículo, aperfeiçoar a carta de apresentação... Agora eu vou ter que passar a semana inteira sem fazer *nada* disso, e essas tarefas vão se acumular com meu trabalho de meio período e com os estudos que eu queria adiantar para sair na frente no ano que vem...

E quanto à minha mãe e minha avó? Eu falo com elas *todo dia*. Como vou passar *a semana inteira* sem falar com nenhuma das duas?

— Com certeza eu não li nada sobre nenhum maldito detox digital — reclama Luna, olhando com raiva para Esteban e para o resto do grupo. Então, de repente, o rosto dela relaxa e solta uma risadinha rápida. Por um segundo, eu me pergunto se está delirando por causa do calor, mas então solta um suspiro pesaroso. — Mas, pensando bem, eu estava embriagada quando reservei esta viagem.

— Você reservou uma viagem *bêbada*? Sério? — indaga a loirinha, perplexa.

Não, na verdade, ela parecia *empolgada*. Como se fosse a coisa mais escandalosa que ela podia imaginar, da melhor maneira possível. Olhando melhor para a garota, ela mal parece ter idade para beber. Ela tropeça de leve em uma pedra irregular no pavimento usando suas plataformas.

— Ah, eu surtei — admite Luna, um pouco encabulada. Ela olha para mim em vez de explicar mais. — E você?

— Minha avó encontrou esse lugar em uma revista. Para ser sincera, eu me preocupei mais em verificar quantas estrelas tinha no Tripadvisor do que em ler as letras miúdas. Quer dizer... fala sério! Um detox digital? Eles estão de brincadeira? Quem *faz* isso? Que tipo de viciado em redes sociais alguém precisa ser para precisar de um *detox*?

Assim que falo, me dou conta de que a garota loira está aqui voluntariamente e é provável que esteja entre os tais viciados em redes sociais, e me encolho. Luna e eu olhamos para ela e tudo o que consigo pensar é: *muito bem, Jodie. Mais uma excelente primeira impressão. Você está arrasando hoje.*

Ela dá de ombros em resposta, por sorte não parecendo muito ofendida.

A garota também não rebate que *eu* pareço uma louca viciada em redes sociais, já que estou apavorada com a ideia de abrir mão de meu celular por uma semana.

Estamos agora na recepção, esperando todos os outros fazerem o check-in. O casal briguento está na nossa frente, discutindo sobre quem ficou com os passaportes por último.

— Aposto que foi o Andrew — sussurrou a loirinha para nós. — Aquele babaca encharcado de suor.

— Está brincando? — retruca Luna. — *Com certeza* está na bolsa dela. Acha que ela vai confiar os passaportes a ele?

Não consigo conter a risada que escapa. Tenho que fingir um ataque de tosse para encobri-la, abafando a boca com as mãos e tendo que me concentrar em não olhar muito para nenhuma delas até me recuperar.

Quando foi a última vez que ri assim?

Sei que elas são completas estranhas, mas essa é a conversa mais divertida que tive em... meses. E essa é uma estimativa otimista.

Depois que o senhor e a outra moça fizeram o check-in, Rafael chega à recepção às pressas com passaportes nas mãos.

— *Tortolitos* — chama ele. — *Tortolitos*, vocês deixaram os passaportes no ônibus!

Andrew e Linda olham feio um para o outro.

— O que são *tortolitos*? — quer saber Luna, pronunciando de maneira totalmente diferente.

— Hum — digo, já entrando no Google Tradutor.

Sorrio, mostrando a tela a elas. Tenho medo de me dissolver em risos novamente se tentar dizer em voz alta.

— Pombinhos? — diz a loirinha, zombando e rindo. — Rafael tem um ótimo senso de humor. — Então ela engasgou. — Ai, meu Deus. E se eles usarem palavras que não conhecemos? E se o cardápio estiver todo em espanhol e não pudermos traduzir sem nossos celulares? *Ai, meu Deus*. Eu *nem* tinha pensado nisso.

Eu não a conheço muito bem, mas acho que ela está prestes a hiperventilar.

— Os funcionários parecem fluentes em inglês. Com certeza eles vão ajudar!

Com os lábios tão franzidos que chegam a ficar pálidos, ela engole em seco e assente.

— Sim. É, você tem razão. Vão, sim.
— Sei o básico de espanhol, se ajudar — comenta Luna.
— Meu espanhol é intermediário — afirmo, não que seja uma competição. Só que o intermediário vale bem mais que o básico.

A loirinha parece se acalmar e engole em seco de novo, ainda assentido.

— Fantástico. *Gracias, niñas* — agradece ela, com o sotaque menos espanhol que já ouvi.

Deixo Luna e a loirinha irem na minha frente depois que os *tortolitos* fazem check-in, mas Luna sai da frente. Tenho a impressão de que ela faz isso só para ter alguns segundos a mais com seu celular. Ela está digitando algumas mensagens depressa.

O que me faz pensar: *eu também deveria fazer isso.*

Mando uma mensagem para minha mãe para ela saber que não desapareci, só estou sem celular em um resort idiota (*Está mais para "sem diversão"*, penso com amargura). Peço para ela avisar minha avó e me desculpo por não poder falar com elas por alguns dias. Copio e colo a mensagem no grupo das garotas da minha antiga escola, antes de pensar melhor e apagar, digitando o seguinte:

> Estou no hotel e, UAU, é tão lindo quanto no site!
> Estou empolgada para pedir um drinque
> (já são cinco da tarde em algum lugar, né?)
> e tomar um pouco de sol. Está chovendo por aí?
> P.S.: Não lembro se eu contei, mas aqui é um resort livre de celulares, então vou ficar off-line por alguns dias! Conto as novidades na semana que vem.
> Já estou com saudades! Bjs.

Mordo a língua ao apertar *enviar*. Eu me pergunto se elas vão enxergar que não é delas que vou sentir saudades: é de saber o que está acontecendo, como sempre foi desde que saímos da escola.

BETH REEKLES **53**

— Rory Belmont. — A loirinha se apresenta no balcão, entregando o celular e o passaporte.

— Bem-vinda ao Casa Dorada, *señorita*. Esses são todos os seus eletrônicos?

— O quê?

— Todos os seus eletrônicos — repete Esteban, pegando o celular dela. — Você tem iPad? Notebook? Leitor digital?

Rory gagueja e Luna me lança um olhar alarmado.

— Bem, eu... eu tenho um tablet, mas... mas é para arte. Não é para usar a internet. Não é bem *digital*...

— Leitores digitais não contam, né? — questiona Luna, nervosa.

— Leitores digitais certamente não contam — declaro, encarando Esteban com um olhar firme.

É uma situação drástica, afinal: eu não trouxe *nenhum* livro físico. Minha mãe comentou que eles ocupariam lugar na mala, então peguei o Kindle dela emprestado e baixei um monte de títulos. Nem sei do que se trata a maioria dos livros que comprei em minha visita descontrolada à Amazon ontem, só sei que são comédias românticas e nenhum custou mais do que 1,99 libras.

Os únicos livros que li nos últimos anos foram aqueles dos quais todo mundo estava falando em grupos de WhatsApp ou na faculdade. Em geral algum ganhador do Man Booker Prize, um romance que virou série da Netflix ou algum *thriller* que viralizou por causa de suas reviravoltas épicas. Eu meio que estava ansiosa para ler alguma coisa só por diversão.

— Qualquer eletrônico não autorizado será confiscado — explica Esteban, torcendo o bigode e estreitando o olhar de leve enquanto o alterna entre nós três. — *Nada* de aparelhos eletrônicos. Nada de celulares, notebooks, tablets, leitores digitais. Se forem encontradas com algum aparelho proibido, certos privilégios serão revogados durante sua estadia e pode ser solicitado que deixem o resort.

— Privilégios? — repete Rory, parecendo levemente pálida, prestes a desmaiar.

— Deixar o resort? — fala Luna, soltando um grunhido.

— *Sí*, privilégios. — Ele suspira, franzindo o cenho. — Vocês não leram as instruções?

— Que instruções? — pergunto.

— Vocês deveriam ter recebido instruções por e-mail após confirmar a reserva — informou ele, bem devagar. — Vocês receberam?

Nós três nos olhamos. Não sei muito bem por que acho que essas garotas desconhecidas vão poder me dizer se recebi o e-mail, mas os olhares vazios no rosto delas é um certo consolo, ainda que eu sinta uma leve dor de cabeça.

— Eu recebi a confirmação de reserva — responde Luna, hesitante, erguendo o celular de maneira quase nervosa, como se ele pudesse tirá-lo da mão dela antes que ela pudesse abrir o e-mail.

Faço uma busca rápida em minha caixa de spam e me sinto uma idiota porque, que surpresa, em meio a supostas cobranças e ameaças anônimas de que minha *webcam* foi hackeada ao acessar sites de pornografia, lá está o e-mail de instruções.

Olho para as garotas, derrotada.

— Estava na pasta de spam.

Esteban suspira mais uma vez.

— Tem uma cópia das instruções em cada quarto, onde vocês vão encontrar tudo de que precisam para a semana. Agora, por favor, *señorita* Belmont, seus eletrônicos.

Irritada, Rory coloca a bolsa no balcão, tirando um tablet e um leitor digital. Algumas canetas para telas caem da bolsa e ela as guarda de volta.

— Isso é tudo? — indaga ele.

Rory franze os lábios, mas depois suspira e entrega um iPod Nano, do tipo que eu não via há anos.

— *Muchas gracias*. Você está no quarto 205, *señorita*. Aproveite sua estadia.

Rory vê Esteban colocar seus eletrônicos em uma bandeja marcada com o número do quarto e as levar para uma sala nos fundos. Ela pega a chave no balcão e abre um sorriso rápido para nós antes de seguir, com passos pesados, na direção dos elevadores.

— Ah, não, o acesso é pelas escadas. O elevador está quebrado — avisa Esteban.

— Ah, *que ótimo* — resmunga Luna ao meu lado, olhando para sua mala.

Sei como ela se sente. A minha pesou 14 quilos (e mais um pouco) no check-in, bem acima do peso permitido para bagagem de mão, como descobri no aeroporto. Estou começando a me arrepender de ter trazido saltos altos. Por que eu não peguei só um par de chinelos? Por que não trouxe uma mala pequena, como Rory?

Luna fica com o quarto 206 e segue na direção da escadaria. Então chega a minha vez e fico relutante em entregar o meu notebook.

Lá se vai a chance de adiantar as coisas do ano que vem...

Mas entregar o Kindle é a pior parte. Adeus, entretenimento da semana.

Esteban me entrega a chave do quarto 207 e abre um sorriso radiante para o qual não estou no clima. Faço uma careta e sigo o som de Luna suspirando e sua mala batendo nas escadas em algum lugar à minha frente.

Pelo menos o sofrimento vai ser compartilhado com duas outras pessoas.

CAPÍTULO SETE
LUNA

Mal vejo a hora de pegar meu telefone e reclamar com minha família e meus amigos sobre essa situação, mas não posso, porque *confiscaram o meu celular*. E também não tenho certeza de que meus amigos se dariam ao trabalho de responder, no fim das contas. Então, em vez disso, tenho que me contentar com a segunda melhor opção, que é desabafar com Rory, cujo quarto sei que fica em frente ao meu.

Bato na porta com um pouco mais de agressividade do que é realmente necessário, e ela parece um pouco assustada quando abre a porta e me vê bufando, com as instruções na mão.

— Você leu isso? — pergunto.

— Estou adiando — anuncia ela, despreocupada.

Há pequenos frascos de xampu e condicionador em sua mão. No quarto, atrás dela, parece que a mala explodiu e eu penso: *nossa, quanta coisa ela conseguiu enfiar lá dentro? Como coube tudo isso na mala?* A cama se tornou uma colcha de retalhos em branco, cinza e tons pastel. Bijuterias grandes e coloridas ocupam a escrivaninha. Há outro par de sapatos de salto anabela ao pé da cama.

Fico encarando o quarto, e ela percebe.

— Como conseguiu enfiar tudo isso na mala? — pergunto.

— Minha irmã viajava muito a trabalho. Ela é especialista nisso. Você não enrola suas roupas?

— Achei que ficavam amassadas.

Ela dá de ombros.

— Às vezes ficam.

Rory aponta com o queixo para as instruções, depois volta para o quarto, desaparecendo no banheiro com os produtos para o cabelo.

— E então? Qual é o estrago? — grita ela.

Fico na porta. Talvez tenha sido grosseiro vir até aqui e bater na porta dela, mas sinto que entrar no quarto sem ser convidada é ir longe demais. (E, além disso, não tem onde se sentar. Está tudo coberto de roupas.)

— Sabia que há atividades agendadas para participarmos? Ioga às seis da manhã. Hidroginástica às dez e meia e de novo às duas e meia da tarde. Uma aula de HIIT às cinco. E não para por aí...

A porta do quarto ao lado abre. Olho para trás e vejo Jodie, hesitante.

— Desculpa, achei mesmo que tinha escutado a voz de vocês. Estão falando sobre as instruções, ou seja lá o nome disso?

Assinto.

— É ultrajante — continua, aproximando-se. — Três atividades por dia? Eles estão de brincadeira? Esta semana era para ser relaxante. Não um acampamento militar.

— Nem me fale! — grita Rory do banheiro. Ouve-se o barulho de frascos de plástico sendo organizados. — Eu sabia que eles tinham algumas coisas planejadas para nos manter entretidos, mas *o que é isso?* Esperam mesmo que a gente se inscreva em *três* atividades por dia?

— Bem — digo, dando uma risada e olhando para as instruções —, é "altamente recomendável" escolher três atividades se quisermos aproveitar ao máximo este retiro.

— Eu não quero — rebate Jodie. — E se é apenas *recomendável*, o que eles podem fazer?

— É — concorda Rory, aparecendo de novo e mexendo em uma bolsinha rosa florida em busca de mais frascos. — E, tipo, o que são esses privilégios de que Esteban estava falando?

— Parece que as atividades *são* privilégios, pelo que entendi... — comenta Jodie, dando de ombros, não parecendo muito convencida.

— Foi o que eu pensei — digo. — Mas os privilégios também incluem, vejam só, *álcool*.

Rory resmunga alto.

— Nesse caso, vou ter que seguir as regras. *Eles podem tirar meu celular, mas não podem tirar meus drinques* — fala ela com um sotaque escocês forçado. Depois, com sua voz normal, pergunta: — Então qual é a situação das bebidas e tudo mais, Espertinha?

Ambas olham para mim, então acho que eu sou a Espertinha.

Bem, poderia ser um apelido pior, eu acho.

— Hum, onde estava... Ah, certo — digo, apontando para o parágrafo. — Entre os privilégios estão bebidas alcoólicas, acesso à praia particular, passeio ao parque aquático, excursão pela orla, passeio a Palma, com visita à Basílica de Sant Francesc e ao museu militar... passeio ao parque temático Katmandu...

— Minha nossa! — exclama Rory, me encarando com olhos arregalados. — E isso era para ser uma semana relaxante!

— Acho que os passeios são opcionais — observa Jodie, chegando mais perto e se debruçando sobre a página. — Aff, eu não deveria ter tirado as lentes de contato. Não consigo enxergar nada. Huum... é, tem... olha! — Ela aponta. — *Recomendamos que façam os passeios, mas não são obrigatórios como parte de sua estadia.*

— O quê? E estão todos simplesmente... incluídos no preço? — pergunto.

Jodie estreita os olhos de novo, pegando as instruções de minha mão.

— Todos têm uma tarifa adicional. Dez euros para o passeio a Palma, 25 para o parque temático... É bem barato, na verdade. Deve ser só o custo do transporte e da entrada.

Rory faz uma careta, mas então Jodie diz:

— Ei, não faça essa cara. Talvez você fique tão entediada sem seu celular, música e livros que vai *morrer de vontade* de fazer esses passeios.

— É verdade. Nossa, não acredito que aquele idiota pegou o meu Kindle!

— Nem eu.

— Vi uma estante na recepção — comento. — Não olhei direito, mas parecia ter vários livros.

— Aposto que é tudo Lee Child e Agatha Christie — retruca Jodie. — Os hotéis *sempre têm* livros de crime.

— E eu trouxe vários livros — digo. — Bem, a maioria é romance...

O melhor tipo de leitura para as férias, eu sempre penso. Bem, o melhor tipo *de leitura* em geral. Mesmo trazendo o Kindle, fiz questão de colocar na mala uma pequena pilha de livros que eu queria ler.

— Precisamos ficar juntas, então — replica Rory, pegando-me pelos ombros. — Biblioteca da Luna, aberta para empréstimos. Em troca, posso te oferecer um Twix derretido e minha gratidão eterna.

Eu dou risada.

— Pode ficar com o Twix. Mas se derrubar um dos meus livros na piscina, a coisa não vai ficar boa...

— Combinado.

— Você também pode pegar livros emprestados — falo, olhando para Jodie. — Se quiser, claro.

— Você é minha heroína.

Fico corada.

— Imagina — sussurro. — Só não estraguem meus livros.

Jodie junta as mãos.

— Muito obrigada. Bem, vou me trocar e ir passar umas horas na piscina antes do jantar.

— A que horas vocês vão descer para comer mais tarde? — questiono, alternando o olhar entre elas.

De repente, me dou conta de que as estou pressionando a jantar comigo, mas... sem meu celular, nem nada mais, esta vai ser uma semana longa e solitária. Não sei por quê, mas sinto que já criamos um tipo de laço — e eu quero que elas gostem de mim.

Rory parece assustada por um instante.

— Lá para umas sete, eu acho? — responde Jodie. — Sete e meia? O que vocês acham?

— Sete e meia fica bom para você, Rory?

— Aham, sim. Fica ótimo. — O olhar chocado por fim desaparece e ela sorri para nós. — Vejo vocês depois, então. Acho que vou pular a piscina. Tirar um cochilo. Mas vejo vocês lá embaixo para o jantar.

Ufa. Bem, valeu a pena.

Se eu tenho que passar a semana lutando contra esse detox digital forçado e atividades "altamente recomendáveis", pelo menos não vou ter que fazer isso sozinha. Não conheço essas garotas, mas pela próxima semana elas são tudo o que eu tenho.

CAPÍTULO OITO
RORY

Eu me jogo em uma espreguiçadeira ao lado de Luna (não Lola, preciso lembrar) e Jodie (que está deitada de bruços e eu não teria reconhecido se não fosse pelo fato de estar ao lado de Luna). Luna está usando um biquíni branco e eu não consigo deixar de olhar para suas coxas e barriga, desejando ser tão confiante com meu corpo quanto ela. Jodie está usando um maiô preto com decote nas costas, mostrando parte de uma tatuagem no ombro.

Luna vira a cabeça para falar comigo.

— O que aconteceu com o seu cochilo?

— Fiquei entediada.

Estou sentindo *muita* falta do Twitter.

Não me lembro da última vez em que adormeci sem meu celular na mão, a tonalidade amarelada do modo noturno embalando meu sono. Nossa, espero conseguir dormir à noite sem meu celular.

A piscina é grande e quadrada, do tom claro de azul-turquesa da água com cloro. As espreguiçadeiras são brancas com uma almofada espessa e macia em vez daquele material duro que marca as costas e as pernas e deixa o bumbum dormente. Há muitos guarda-sóis, mas os que estão por perto estão fechados e amarrados.

Se eu me deslocasse cerca de um metro e agachasse para pegar o sol no lugar exato, no canto superior direito, daria uma bela foto para o Instagram. A legenda perfeita seria:

Isso é exatamente o que o médico me recomendou...
Me desconectar e um pouco de autocuidado — assim que eu pegar uma margarita! #FelicidadeTotal #Sol+Diversao

Imagino quantas curtidas eu teria. É bonito o bastante para, se eu compartilhasse no TikTok com a música certa, viralizar.

Não adianta pensar nisso, lembro a mim mesma, dedos ansiando por um celular que não tenho.

O hotel é mais agitado do que eu esperava. Deve ter umas quarenta pessoas na piscina. Não vejo os pombinhos, Andrew e Linda, mas avisto o senhor musculoso e a mulher do ônibus fumando o que suponho ser um cigarro... duvidoso.

Eu me preparo psicologicamente por um segundo e tiro a saída de praia branca de crochê, que não cobre muita coisa, agora que paro para refletir, e a penduro no encosto da espreguiçadeira antes de deitar para tomar sol.

Agora só preciso de um podcast, penso, lamentando por todos os episódios não escutados de *The Morning Toast* que baixei em meu iPod.

Sei que estou em um retiro de detox digital, mas... não pensei que seria tão *extremo*.

Meu tablet nem tem acesso à internet, pelo amor de Deus. Tipo... mal dá para chamar de *digital* sem Wi-Fi. Achei que o detox era só para se desconectar do mundo exterior ou algo assim. Não acredito que tiraram de mim o que é, basicamente, um bloco de desenho aprimorado com tintas.

Se bem que eu tinha duas temporadas de *Stranger Things* baixadas nele, mas... mesmo assim.

Como vou "desconectar" e esquecer os estresses do mundo real se vou ficar presa sem nada para fazer, só lidando com meus próprios pensamentos? Vou voltar para casa mais esgotada do que quando parti.

Dito isso, mal fazia cinco minutos que eu estava deitada quando alguém com uma camisa polo branca e bermuda cáqui se aproxima, oferecendo-me uma toalha e uma garrafa de água, exatamente o serviço de excelente qualidade que foi prometido no anúncio. Ergo as sobrancelhas e as aceito.

— Obrigada. Hum, *gracias*.

Quando o funcionário se afasta, eu me viro para as garotas.

— Acham que vai ser assim a semana toda? — pergunto.

— Quase compensa o fato de terem roubado meu celular — murmura Jodie, levantando a cabeça para responder.

— Dá para entender por que as pessoas pagam caro por isso — comenta Luna. — Ainda bem que consegui uma oferta de última hora.

— Ah, nem me fale — respondo, como se não tivesse sido uma viagem por pena que ganhei de *#presente* das minhas irmãs.

Pelo menos eu posso riscar um item da lista de coisas para fazer nas férias — falar com estranhos e fazer amigos. Mais cedo, quando elas estavam discutindo os planos para o jantar, não pensei que seria incluída, mas é um alívio saber que não vou ficar sozinha nesta semana livre de tecnologia. (Ainda mais agora que não tenho meus livros e meus podcasts.)

Sei que não as conheço muito bem, mas elas podem ser divertidas e uma boa distração.

Com o sol batendo em minha pele, o som das pessoas nadando, a música suave tocando na cabana, digo a mim mesma que, apesar das complicações com o voo, esta semana começou muito bem. E, no fim, eu tiro a minha soneca.

～

Coloco na mesa o prato de que me servi no bufê — macarrão, dois pedaços de pizza e batata frita. Pego um pãozinho na cesta que está no centro da mesa. Não está nem perto de ser um prato perfeito para uma foto, mas quando em Roma... (Ou, pelo menos, em um hotel espanhol sem ter como postar uma foto da refeição no Instagram...) Parece uma espécie de indulgência indevida, como pedir comida de um restaurante no meio da semana. Tem uma vozinha irritante no fundo da minha cabeça dizendo que, se não é o tipo de coisa que eu compartilharia na internet, é *errado*.

Mas os carboidratos estão me chamando. Jodie e Luna também não fazem cerimônia, ambas com uma montanha de comida no prato.

— Certo — digo, erguendo as sobrancelhas na direção de Luna. — Então, me conta mais sobre a bebedeira que te levou a reservar um detox digital surpresa. É uma história que *preciso* ouvir.

Luna mastiga um pouco de macarrão antes de responder. Jodie também está olhando com expectativa.

Talvez eu não devesse ter perguntado, mas, *ah*... Ela não pode simplesmente fazer um comentário daquele e não esperar que alguém queira saber mais detalhes.

Luna franze a testa por um momento, como se estivesse se preparando para um discurso, e toma um gole grande do vinho. Em seguida, respira alto e fundo antes de dar início ao que eu *realmente* espero que seja uma história épica (e, tudo bem, um pouco confusa).

(Ora, me julguem. Eu gostaria de não ser a única aqui que sente que a vida saiu do controle.)

— Bem, tinha tudo planejado — começou ela. — Achei que acabaria me casando com meu namorado. Ex-namorado, na verdade. Estava com ele fazia anos. Já tínhamos até escolhido o nome de nossos futuros filhos! Estudamos na mesma universidade e eu achei que tudo seria perfeito. Tínhamos feito planos de morar no mesmo alojamento no ano que vem e tudo mais, estava tudo no nosso plano de cinco anos, mas... eu tive uma crise, acho. Terminei com ele bem no meio do período de provas. Alguns dias depois, enchi a cara e vi um e-mail com propaganda deste lugar, e então aqui estou.

— Por que terminou com ele? — questiona Jodie, com a boca cheia de lagosta, arregalando bem os olhos.

Eu me sinto bem menos culpada sabendo que ela está gostando da fofoca tanto quanto eu.

Luna franze o cenho.

— É difícil explicar. Não sei se fiz a coisa certa... É que... são muitas coisas, sabe? Ele sempre foi muito extrovertido e gostava de sair para festas. Sempre quis que eu fosse também, para podermos passar mais tempo juntos, mas na faculdade... sei que faz parte, mas às vezes *é* um pouco *demais* para mim. Começou a parecer que as festas estavam saindo do controle, e não conseguíamos passar nenhum tempo de qualidade juntos. Ele ficava mal-humorado quando estava de ressaca, só que estava *sempre* de ressaca. Então eu me esforçava para sair com todos os nossos amigos e organizar eventos em grupo porque era o que ele queria... Mas eu passava por rabugenta quando não estava bebendo, ou se resolvesse ir embora para casa mais cedo. E parecia que eu estava sendo chata se quisesse que ele me acompanhasse até em casa, quando ele queria continuar na festa... — Ela respira fundo e arregala os olhos verdes. — Mas, sabe, essas pessoas com quem saíamos também eram *minhas* amigas... e antes as coisas eram *tão boas* entre mim e o meu ex. É quase como se, assim que a faculdade começou, ele tivesse decidido que *não precisava* mais se preocupar com a *nossa relação*. Como se achasse que eu ficaria para sempre... ali. Em segundo plano, depois de todos os eventos divertidos com nossos amigos e seu novo jeito "desencanado". E ele não era assim. Pelo menos eu acho que não.

Ela está com uma expressão distante no rosto, menos nostálgica e mais como se estivesse assistindo a um filme chamado Luna e seu (ex-) Namorado: Melhores e Piores Momentos, tentando identificar quando tudo mudou no relacionamento deles. O garoto parece estar levando uma vida universitária dos sonhos — mas também sei que ele parece um *babaca*, pelo menos no que diz respeito a ser o namorado de alguém.

— Bem — continua Luna, sem perder nem um pouco daquele olhar perdido —, chegou a um ponto em que eu saí de uma prova bem difícil e estava muito estressada com isso, e ele parecia não *se importar*. Ele disse que era nosso primeiro ano na faculdade, então não fazia diferença, e eu só... surtei, acho. Não queria perder meu tempo cuidando de ressacas ou fazendo tanto esforço para deixar *ele* feliz, sendo que ele nunca fazia o mesmo por mim e, para ser sincera, a coisa toda foi como uma experiência extracorpórea.

Eu só lembro de gritar para ele sair da minha frente. Falei que estava cansada de ser deixada de lado e que tudo estava terminado. Foi tudo meio que um borrão.

Ah, uau.

Que reviravolta. Não esperava que ela contasse *tudo* dessa forma. Soltei um assobio longo e baixo.

Luna faz uma pausa, notando que estamos chocadas.

— Mas ele é ótimo — acrescentou ela, depressa. — *Mesmo*. O melhor. Ele *é* muito gentil. E ele me *entende*. Nós nos demos bem desde sempre, sabe? Era tudo muito fácil, *antes*. Tipo, eu queria me casar com ele. E estava tendo um dia tão ruim quando terminei o namoro. Acho que estávamos passando por uma fase ruim. Quer dizer... é a vida, né? Então tudo isso provavelmente foi um erro, e eu não sei se estava pensando direito. Eu só estava... é... Sei lá.

— Isso parece horrível — comenta Jodie. — Sinto muito, Luna.

Assinto, demonstrando empatia, mas Jodie de repente recua, sentando mais reta e colocando a palma das mãos sobre a mesa.

— Ei, ei, espera. Você tem um plano de cinco anos?

Luna pisca, confusa.

— Vocês não têm?

— Mal tenho um plano de uma semana, queridas — retruco, rindo.

Luna estremece.

Então Jodie pega um pãozinho e declara:

— Acho que eu quero largar a faculdade. Por isso estou aqui.

Agora nós a encaramos.

Jodie hesita, passando manteiga no pão e remoendo suas palavras. Pego um pãozinho da cesta também e alcanço a manteiga, que está pela metade. Ela me olha assustada, então resolvo pedir:

— Você se importa?

E Jodie balança a cabeça, deixando-me pegar a manteiga.

Ataco a comida, mas ela deixa a dela no prato e respira fundo.

— Não tenho um plano de cinco anos — começa ela — nem nada disso, mas eu estava fazendo tudo *certo*. Ou, sabe, achei que estivesse. Tirava boas notas na escola e era para eu ser a primeira da família a me formar na universidade. Somos só eu, minha mãe e minha avó, e elas sempre tiveram tanto *orgulho* de mim — diz, cuspindo as palavras e fazendo careta como se não pudesse imaginar nada pior do que ter uma família que a apoia. — Elas sempre me encorajaram, então eu sabia que devia fazer faculdade. Mas entrei e percebi que *não* era o que eu queria. Achei que fosse, mas mal consigo acompanhar. Não tem nada a ver comigo. Eu nem *gosto* de ser estudante, mas não quero decepcionar todo mundo, sabe? Não quero. Então simplesmente apostei *tudo* na faculdade. E agora estou prestes a me formar, se conseguir manter o ritmo no ano que vem, e logo vou ter que começar a me inscrever para programas de *trainee* e procurar emprego e... As coisas ficaram reais demais, rápido demais. Sinto que eu estive no piloto automático nos últimos dois anos.

Jodie solta um suspiro trêmulo, se encolhendo. Parte um pedaço de pão, concentrando-se em mastigar.

Se ela terminou o segundo ano da faculdade, Jodie deve ser dois anos mais velha do que eu. Bem aqui, neste momento, ela parece mais velha, encolhendo-se sob o peso de seus problemas. Só agora estou notando a aparência pálida de sua pele, as olheiras profundas demais para serem fruto da viagem.

Será que vou estar assim daqui a dois anos? Esgotada e infeliz, fazendo uma graduação que detesto?

Sinto meu estômago embrulhar e me ajeito na cadeira. Luna estende a mão para dar um tapinha no ombro de Jodie.

— Então... você largou a faculdade? — pergunto.

Me conta, me conta como foi.

Jodie se endireita, franzindo o rosto.

— Não. Não, ainda não. Talvez eu nem largue. Eu *não sei*.

— Por causa da sua mãe? Da sua avó? — questiono, ignorando a cara que Luna faz para mim, quase de reprovação, como se eu devesse dar algum tipo de espaço a Jodie. Como se ela não tivesse *escolhido* contar tudo isso para nós.

Como se eu não precisasse desesperadamente saber como ela vai lidar com isso, para descobrir como devo contar aos meus pais que não quero estudar Direito, e as aulas já começam em setembro. Jodie pareceu meu Futuro Fantasma da Experiência Universitária.

— Mais ou menos — admite Jodie, ainda partindo pedaços do pão, mas deixando-os no prato em vez de comê-los. — Não só por causa delas. Não acho que elas vão me deserdar nem nada parecido se eu largar a faculdade. Bem, elas sempre me encorajaram a me esforçar pelo que eu quero. E isso é o que eu *deveria* querer, não é? O diploma universitário, as boas notas, um emprego impressionante... Então é por isso que me esforcei muito. Juro, sempre que falo com meus amigos, todos estão se gabando de como tudo é ótimo, de como nossa vida é incrível. Ou, sei lá, talvez seja eu que esteja com a impressão de que é isso que eles fazem. Além disso, se eu encerrar tudo agora, desperdiçar os últimos dois anos por *nada* quando estou tão perto... o que todo mundo vai dizer? E se for apenas uma crise idiota, como quando nossos pais compram carros esportivos, e eu largar a faculdade e me arrepender depois?

Ela alterna o olhar entre nós duas, tão derrotada que obviamente é uma pergunta retórica, e é como um torno apertando meus pulmões. *O que todo mundo vai dizer?* Esse é meu maior medo também.

— Bem — continua ela em um tom mais tranquilo —, o período de provas acabou de terminar, e minha mãe e minha avó disseram que depois de tanto esforço eu merecia um descanso, e sugeriram este resort. Pareceu um lugar bom para fugir de tudo.

— Até eles roubarem nossos celulares e nos ameaçarem com uma diversão com cronograma — murmura Luna.

Jodie e eu caímos na gargalhada, e nossa risada acaba com a tensão que havia se instaurado na mesa.

Jodie toma um gole do vinho e eu encho as taças de todas, nada surpresa ao ver que a garrafa que compartilhamos já está vazia. O vinho está indo mais rápido do que a comida — o que é curioso, porque estamos todas *famintas*. Fico admirada ao me dar conta de que meu prato está quase vazio, e considero ir pegar mais quando Jodie volta a falar:

— E quanto a você, Mocinha das Pernas Compridas? — pergunta ela, colocando a taça na mesa com um floreio e cruzando os braços, inclinando-se para a frente.

Fico corada.

— Não são tão compridas assim.

— Parecem compridas para mim, que tenho 1,65 m — comenta ela, rindo. — Quanto você mede? 1,80 m?

— Não, 1,77 m. Mais o salto. — Tiro a perna de baixo da mesa para mostrar o sapato a elas.

— Bem, para mim você é alta e pernuda — retruca Jodie.

— O que veio fazer aqui? — pergunta Luna, curiosa, tomando mais um pouco de vinho. — Quer dizer... você *sabia* que era um detox digital. Não relutou em entregar seu celular. Término ruim? O ex-namorado era um *stalker*?

Bufo.

— Que nada. Não sou uma pessoa que gosta de relacionamentos. Bem, pelo menos não relacionamentos *sérios*.

— Então por que reservou essa viagem longe de tudo?

Penso no que poderia dizer a elas. Poderia jogar o cabelo sobre o ombro e dizer alegremente: *ah, eu? Li sobre este lugar na internet e quis ver como era e, vocês sabem, dizem que é uma experiência tão edificante e centralizadora abrir mão do celular por um tempo... Então... eu? Não estou aqui para consertar nem fugir de nada. Só estou aqui pela viagem.*

Mas elas foram sinceras demais e eu já tomei vinho o bastante a esta altura para abrir um sorriso cínico e dizer:

— Recebi uma oferta incondicional para estudar Direito, uma graduação na qual só me inscrevi porque minha família é formada por pessoas tediosas e sensatas, que acham que arte é uma perda de tempo. Talvez estejam certas, não sei... Sou criadora de conteúdo na internet e... na verdade sou bem boa nisso. Tipo, tenho níveis de popularidade suficientes. Mas eles simplesmente acham que sou viciada no meu celular, e meio que não estão errados. Não quero contar que é porque estou tentando construir uma marca para vender minha arte on-line, porque a lojinha foi um fracasso e eu só fiz um total de dezessete vendas em dois anos, desde que comecei.

É a primeira vez que falo essas coisas em voz alta. As garotas estão ouvindo cada uma de minhas palavras, o que me dá o mesmo tipo de pico de adrenalina que ver comentários chegando em um de meus vídeos.

— Bem — continuo —, eu me encurralei com a questão da graduação em Direito porque todo mundo parecia tão feliz com isso e eu fiquei, tipo, "É, por que não? Parece uma ótima ideia!". Mas isso foi quando me inscrevi, porque parecia algo *muito distante* e, tipo, parecia que eu teria tempo para mudar tudo. Achei que, se minha lojinha on-line fosse bem o suficiente, poderia ofuscar a vaga na faculdade. Mas é óbvio que isso não aconteceu. Então agora eles estão preocupados que eu esteja mal e acabe voltando a tomar antidepressivos, e por isso minhas irmãs me deram esta viagem. Elas disseram que eu precisava de um detox digital para poder descansar. Acharam que eu teria *atenção plena* e que seria *tranquilizador* e me ajudaria a "ganhar um pouco de perspectiva", e isso me pareceu melhor do que voltar para a terapia. E uma opção *bem* melhor do que contar a verdade para minha família.

Prendo a respiração e espero pela resposta delas, fazendo o possível para parecer tranquila e despreocupada. Meu coração está disparado, e minha mão começa a suar ao redor da taça de vinho. Fico achando que elas vão perguntar o que eu tenho para estar tão deprimida, ou por que estou perdendo meu tempo na internet, ou que vão usar sua Grande Sabedoria e Experiência de Garotas Mais Velhas para me dizer que minha família tem razão, eu deveria engolir o choro e ir para a faculdade de Direito e parar de ser tão chata.

Mas o que Luna diz é:

— Suas irmãs só... te mandaram de férias?

— É, quase isso.

— Ai, meu *Deus*. Meu irmão nunca faria isso.

— Queria ter irmãos — resmunga Jodie. — Se ao menos eu tivesse irmãs mais velhas que fizessem isso por mim!

— Se ao menos eu tivesse minha vida sob controle — rebato.
Jodie ri.
— Um brinde a isso.
Luna levanta o copo até o centro da mesa.
— Saúde!

CAPÍTULO NOVE
JODIE

Eu me arrasto para o café da manhã por volta das nove e meia, e me afundo em uma cadeira com um prato com torradas, ovos fritos e uma ressaca merecida depois da bebedeira de ontem. Suspiro baixinho. Sou muito fraca para bebida. Não me lembro da última vez em que bebi mais do que uma taça de vinho — nenhum dos meus amigos da faculdade é de beber muito —, mas devo ter tomado quase uma garrafa. Rory servia doses generosas, então foi fácil perder a noção.

Apoio os cotovelos com firmeza dos dois lados do prato por um instante para encostar a cabeça nas mãos e suspirar de novo.

— Ah, srta. Jodie — diz uma voz que já é irritantemente familiar.

Levanto a cabeça com dificuldade e dou um sorriso para Esteban, e mais parece que estou só mostrando os dentes para ele. *Vá embora. Me deixe em paz com minha dor de cabeça, por favor, Esteban.*

Ele pronuncia meu nome como "Ro-di", apesar de seu inglês ser impecável.

— Não está se sentindo bem? — pergunta com uma simpatia que tenho quase certeza de que é falsa.

Ontem, minha primeira impressão dele foi boa. Competente, capaz, carismático.

Agora o charme tinha se transformado em reprovação, e tudo parece uma fachada cuidadosamente construída.

(Ou talvez, reconheço, eu apenas fique muito mal-humorada quando estou de ressaca.)

— Estou bem, obrigada. Só... um pouco cansada.

Ele continua sorrindo e eu sinto vontade de afundar sua cara em meu prato de ovos. Não estou a fim de um tratamento alegre ou excessivamente amigável esta manhã.

— Certo, certo. Você perdeu a aula de ioga.

— Hã?

— Ontem à noite, você e suas amigas se inscreveram na aula de ioga da manhã durante toda a estadia. Mas Sofia, minha colega, disse que vocês não apareceram.

— Ah. Certo. Isso.

Não tenho lembrança nenhuma de ter me inscrito na ioga. Quanto vinho eu tomei?

Eles não deviam pedir para as pessoas se inscreverem em aulas quando estão bêbadas. Quase discuto com Esteban, mas minha cabeça não vai conseguir lidar bem com isso no momento.

— Desculpa — digo.

Mas ele sabe que não estou me desculpando de verdade.

— Hum. Esperamos que consiga comparecer amanhã, então, srta. *Ro-di*.

Depois que Esteban sai, Rory aparece de cabeça baixa e a mão levantada para esconder metade do rosto. Ela coloca uma xícara de café sobre a mesa, escolhendo o assento à minha frente. Espia acima dos dedos, e os olhos vermelhos são o único sinal visível de ressaca. Não posso deixar de sentir um pouco de inveja, pensando em meu cabelo em um rabo de cavalo e nas minhas olheiras. Ninguém deveria ter permissão para ficar bonita nesse estado.

— Por favor, me diga que ele foi embora. Não posso lidar com mais uma reprovação do *señor* Todo-Poderoso. Adorei seus óculos, por sinal.

— Obrigada. Você também perdeu a ioga, então?

— Querida, eu nem lembro de ter me inscrito nisso — diz, passando as mãos pelo rosto.

— Nem eu. Acha que ele só está inventando isso para nos sentirmos mal e aparecermos de verdade?

— Eu não duvidaria. Maldito ladrão de Kindle.

Sorrio e volto a comer. Rory fica olhando por um tempo antes de se levantar da cadeira e voltar para o bufê de café da manhã. Vou até lá para pegar mais chá e mais suco; quando volto, ela está com um café da manhã inglês completo *e* um omelete.

— Como você come tanto e é magra? — pergunto, surpresa e com um pouco de inveja.

Não sou gordinha e curvilínea como Luna, nem magra e esguia como Rory. Meu corpo é flácido, e eu preferiria manter coberto. Nunca fui muito confiante a respeito disso.

— Não conta quando se está com tanta ressaca — retruca ela, com a boca cheia. — Nossa, quanto bebemos ontem à noite?

— Sei lá, mas tenho a impressão de que isso também não conta quando se está de férias.

Rory ri um pouco, depois se contrai, como se até isso fosse esforço demais. *Eu te entendo, garota.*

— Conta quando você acaba se inscrevendo para aulas de ioga às seis da manhã. Meu Deus. Acha que nos inscrevemos em mais alguma coisa?

— Espero que não. Amanhã você vai?

Ela faz uma careta, depois olha para trás, espiando Esteban rindo alegremente com um grupo de cinco pessoas que devem ter setenta anos.

— Acho que se não formos ele não vai parar de reclamar com a gente. Você viu Luna hoje de manhã?

Balanço a cabeça bem de leve, pois não quero agravar ainda mais minha terrível dor de cabeça.

— Não. Ela deve ter perdido a hora também.

～

Na verdade, Luna não perdeu a hora. Ela é uma daquelas pessoas sortudas e horríveis que não sofrem de uma tremenda ressaca depois de beber demais.

— Só se eu misturar, aí já era — explica ela.

Estamos todas sentadas em volta da piscina mais tarde naquela manhã, dividindo a coleção de livros de Luna. (Estou começando a entender por que ela teve tanta dificuldade para subir com a mala pelas escadas: a garota trouxe quase uma livraria.)

Quando ela diz que o despertador em seu quarto tocou às 5h40 da manhã, fico surpresa.

— Ai, nossa, não, eu me lembro! Você disse que colocaria o despertador. Prometeu que nos acordaria.

— Eu bati na porta — rebateu ela, parecendo culpada. — Mas só um pouco. Depois que Rory passou mal ontem à noite, e você quase dormiu na mesa... — Eu *não* me lembro disso, mas Rory dá de ombros e parece impassível. — Eu não tinha certeza se vocês iam querer ir.

Rory e eu balançamos a cabeça.

— Com certeza não.

— Sofia, a professora, perguntou onde vocês estavam. Eu disse que achava que vocês não estavam se sentindo muito bem, mas acho que ela não acreditou.

— Esteban certamente não acreditou — retruco, revirando os olhos. — Como foi a aula?

— Foi normal. — Luna dá de ombros. — Muita pose de árvore e respiração concentrada. Não foi tão ruim, na verdade.

— Como alguma coisa às seis da manhã pode não ser tão ruim? — murmuro. — Já passei muitas noites em claro na biblioteca, sem problemas, mas acordar para chegar a tempo para uma aula às nove sempre foi um desafio.

— Atenção. Chegando — diz Rory, soltando os dois livros que estava escolhendo e apontando com a cabeça para trás de nós.

Luna e eu nos viramos e vimos um funcionário do hotel se afastando de um grupo a algumas espreguiçadeiras de distância de nós. Bermuda clara, corte de cabelo bonito, camisa polo branca... e uma prancheta na mão. Que ótimo.

— *Buenos días*, meninas. Como estão hoje? — pergunta o homem, abrindo um grande sorriso.

Ele espera uma resposta em vez de simplesmente dizer o que veio fazer aqui.

— Hum, é, ótimas, obrigada — digo.

O homem se senta na espreguiçadeira ao lado de Rory.

— Meu nome é Oscar. Sou um dos representantes das atividades aqui do Casa Dorada. Imagino que tenham lido as instruções, então já estão familiarizadas com todas as atividades que oferecemos. Gostariam de se inscrever para alguma delas?

Olho para as garotas. Rory está com os olhos arregalados, a testa levemente franzida, totalmente confusa, esperando que alguém tome a frente. Luna fica olhando ansiosa para o livro em seu colo, acariciando a capa, e dá para ver pela reação delas que as duas acham o mesmo que eu das atividades do resort: completa e totalmente desanimadoras.

Nenhuma delas se voluntaria a responder, então eu falo:

— Na verdade, estávamos esperando ter uma semana mais tranquila. Relaxar com alguns livros na piscina, tomar alguns drinques, ir até a praia...

— Mas vocês leram as instruções, certo? — indaga Oscar, ainda sorrindo, mostrando seus dentes perfeitamente retos e brancos, mas seu tom é um pouco menos alegre agora.

— Bem... sim...

— Então estão cientes de que o propósito do Casa Dorada é se reconectar com o mundo e com vocês mesmas. Nossas atividades foram pensadas especificamente para esta missão e são uma chance de abraçar um pouco da cultura local. Por exemplo, nosso passeio à Basílica em Palma é uma oportunidade maravilhosa de tirar algumas fotos para compartilhar com seus amigos quando voltarem para casa.

Rory se anima, sentando mais reta, a expressão mais tranquila.

— Fotos? Isso significa que vamos pegar nossos celulares de volta?

Ahh, agora sim! *Minha avó ia adorar ver isso*, eu acho. Talvez eu pudesse fazer um FaceTime com ela e minha mãe para mostrar e espremer uma conversa ao mesmo tempo?

Oscar ri.

— Não, vocês vão pegar seus celulares de volta no fim da semana, é claro. Vocês podem comprar câmeras descartáveis em nossa lojinha de presentes, mas nós *pedimos* que não as usem no resort.

— Muito *vintage* — murmura Rory, voltando a franzir a testa.

— Talvez nosso passeio pela orla? As paisagens são magníficas.

Luna faz um som apreciativo, como se estivesse considerando. Talvez só esteja sendo educada, mas Oscar vê como um bom sinal.

— Rafael vai levar o grupo até um ponto na costa e vamos iniciar uma caminhada de três horas. O ônibus vai nos buscar no final da rota. Recomendamos que usem sapatos resistentes, por questão de segurança. Será fornecido um lanche. O ônibus sai às sete.

— Que pena — responde Rory, realmente exagerando. — Nós nos inscrevemos para a ioga da manhã. E eu não trouxe sapatos resistentes.

Ela balança o pé com chinelo na frente de Oscar.

— A aula de ioga acaba a tempo. São só quarenta e cinco minutos.

— Acho que estávamos combinando de ir à praia — intervenho, desesperada por qualquer desculpa a essa altura. Porque esse cara é *persistente*.

— A praia é de acesso privado para nossos hóspedes — diz Oscar. Seu sorriso é menor agora, as palavras mais curtas. — Um *privilégio* para os hóspedes que estão *participando*. Vocês devem se lembrar de que para aproveitar ao máximo sua estadia, encorajamos que se inscrevam em três atividades por dia. Nossa política acredita que essas atividades são muito úteis para aqueles que estão com dificuldades de ficar longe do celular.

Ele pontua isso com as sobrancelhas erguidas e um olhar penetrante para cada uma de nós.

Confesso que estou me sentindo meio perdida sem meu celular, mas, para ser sincera, é só porque quero minhas playlists do Spotify e meus podcasts, e menos porque estou sentindo falta das redes sociais ou da internet.

Bem, eu estou sentindo falta dos joguinhos também, mas vou ficar bem.

É... na verdade bem legal não ver mensagens dos meus amigos e constantemente sentir que eles estão fazendo tudo melhor do que eu, me fazendo sentir culpada e irritada com todas as coisas que *eu* deveria estar fazendo para me estimular, para superá-los, para provar que estou fazendo alguma coisa que vale a pena também...

É, com certeza não estou sentindo falta disso.

— Então não podemos usar a praia se não nos inscrevermos para as coisas? — questiona Rory.

Em vez de responder, Oscar retruca:

— Vocês já se inscreveram para alguma de nossas outras atividades?

— Ainda não — murmura Luna. — Só a ioga.

— Talvez nossa aula de hidroginástica, então? Vocês perderam a de hoje de manhã, mas tem outra aula à tarde.

— Hum...

— E hoje temos uma noite de improviso. Muitos hóspedes já se inscreveram. Seria a terceira atividade do dia de vocês.

Não. *Não.* A ioga às seis da manhã eu posso ser capaz de engolir, mas noite de improviso já é exagero.

— Se nos inscrevermos, temos que nos apresentar ou podemos só assistir? — indaga Rory.

— Sim. Todo mundo participa. — Ele sorri de novo como se fosse algo muito atraente, porque o que mais *poderíamos* querer nas férias além de fazer papel de bobas na frente de monte de estranhos?

Pode me matar agora.

Certo, penso, me dando um segundo para ser racional. *Dá para ver que esse cara não vai desistir, então vamos ter que ceder em algum ponto... E é melhor fazer isso nos nossos termos do que nos dele.*

— Tem uma visita a um parque aquático, certo? — pergunto, olhando para as garotas. — Isso pode ser divertido. O que vocês acham?

Luna assente e seu rosto se ilumina.

— É claro, um parque aquático parece legal — diz ela.

— Faz muito tempo que não vou a um — comenta Rory, sorrindo. — Vamos! Pronto, Oscar, nos inscreva para o parque aquático.

— Maravilha! Tem uma pequena tarifa adicional, mas acrescentamos à conta no fim de sua estadia. A visita ao parque aquático é amanhã. O ônibus sai às oito da manhã e voltamos na hora do jantar.

— Parece ótimo! — exclama Luna. — E o parque temático?

— Esse vai ser na sexta-feira. Gostaria que as inscrevesse para ele?

— Podemos pensar um pouco e falar com você depois? — questiona Luna, com um sorriso constrangido. — Vamos conversar e decidir.

— É claro, é claro. Vou deixar vocês pensarem... — Oscar tira uma folha da prancheta e as entrega a nós. — Esta é uma cópia do itinerário da semana. Estarei por aqui o dia todo, ou vocês podem me encontrar na recepção. Vou deixar vocês decidirem e podem me dizer mais tarde em que vão se inscrever.

— Ótimo — murmura Rory.

E Luna diz, educadamente e em um tom mais entusiasmado:

— *Ótimo!*

— E vemos vocês mais tarde na hidroginástica — fala Oscar. — Por favor, tomem cuidado para não comerem muito perto do horário da aula.

Antes que possamos nos opor e dizer que nunca concordamos em nos inscrever para a hidroginástica, Oscar já se foi, aproximando-se do casal idoso a algumas espreguiçadeiras de distância. Eu resmungo baixinho e Rory pega o itinerário de minha mão.

— Nossa, por favor, digam que não precisamos realmente fazer todas essas bobagens? Vejam. *Vejam* quantas coisas eles têm! Um torneio de tênis de mesa, bocha às três das tarde, todos os dias... — Rory joga a folha de lado, bufando.

— Não me importo de ir ao parque temático — anuncia Luna. — Se vocês quiserem também.

— Eu iria — declaro.

— Acho que é uma boa ideia — concorda Rory. — Vou enlouquecer até lá. É daqui a *quatro dias*. Já estou ficando doida sem meu celular.

— Nem me fale — diz Luna.

— Você é a única de nós que sabia sobre essa pegadinha do detox digital! — exclamo, rindo, apontando para Rory, em vez de admitir que não estou sentindo tanta falta de meu celular. — É só o primeiro dia.

— Já faz quase vinte e quatro horas — lamenta ela, olhando para o céu. — Sinto falta do Pinterest. E do Instagram. E, tipo... de poder ver a *hora*. Nem todo mundo usa relógio.

— Eu gosto de estar preparada — retruca Luna fingindo arrogância, abraçando o braço com o relógio de pulso junto ao peito.

Mas eu e Rory não conseguimos ficar sérias e começamos a rir.

Luna faz uma careta e declara:

— Continuem com isso e vou revogar seus privilégios e levar meus livros embora.

— Vai com calma, Esteban — brinco.

Ela me empurra, fazendo cara feia de novo, mas logo volta a ficar séria.

— Acham que eles vão mesmo nos impedir de ir à praia se não nos inscrevermos em atividades o suficiente? — pergunta Luna.

— Eles bem que podem tentar — resmunga Rory, então se levanta, jogando o itinerário em meu colo. — Vou pegar bebidas. Todo mundo quer limonada?

— Sim, obrigada.

— Suco de laranja, se tiver — pede Luna. — Por favor e obrigada.

— Beleza. Vocês podem dar uma olhada nessa lista infernal e decidir se tem mais alguma coisa que valha a pena.

CAPÍTULO DEZ
LUNA

Uma hora depois de ter nos dado o itinerário, Oscar volta para nos perguntar em que mais gostaríamos de nos inscrever. Com relutância, colocamos nossos nomes na hidroginástica da tarde, em algumas aulas de salsa à noite durante a semana e no parque temático.

Oscar parece decepcionado por não termos nos inscrito em mais atividades. Não consigo entender por que isso faz eu me sentir como se estivesse de castigo na escola — talvez seja só porque ele tem mais ou menos a idade dos meus pais —, mas fazer inscrição para qualquer outra coisa parece muito trabalho. Fico feliz que as outras garotas resistam em deixá-lo nos pressionar. Acho que se estivesse sozinha, eu acabaria cedendo e me inscrevendo em tudo que ele apontasse, só para encerrar a conversa.

Jodie por fim consegue fazê-lo se afastar, dizendo que vamos pensar o que mais gostaríamos de fazer nos dias em que não nos comprometemos com três atividades. Fico aliviada por ele acreditar nisso e pelo que ela sussurra para nós assim que ele vira as costas:

— *Não* vamos nos inscrever em mais nada.

Esta semana deve ser *divertida*. Deve ser relaxante e uma pausa na dor de cabeça que venho sentindo; fico desanimada só de pensar em ser arrastada para um museu militar ou para uma trilha pela orla. Tenho certeza de que alguém gostaria desses passeios, mas com certeza não é minha ideia de férias divertidas.

E, graças a Deus, nem a de Rory ou Jodie. Aposto que se elas se inscrevessem, eu acabaria indo atrás só para não me sentir excluída.

~

A aula de hidroginástica depois do almoço acaba não sendo tão ruim, e quando chega perto do jantar, a piscina começa a esvaziar, as pessoas voltam para os seus quartos ou para outras atividades, como a aula de HIIT.

— Acho que vou para o meu quarto lavar meu cabelo antes do jantar — comento, começando a guardar meu chapéu e o livro na sacola de palha.

— Hum, é uma boa — murmura Rory, palavras abafadas pelos braços, já que ela está deitada de bruços, usando os braços cruzados como travesseiro. — Vou subir em um segundo.

— Vou quando acabar esse capítulo — fala Jodie, apontando para o livro que pegou emprestado comigo.

Ela mal o largou a tarde toda, e fico feliz por ter trazido tantos. (Tive dificuldade para decidir quais trazer, e depois comprei mais dois no aeroporto, mesmo sabendo que não havia como ler todos eles durante a semana. Era bom poder escolher, só isso.)

— Vejo vocês às sete e meia, então.

A caminho do quarto, penso que deveria ligar para os meus pais e contar como estão as coisas. Quero contar para eles sobre Rory e Jodie e como parece que já as conheço há uma eternidade. Que estamos sendo pressionadas a nos inscrevermos em atividades, e que, mesmo que algumas delas pareçam normais, é terrível. Por que não vi escrito em lugar nenhum que este era um resort bizarro que proíbe celulares e diversão?

Mas obviamente eu não podia fazer aquilo porque *confiscaram meu celular*, e eu sinto meu rosto se franzir com raiva. O idiota do Esteban e suas regras idiotas. O idiota do Oscar e sua prancheta. A idiota da Sofia com seu olhar desagradável e julgador quando me perguntou onde estavam minhas amigas hoje de manhã e respondeu *"Huumm"*, como se tudo fosse culpa minha.

Resmungo baixinho quando chego ao meu quarto e guardo as coisas da sacola de palha antes de tomar banho.

Esta semana era para ser alegre. Era para ser relaxante.

Não consigo nem reservar férias direito! Eu não sou assim. Normalmente sou tão organizada! Esse é o tipo de coisa precipitada e descuidada que Liam faria.

Só pensar no nome me faz reviver a dor latente em meu peito, que eu tinha me esforçado tanto para ignorar o dia todo. Até agora, pelo menos. Coloco as mãos no rosto, sem saber ao certo se quero gritar ou chorar.

As coisas só melhoram quando entro no chuveiro — a água esguicha e então para totalmente. Eu me lembro de ter lido as letras miúdas no folheto de instruções mencionando algo sobre o hotel estar em reformas e que a água podia "de vez em quando" ficar "um pouco temperamental" e "obrigado por sua compreensão e paciência".

No momento, minha paciência está *extremamente* curta. E essa viagem, que era para ser uma semana de sol, mar e areia para eu tentar me acalmar depois do surto que tive após as provas e das consequências horríveis de tudo isso... se transformou *nisso*? Em um possível ataque de choro por não conseguir tomar um banho?

— Ah, fala sério... — murmuro.

Fecho o registro e o abro novamente algumas vezes, e depois de um tempo começa a funcionar. A água quase não esquenta, mas estou muito irritada para me preocupar. Um chuveiro quebrado teria sido a cereja do bolo.

Mesmo ao imaginar mentalmente as mensagens contundentes que enviaria à minha família sobre este resort de luxo ter de repente se transformado em um inferno, eu deveria ficar agradecida por *não* estar com meu celular esta semana. Pelo menos não posso ser influenciada pelas de Liam dizendo que estava com "saudades" e pedindo para conversarmos, e mesmo se eu ficar meio embriagada no jantar, não tem chance *nenhuma* de eu mandar uma mensagem de voz bêbada suplicando para ele me aceitar de volta e me perdoar.

Apesar de saber que só daqui a seis dias vou poder mandar mensagens para meus amigos, fico repassando o que eu vou dizer a eles e como vai ser a conversa. O pessoal da faculdade pode não reagir muito bem se achar que fui uma cretina e parti o coração de Liam, mas ainda há as amigas de minha cidade, da minha antiga escola.

Eu não me importaria de tirar umas férias só com as garotas. Teria sido divertido.

Mas, quanto mais eu penso nisso, mais começo a duvidar de que teria sido divertido, e como estou aliviada por estar aqui sozinha e não ter suplicado para nenhuma delas vir comigo. Estou sendo muitíssimo sincera comigo mesma, aquele grupo de WhatsApp é, na melhor das hipóteses, forçado, e da última vez que nos encontramos, na Páscoa, não foi a mesma coisa. Acho que não foi exatamente *estranho*, mas não foi tão fácil quanto quando estávamos no ensino médio. Foi mais como se estivéssemos representando o papel de melhores amigas, mas contássemos os minutos até podermos voltar para casa e relaxar.

Sei que parte disso deve ser culpa minha. Talvez eu tivesse me esforçado mais para manter contato com elas se não estivesse com Liam, ou ocupada tentando fazer novas amizades na faculdade, ou sair com os amigos de Liam.

Não sou próxima o bastante de nenhum de meus novos amigos para fazer planos para encontrá-los durante o verão. Na verdade, as coisas pareciam bem desesperadas e solitárias sem Liam, outro motivo pelo qual eu quis reservar esta viagem.

Pelo menos, passando a semana com Rory e Jodie, não vou ficar sozinha.

Um pouco desesperada, talvez, mas certamente não sozinha.

∼

Vou até a porta delas para descermos para jantar.

Jodie já está pronta, quase como se estivesse esperando por mim. Cumprimento e bato à porta de Rory, do outro lado do corredor.

Ela abre a porta, não parecendo nada impressionada e nada pronta para o jantar.

— *Aff.*

— Ficou sem tempo para secar o cabelo? — pergunta Jodie.

Mechas loiras e úmidas estão coladas no rosto de Rory. Seu vestido rosa esvoaçante com mangas franzidas ombro a ombro e a maquiagem pela metade fazem eu me sentir terrivelmente mal arrumada, mesmo que também esteja usando um vestido. Os ombros dela estão bem vermelhos, queimados de sol.

— Meu ar-condicionado está quebrado. O chuveiro estava muito quente e eu não consegui deixar frio, então o quarto ficou cheio de vapor — explica. — Está tão quente e... Ai. Meu. Deus.

Ela bufa, voltando para o banheiro e pegando um pouco de papel higiênico, secando debaixo dos braços, ao redor do rosto e o pescoço, bem na nossa frente, sem nenhum constrangimento. Ela joga o papel no vaso sanitário, depois gira na frente do espelho, tentando ver suas costas.

— Tem suor nas minhas costas? — pergunta ela. — Estou tão suada que chega a ser nojento.

— Não, relaxa — diz Jodie.

— Tenho um ventiladorzinho portátil, se você quiser — ofereço.

— É claro que você tem — responde ela, rindo. — Mas obrigada. Seria ótimo. Eu te abraçaria, mas, sinceramente, estou tão nojenta e suada que não gostaria de fazer isso com você. Ei, alguma de vocês pode guardar a chave do meu quarto? Este vestido não tem bolsos.

Ela termina de se maquiar, seca o pescoço e as axilas suadas mais uma vez, depois descemos para jantar. Dessa vez, pedimos refrigerante em vez de vinho.

— Não quero me inscrever em mais nenhuma atividade — declara Jodie, com firmeza, espalmando as mãos com unhas azul-claras, pelo jeito recém-pintadas, sobre a mesa. — Não vou encostar em uma gota de álcool até os representantes estarem longe daqui.

O jantar é italiano, de acordo com as fitas verdes, brancas e vermelhas que enfeitam o restaurante e a quantidade de massas e pizza disponíveis. Estamos cheias quando decidimos ir para o show de improviso. Diferentemente da noite anterior, os funcionários estão tentando fazer as pessoas saírem do salão de jantar quando terminam de comer — provavelmente para nos encorajar a assistir ao show, mesmo que não tenhamos nos inscrito nele.

É surpreendente como eles parecem organizados quando se trata de diversão. E parece que quase todo mundo fica feliz em cooperar com isso.

Nós três encontramos uma mesa no fundo, perto do bar. Desistimos dos refrigerantes e pegamos uma garrafa de vinho branco que dividimos em três taças quando o show começa. O funcionário que apresenta fala com entusiasmo sobre quantos hóspedes se inscreveram, e muitas pessoas parecem muito empolgadas com isso.

— Será que somos infelizes por pensarmos que isso parece terrível? — indaga Jodie.

— Malditas garotas mimadas arruinando a indústria do improviso, é o que somos — brinca Rory.

Dou uma risada, mas quase me engasgo com o vinho.

Os primeiros minutos não são tão ruins. É um grupo de pessoas de cinquenta e poucos anos — eu os ouvi conversando antes da aula de hidroginástica, e são todos pais que se conhecem e cujos filhos também estão passando férias em grupo. Eles fazem uma cena sobre estarem perdidos, discutindo sobre mapas e direções e fazendo piadas sobre ficar velho.

É evidente que não achamos tão divertido quanto a maioria do público, porque não rimos tanto quanto eles.

A pessoa seguinte inicia fazendo um monólogo sobre a disfunção erétil de seu ex-marido e Rory levanta, pegando o vinho.

Ela não diz nada, apenas sai.

Jodie e eu olhamos uma para a outra antes de pegarmos nossas taças e sairmos atrás dela. Sinto que vamos ser pegas e paradas por um funcionário do hotel forte e musculoso, agindo como segurança — ou carcereiro —, mas também não tenho coragem de falar para elas voltarem a se sentar e nem de ficar aqui sozinha.

— Para onde estamos indo? — sussurra Jodie.

Rory responde, baixinho:

— Vi alguma coisa no folheto de instruções sobre um bar na praia. O da piscina fecha às sete, mas acho que o da praia ainda pode estar aberto.

— Nós nem sabemos onde é a praia. E por que estamos falando baixo? — questiono.

— *Shh!* Aposto que se virem que estamos saindo, vão nos arrastar de volta para dentro. *Vamos.*

Rory segue na direção da piscina, mas dá a volta nela, seguindo um caminho que passa por várias árvores e plantas altas com folhas enormes. Acho que ela não sabe para onde está indo, mas fico em silêncio. Há o brilho fraco de algumas lâmpadas quentes pelo caminho, mas nenhuma placa indica o caminho para a praia, ou para o bar.

Jodie grita, pulando para trás e batendo em mim quando um lagarto passa à sua frente e ela quase pisa nele. Um pouco de seu vinho cai no meu pé.

— Ah, me desculpe, carinha — murmura ela para o réptil.

De repente, fico apreensiva.

— Tem *certeza* do que está fazendo, Rory? — indago.

— Não, mas o caminho tem que dar em algum lugar, certo? Acho que vi pessoas passando por aqui mais cedo.

— Certo, mas eu não tenho certe...

— Acho que estou ouvindo música... — interrompe Jodie, fazendo um sinal com a mão para eu ficar quieta.

Ela tem razão. Eu me esforço para escutar, e ouço o refrão de alguma música pop um pouco distante. Continuamos o caminho e, depois de um tempo, as plantas e árvores dão lugar à areia e uma vista limpa do céu noturno e do mar, escuro como tinta, sob ele.

Rory se vira e sorri para nós.

— Tcharam!

Jodie olha na direção do som. Está mais alto agora, e sem toda a folhagem no caminho dá para ver o bar: uma construção parecida com uma cabana de teto reto, e pequenas lanternas com luz branca penduradas ao redor com primazia. Há uma área grande com deque, repleta de mesas de vime e cadeiras, e o bar tem formato quadrado, com banquetas ao longo do balcão.

Não tem ninguém lá, exceto o bartender.

CAPÍTULO ONZE
RORY

Hum, uau.
Aquelas duas palavras se repetem por um minuto antes de eu me recompor — porque... *hum, uau*.

O bartender é o epítome de como se imaginaria que fosse um bartender espanhol sarado. Pele marrom, cabelo preto brilhante, com cachos suaves que caem para o lado, longo apenas o suficiente para passar os dedos. Ele está usando uma camisa branca com o logotipo azul do Casa Dorada no bolso, mas as mangas estão arregaçadas... eu tenho uma baita queda por garotos que estilizam a blusa assim.

E ele não deve ser *tão* mais velho do que eu.

Ele nos vê pouco antes de pisarmos no deque, endireitando o corpo que estava debruçado sobre o balcão com um sorriso amplo no rosto. Seus dentes inferiores da frente são meio tortinhos, mas ele tem covinhas e, ai, meu Deus, esse cara...

Hum, uau.

Mas mesmo sem o bartender gatinho, esse lugar é bem incrível. A madeira escura da estrutura contrasta com a areia branco--dourada, e fileiras de garrafas brilham como joias atrás do balcão. Os pisca-piscas, brilhando como estrelas, dão um aspecto fofo e, apesar da forma como é aberta aos hóspedes, a coleção de mesas e cadeiras espalhadas pelo deque polido sob o teto de cabana parece aconchegante, íntimo. Há um pouco de areia no chão, mas em vez de parecer bagunçado, é acolhedor — não como se fosse tão perfeito que nossa mera presença o bagunçaria. As fotos na internet não faziam jus nem de longe. Nessa luz, penso na foto boa que daria. Já posso ver Jodie e Luna nas banquetas do bar, levantando os copos, sorrindo para a câmera enquanto eu a postaria com a legenda: *Um brinde a novas amizades!*

Um pouco mais longe, noto a silhueta de uma fileira de pequenos prédios. Eu me dou conta de que devem ser as *villas* de luxo privadas. Está escuro demais para ver se também são ainda melhores do que as fotos do site.

O bartender ainda está olhando para nós com aquele sorriso amplo e charmoso, e tudo o que posso fazer é encará-lo também, boquiaberta, pensando que acho que nunca vi alguém tão bonito na vida real.

Ele faz os garotos da escola com quem saí nos últimos anos parecerem *meninos* imaturos... esse cara... ele é um *homem*.

Tenho certeza de que as duas outras meninas estão tão impressionadas com ele quanto eu. Jodie solta um gritinho abafado. Juro por Deus, um *gritinho*.

— O bar está aberto? — questiona Luna.

Fico feliz por ela ter perguntado isso, porque o bartender volta sua atenção para ela e eu me recomponho o suficiente para fechar a boca e dizer a mim mesma para não ser tão idiota.

Tenho quase certeza de que Luna fica corada quando o funcionário olha para ela e suas bochechas escuras ficam claramente rosadas. Mesmo com o coração partido, ela não está imune a este homem e seu sorriso lindo e charmoso.

(Além disso, ele deve ter namorada. E provavelmente sorri dessa forma para *todo mundo*. Com certeza ele sorri dessa forma para todo mundo. Deve ser um requisito para o cargo. Deve ser por isso que o contrataram.)

Mas ele é tão *lindo*...

Luna dá alguns passos adiante, a única de nós cujo cérebro não derreteu *completamente*. Agarro o pulso de Jodie.

— *Ai, meu Deus* — balbucio para ela.

— Está aberto, sim — responde o bartender mais lindo do mundo. — Eu ia perguntar se posso servir alguma coisa a vocês, mas estou vendo que já estão com suas bebidas. Por favor, sentem-se.

Começamos a colocar nossas taças sobre o balcão e puxar as banquetas. Noto que Jodie tem que se sacudir antes de fazer o mesmo, colocando a garrafa com o pouco de vinho que resta diante de Luna e subindo com deselegância na banqueta, lutando contra o corte justo do vestido longo e com o fato de a barra não ter elasticidade.

Tento não rir dela, que já está muitíssimo corada, lançando olhares furtivos para o bartender.

— Fugindo da noite de improviso? — indaga ele, agindo de forma alheia à repentina falta de jeito de Jodie.

— Como você sabe? — pergunta Luna.

— Sempre aparece alguém — explica ele, rindo.

Ai, meu Deus, aquela risada. Taylor Swift poderia escrever um álbum inteiro sobre aquela risada.

Jodie, agora mais firme na banqueta, parece querer dizer alguma coisa, mas sua boca apenas... fica aberta. Bem aberta. Seus olhos ficam vidrados por um segundo, como se seu cérebro estivesse processando aquilo tudo.

— Acho que você teve sorte por pegar um turno aqui fora, então — digo para preencher o silêncio.

— Tento ficar o mais distante possível do... entretenimento estruturado — retruca ele, rindo de novo.

Ele diz "entretenimento estruturado" no mesmo tom cético e com o mesmo olhar exasperado que nós três usamos.

Nossa... É como se nós estivéssemos sintonizados.

Acho que arrumei um novo melhor amigo.

Jodie dá uma risadinha — uma *risadinha* mesmo. Aguda e feminina, e é tão estranho saindo de sua boca, já que ela parece tão sensata.

Parece que *alguém* está caidinha. E só levou o quê, um minuto e meio?

Ela está corando novamente e dá para ver o horror começando a aparecer em seu rosto por ela pensar que está fazendo papel de boba, então começo a falar alto para desviar sua atenção.

(Não que eu também não esteja caidinha por ele, mas...)

— Conseguimos! — exclamo, virando-me para Jodie e Luna e apontando para o bartender com a taça. — Encontramos a única outra pessoa neste lugar que não caiu na conversinha deles sobre autorrealização, sobre estar centrado e todo o resto. É um milagre.

— Um brinde a isso — grita Luna, rindo.

— É isso aí! — concorda Jodie, erguendo a taça e em seguida bebendo metade do vinho.

— Se o bar está aberto, como não tem ninguém aqui? — questiona Luna ao bartender.

— A noite de improviso é sempre muito popular. As pessoas ficam desinibidas, ¿sabes? Parecido com vocês, britânicos, em Magaluf. ¡Tan loco!

— Eu nunca fui para Magaluf — comenta Jodie.

Pelo jeito, ela recobrou o controle do cérebro. Ela gira o vinho na taça e toma um gole grande.

— Fui acampar com meus amigos depois da formatura. Foi péssimo. Choveu o tempo todo. A comida ficou molhada. Os chuveiros eram horríveis. Ninguém conseguiu dormir. E uma de minhas amigas *transou* com o namorado apoiada numa árvore e acabou cheia de coceira por causa da urtiga. Tipo... nas costas todas. Em todo lugar.

— Como eu disse, *loco* — fala o bartender, olhos brilhando na direção de Jodie.

O garoto observa Jodie com o tipo de olhar que deixa muito óbvio que ela faz completamente o tipo dele, um olhar demorado, que me faz sentir que estou me intrometendo só de notar. Certo, decido, vou esquecer meu crush nele. Bem, *todo mundo* deve ter crush nesse homem. Ele é lindo. Nossa, até o Tom Holland ficaria corado na frente desse bartender. Agora preciso saber se esse cara tem namorada. Tipo, agora mesmo. Porque se ele não tiver, eu *vou* tentar dar um jeito de ele ficar com a Jodie.

Eles formariam um casal tão bonitinho. Dá até para imaginar as fotos fofas e cheias de amor no Instagram. Não é preciso ir com calma — não com um cara lindo assim.

— Mas não acho que as pessoas que estão no show de improviso vão começar a se agarrar na frente do palco e tomar doses exageradas de tequila — comenta Luna, sem perceber o clima entre eles e meio que estragando o momento.

O bartender simplesmente sorri e dá de ombros.

— *Sí*, provavelmente não.

Ele se afasta, nos deixando conversar e beber. Não posso evitar acompanhá-lo com os olhos — e é por isso que o vejo colocar a mão no bolso e tirar...

— Um celular! Cara do bar, você tem um *celular*! — exclamo, falando completamente por cima do que quer que Jodie tenha começado a dizer. Debruço-me sobre o balcão, apontando pra ele, só para me dar conta de como devo parecer desesperada e patética.

Queria poder colocar a culpa no álcool, mas sei que não estou nem perto de ficar bêbada ainda.

Apenas sou realmente desesperada e patética.

— *Quizás* — responde, abrindo um sorriso atrevido.

Não sei o que isso significa — ele poderia estar dizendo que sou uma otária, até onde eu sei —, mas soou bem sexy, então ele pode dizer o quanto quiser.

— E meu nome é Gabriel — acrescentou ele.

— Vocês podem ter celulares? — questiona Luna.

Fico feliz em ver que ela está tão inquieta quanto eu.

— Os funcionários não têm permissão para usar os celulares durante o trabalho — informa Gabriel. — Nossos celulares ficam trancados na recepção.

— Então o que é isso?

— *Qué*, vocês acham que eu não tenho um celular reserva?

— E se os hóspedes virem? Eles poderiam contar ao Esteban. — Suspiro. — *Nós* poderíamos contar ao Esteban.

— Não sou pego usando o celular perto dos hóspedes. Ficaria sem emprego se isso acontecesse. Já recebi várias advertências

— fala, com uma risada. — Mas acho que vocês, *chicas*, vão guardar meu segredo.

— Por favor, posso olhar o Instagram? *Por favor?* — Sou tão desesperada e patética que estou *suplicando* de verdade, mas nem ligo.

Quero ver se meu número de seguidores aumentou. Ou, tipo, pelo menos se não *diminuiu*.

O que é fútil e triste, e a única coisa em que consigo pensar agora que vi aquele celular.

Gabriel ri e volta a se aproximar. O Instagram está aberto em seu celular. É triste como estou empolgada em ver uma telinha tão familiar, mesmo que tudo esteja em espanhol.

— Que tal se eu preparar uma sangria para vocês? E enquanto eu faço isso, podem usar o Instagram. Mas tenho certeza de que seu namorado está sentindo muito a sua falta para fazer postagens — diz ele, com uma piscadinha.

Depois de um momento, eu me dou conta de que ele está me provocando. Flertando? Bem que eu gostaria. Não, ele não tem aquele brilho nos olhos que tinha quando olhou para Jodie, aquela sortuda.

Ah, bem, acho que eu vim para cá para descansar e relaxar, não para sair com alguém.

Luna pega o celular com um barulho abafado antes de mim. Jodie e eu a observamos procurar por ldhaynes0 e olhar a conta de um tal Liam Haynes. Uma foto de uma sanduicheira. Uma foto dele com uns garotos em uma mesa de bar. Uma foto dele com os mesmos rapazes e garotas em uma balada, todos abraçados.

Ele nem usou *filtros*. E a legenda da foto da sanduicheira nem é engraçada. Que tédio. Além disso, ele marcou a cidade em que está em vez do bar, o que indica que ele é absolutamente amador. Não sei o que há de tão interessante nessa conta que Luna está morrendo de vontade de ver.

Ela larga o celular depressa.

— E se ele seguiu em frente? — pergunta ela.

— O quê?

— Liam. E se ele já tiver seguido em frente? Ele disse que sentia saudade de mim e eu nem *respondi*. Ele vai pensar que eu o estou ignorando. Depois de todo esse tempo! E se ele começou a sair com outras garotas... — Ela pega o aparelho de novo, indo para a foto da balada. — Olha. Isso foi na sexta-feira! Acham que ele ficou com ela? — Ela aponta para a garota da esquerda, no fim do grupo, à qual ele está abraçado. — Eles parecem íntimos, não acha? Ai, meu Deus. E se eles foram para casa juntos?

Jodie e eu trocamos olhares. Agora faz mais sentido: Liam Haynes é o ex-namorado.

— Achei que *você* tivesse terminado com *ele* — respondeu Jodie, gentilmente.

Luna está pegando sua taça e bebendo de uma vez — uma mudança drástica em relação aos pequenos goles de mais cedo.

— Eu terminei. Mas não faz *tanto* tempo. E até ontem ele estava dizendo que sentia *saudade de mim*. E não estou dizendo que ele deveria estar em casa chorando por mim, nem nada do tipo, mas ficamos tanto tempo juntos. E ele não esperava por isso. Quer dizer, eu também não esperava, mas... Não acham que é um pouco rápido demais? Seguir em frente depois de um relacionamento longo como o nosso?

— Talvez ele nem tenha ficado com ela — garante Jodie, mas não ajuda muito.

E eu acrescento:

— E se ficou, não deve ter significado nada. Foi só para tapar buraco. E daí?

Luna olha para mim. Há lágrimas em seus olhos.

Foi a Jodie que começou, quase digo.

— Mas ele já fez isso antes. Quando ainda estávamos juntos — revela Luna, deixando as palavras escaparem.

— Espera, esse cara te *traiu*? — grito, indignada e desejando em segredo que ela conte a história toda.

Ela se remexe sem jeito sobre a banqueta.

— Na verdade, não — responde ela, meio na defensiva. — Foi... só um *beijo*. E ele estava bêbado. Foi em uma festa alguns meses atrás, então... não foi nada de mais.

— Ah, querida... — Jodie suspira, estendendo a mão para dar um tapinha em seu braço.

Antes de qualquer outra demonstração de empatia que Jodie pudesse oferecer, ou de outras justificativas esfarrapadas que Luna pudesse dar para o ex-namorado babaca, fomos interrompidas pelo amigável bartender e contrabandista de celular.

Gabriel parou de fazer a sangria para se aproximar, e vira seu celular para ele.

— Esse cara não vale a pena. Dá para ver que você está melhor sem ele. Olha esses tênis... — Ele balança a cabeça, depois volta a cortar frutas.

Luna solta uma risada trêmula.

— Liam usou esses tênis nas bodas de ouro dos meus avós. Todo mundo estava elegante, mas ele usou esses malditos tênis.

— São horríveis — falo, tentando não piorar as coisas de novo. Porém, até onde vejo, são só tênis. — Sério que ele fez isso?

— E esse *cabelo*... — Agora Jodie está olhando para uma selfie dele fazendo biquinho. — Aff. Fazendo cara de pato para a foto. Sério, Liam, sério? Não estamos em 2012, e você não é uma garota de catorze anos. Mesmo que seja para ser engraçado e irônico. Não. Chega!

Agora é minha vez de pegar o celular.

— Ah, Luna, não. Me diga que você não saía com um cara que usa colar de conchas.

— Esse post é um TBT — murmura, mas até ela está rindo agora, parecendo menos prestes a chorar a cada segundo.

Leio a legenda.

— É. Do *ano passado*.

Ela morde o lábio.

— Tudo bem — diz Jodie, toda séria, colocando a mão sobre o ombro de Luna. — Uma vez eu beijei um cara que usava blazer de tweed com aqueles remendos no cotovelo e gravata-borboleta.

— Nossa! — exclamo, sentindo repulsa da imagem mental. — Ele tinha o quê, cinquenta anos?

— Vinte e quatro! — Mas então ela faz uma cara encabulada. — Ele era tipo um aluno do doutorado que estava me dando aulas, mas... Bem, a questão é, Luna... Todas nós já passamos por isso.

Decido dar meu depoimento também.

— Namorei um garoto por três meses até descobrir que ele estava traindo. Traindo a namorada dele *comigo*. *Eu* era a amante.

— Não! — exclama Luna, agarrando meu antebraço. — Que horrível! Como você descobriu?

— Pela namorada dele. Uma amiga dela tinha me visto com ele e me reconheceu. A namorada começou a gritar comigo no meio de um bar, como se fosse culpa minha.

— Você disse alguma coisa?

— Eu estava ocupada demais pensando em como iria matá-lo por isso e me sentindo uma destruidora de lares. Eles estavam juntos fazia, tipo, um ano ou coisa assim.

— Mas não foi culpa sua! — rebate Jodie.

— Ah, sim, eu sei. Ela reconheceu isso depois que superou.

— Homens são horríveis — resmunga Luna, ainda encarando o Instagram do ex-namorado.

— Um brinde a isso.

— Em nome dos homens... — começa Gabriel.

Mas Jodie o interrompe, colocando a mão na frente para que ele pare.

— Eu juro por *Dios*, se você disser "nem todo homem"...

— ... eu só posso me desculpar — diz ele, rindo. — Espero que essa sangria esteja boa o bastante para que vocês esqueçam os terríveis ex-namorados e os estudantes de doutorado com remendos no cotovelo.

Com um movimento suave e rápido que não parece ser possível fora dos desenhos animados, ele pega três taças embaixo do balcão e as coloca na bancada, servindo um pouco de sangria para cada uma. A taça de vinho de Luna está vazia, e a de Jodie também.

Deixo de lado o que sobrou na minha e o deixamos levar o restante da garrafa também.

Bem, *Jodie* deixa. Ela a entrega a ele, e Gabriel a encara com um sorrisinho de lábios fechados, os dedos roçando nos dela ao pegar a garrafa. Ela fica corada, e a cena toda parece tão íntima que tenho que desviar os olhos.

Há vozes atrás de nós, na praia — são os *tortolitos*, ambos reclamando da noite de improviso. Gabriel guarda o celular de volta no bolso, onde ninguém pode vê-lo, e se aproxima para pegar o pedido com Andrew enquanto Linda vai se sentar, de braços cruzados. Lamento o que poderia ter sido minha única chance de verificar minhas redes sociais, mas não por muito tempo.

— Acho que devemos fazer um brinde — declara Jodie.

— A estarmos livres de ex-namorados terríveis — acrescenta Luna.

E a bartenders espanhóis sarados com celulares contrabandeados, penso comigo mesma, e juntamos as taças.

CAPÍTULO DOZE
JODIE

— Vamos! — sussurro e tropeço nos meus próprios pés. Dou risada, tapando a boca com a mão, e Luna me pede loucamente para fazer silêncio. Rory corre na frente e se encosta em uma coluna, cantando a música de *Missão Impossível* baixinho, olhando para os dois lados antes de abaixar e rolar para a frente da entrada. Ela acaba caída no chão e Luna começa a rir, o que significa que é minha vez de pedir para ela fazer silêncio. Corremos para ajudar Rory a se levantar e percorremos o restante do caminho até o balcão da recepção, agachando quando entramos atrás dele.

— Eles deveriam mesmo deixar a recepção sem ninguém? — pergunta Luna. — E se alguém aparecer mais tarde para fazer o check-in? Ou se precisarmos de ajuda? Tenho certeza de que li que há alguém disponível vinte e quatro horas por dia.

— É, bem, agora não tem — retruca Rory. — Sorte nossa.

Tateio o balcão e encontro um molho de chaves (e tem um computador, que deve ter conexão à internet, mas no momento temos planos maiores do que tentar descobrir a senha dele).

Viro para as garotas, mostrando as chaves na minha mão.

— Qual será?

— Temos que tentar — diz Rory, me encarando.

E Luna começa a cantar a música do *Pokémon*.

— Gente!

— Sei lá! Tenta todas.

Bufando, eu obedeço. Engatinho até a porta atrás do balcão. Tento a maçaneta primeiro, mas está trancada, então pego uma chave aleatória e tento colocar na fechadura. Não funciona, mas a quinta chave funciona. A porta abre e Rory comemora — alto, mas não tão alto quanto eu e Luna gritando:

— *Shhhhh!*

Volto a ficar em pé, acendendo a luz e entrando na sala. Há uma estante com caixas alinhadas nas prateleiras, cada uma com um número pintado na frente. Encontro as nossas, pegando todas. Derrubo outra caixa com o cotovelo e ela bate na outra ao seu lado, fazendo barulho. Eu me contraio, mas saio correndo da sala com nossas caixas; nós as abrimos com as chaves de nossos quartos.

Não é fácil inserir as chaves, assim como não é fácil andar, ou ficar quieta, depois de tomar tanta sangria, mas estava tão gostosa, e o Gabriel era tão lindo...

Fico corada, embora a lembrança dele tenha ficado meio confusa devido à bebida. Será que estou imaginando o quanto ele era atraente? É possível. Eu *certamente* estava só imaginando que parecia que ele estava flertando um pouco comigo... De jeito nenhum. Sem chance. Eu mal conseguia formar uma frase! E ao lado da Luna, linda e cheia de curvas, e da chique e confiante Rory... balanço a cabeça para mim mesma ao pensar no quanto um sorriso sexy e um pouco de vinho me deixaram iludida.

Depois de um tempo, conseguimos abrir as caixas e estamos procurando nossos celulares, ligando-os assim que colocamos as mãos neles. Eles vibram freneticamente com as notificações, e eu vejo Rory abraçar o celular junto ao peito.

Ela suspira de leve e diz:

— 4G, como senti sua falta.

Tenho algumas mensagens, principalmente de minha mãe sobre esse detox digital surpresa. Estou respondendo para dizer a ela que estou me divertindo e fiz amizade com algumas pessoas legais quando chega uma notificação do LinkedIn: *Parabenize Mia por seu novo emprego!*

Abandono minhas mensagens para clicar na notificação.

Mia e eu nos conhecemos desde o primário. Somos amigas, mas não muito. Ela sempre pareceu simplesmente uma versão melhor de mim. Ela tem namorado e uma conta-poupança com ele. É solista no coral da faculdade. Está fazendo estágio este ano em um banco.

Por que eu quero ser Mia?

Nem gosto de coral.

Optei por *evitar* fazer qualquer tipo de estágio corporativo este verão para desfrutar da paz que tenho trabalhando na cafeteria — assim eu poderia afastar os terríveis lembretes de que eu poderia estar destruindo meu futuro se largasse a faculdade agora.

Pelo jeito, Mia recebeu a oferta de uma vaga para um programa de *trainee* para o ano que vem.

Há uma mensagem no grupo sobre isso também. Mia se gabando de forma humilde, *#abençoada*, contando que vitória é arrumar um emprego de verdade. Cerro os dentes, sentindo uma ânsia.

Rory bate com a mão na perna, resmungando de frustração e me distraindo da conversa no grupo.

— Droga! Que se dane. Eu não queria trabalhar com sua empresa idiota mesmo. *Droga.* 181? *Está brincando? Perdi quase 200 seguidores? Como assim?*

— Acho que ele está saindo com alguém — fala Luna. — Ele está curtindo todas as fotos dela. Como ele sabe... droga, *droga,* acabei de curtir uma foto dela. Ai, meu Deus. Ai, meu Deus. É de três meses atrás.

— Humm.

— Gente? Gente, como eu desfaço isso? Ela vai receber a notificação. Ai, meu Deus. Tiro a curtida? Isso é pior? Me digam. É pior se eu tirar a curtida? — Ela pega no meu braço.

Rory nem tira os olhos do celular para nos perguntar:

— Qual acham que é o sobrenome do Gabriel? Vocês viram o nome de usuário dele no Instagram? Ele só pode ter namorada, né? Caras como ele sempre têm namorada. Mas, tipo, se ele trabalha aqui, quando eles se encontram? Ah, mano, aposto que ela trabalha aqui. Droga. Eu estava torcendo para você e ele virarem um casal, Jodie. Seria um romance de férias tão bonitinho...

— Hã?

Eu e quem? Namorada de quem? Estou ocupada demais vendo o feed de Mia, lendo sobre seu novo emprego sofisticado, para prestar atenção se Rory se deu ao trabalho de me responder.

— *Humm*.

— Ah, que droga, aqui está. As informações sobre o resort foram parar na minha caixa de spam também, Jodie. Veja...

Murmuro como se fosse ler o e-mail ofensivo a qualquer momento, mas meus olhos estão fixados na tela, no post de Mia. Meu cérebro está a cem quilômetros por hora, meus dedos já deslizam para o grupo para ler as atualizações de minhas outras amigas, caso estejam compartilhando novidades similares.

Eu me pergunto em voz alta:

— Achei que as inscrições para esses programas de trainee só abriam em setembro. Acham que já perdi a largada?

Será que isso seria uma coisa ruim? Talvez fosse meu vale "saia da prisão de graça"...

— ¡*Señoritas!* — grita uma voz.

Todas levantamos a cabeça e eu sinto um arrepio descer por minha espinha. Ou talvez seja só suor devido ao álcool.

Está mais para medo terrível.

Esteban parece *irado*.

O rosto todo de Luna está brilhando. Rory morde o lábio, movendo os olhos rapidamente ao redor. Eu engulo em seco, e parece tão alto.

— *¿Que hacen?* — pergunta ele, mesmo podendo ver muito bem o que estamos fazendo. Esteban suspira e balança a cabeça. — Estou muito decepcionado.

— Estávamos, hum... só estávamos... — balbucio.

Roubando nossos celulares de volta, mas isso parece tão patético e é tão óbvio que me interrompo em vez de terminar minha frase.

Em vez disso, grito com ele, tentando ignorar minha voz arrastada:

— Sabe, Esteban, você realmente não deveria deixar a recepção sem ninguém. Não é nada profissional. E se as pessoas chegarem para fazer o check-in mais tarde? Ou se precisarem de ajuda?

Torcendo o bigode, Esteban dá a volta no balcão.

— Por favor — diz ele, e faz sinal com o braço para sairmos.

Colocamos nossos celulares de volta nas caixas em silêncio antes de sairmos de trás do balcão. Tropeço nos meus próprios pés de novo, e Luna tromba com Rory.

— *Buenas noches* — fala com uma rigidez que faz eu me sentir como se tivesse dez anos e tivesse acabado de ficar de castigo.

Nós três subimos as escadas em total silêncio, e está claro que Luna e Rory estão tão constrangidas quanto eu.

Cada uma para na frente de sua porta, hesitante.

— Acham que estamos ferradas? — sussurra Luna.

— Talvez ele releve porque estamos bêbadas. Nos dê uma advertência, ou algo assim. — Rory dá de ombros. — Acho que se ele fosse nos dar um sermão por termos quebrado as regras, já teria feito isso.

Eu dou risada, imaginando em que tipo de mundo cor-de-rosa e ensolarado ela vive. *Falou como alguém que nunca se ferrou por nada*, penso. Mas fico em silêncio, até porque quero me apegar à pequena esperança de ela estar certa, e nossa aventura não ser usada contra nós.

— Pode ser — sussurra Luna.

Eu me pergunto se ela está pensando o mesmo que eu.

— Bem, boa noite, então — diz Luna.

Assinto e coloco a chave na porta.

— É, boa noite.

～

Luna bate em nossa porta para nos acordar para o café da manhã e descemos juntas, com bolsas na mão para ir ao parque aquático.

— Vocês não vão *acreditar* na manhã que eu tive! — exclama Rory. — O chuveiro parou de funcionar quando eu ainda estava com xampu na cabeça e, quando finalmente consegui fazer a torneira da banheira funcionar, mal consegui enxaguar a espuma até que *ela* também pifasse! Podem acreditar nisso? E meu ar-condicionado

ainda está quebrado. — Ela seca a testa suada enquanto descemos.
— Eu mencionei isso na recepção ontem, mas aposto que Esteban não vai consertar agora. Como punição.
— Eles não podem fazer isso — afirma Luna.
— Se não consertarem, com certeza vamos deixar avaliações bem ruins no Tripadvisor — digo.
— Acreditem, isso já está garantido — retrucou ela, apontando para o cabelo.

Ficamos todas em silêncio durante o café da manhã.

Sei que elas estão pensando o mesmo que eu: que estamos Ferradas, com F maiúsculo. Que fizemos bobagem e quebramos as regras e saímos ilesas. E que a ressaca estava maior do que esperávamos: a sangria era mais forte do que imaginávamos.

Tinha sido tudo ideia da Luna. Ela estava obviamente obcecada em espionar o ex-namorado — mas, para ser sincera, pelo que ela contou dele até agora, não consigo imaginar o porquê. Ele parece um completo idiota. Não foi muito difícil convencer Rory a participar de nossa pequena tentativa de roubo, mas elas tiveram que me persuadir. Era menos por estar com medo de ser pega e mais por não haver nada em meu celular que eu quisesse *tanto* ver. Meu arrependimento é mais pelo medo induzido ao ver as notícias sobre Mia do que pelo fato de termos sido pegas.

— Perdemos a ioga de novo hoje de manhã — murmura Rory, na metade de seus ovos com torrada.

Luna se repreende.

— Esqueci completamente da ioga. Desculpa, gente.
— Não é culpa sua — digo a ela. — Você parece bem maternal, mas sabe que não é nossa mãe de verdade, não sabe? Não é sua obrigação nos tirar da cama.

Talvez eu tenha dito isso de maneira um pouco rígida, porque ela afunda um pouco na cadeira e parece um tanto desanimada.

— Mas eu disse que ia programar o alarme — insiste Luna.
— Ela disse mesmo que ia programar o alarme — acrescenta Rory, mas está brincando, e bate com o ombro no ombro de Luna.
— Acho que não sentiram a nossa falta.

Quando passamos pela recepção para pegar o ônibus, há algumas pessoas a caminho da porta, bolsas na mão e óculos de sol a postos. Nós nos juntamos a eles e vamos até onde Rafael está conduzindo as pessoas para o ônibus e Oscar as está riscando em uma prancheta. Os *tortolitos* estão lá, discutindo sobre toalhas, mas desaparecem no ônibus antes que eu possa ouvir mais da conversa.

— Srta. Lola! — chama Esteban. É irritante como sua voz já é familiar. — Srta. Rory, srta. Ro-di.

Todas paramos, trocando olhares. Tenho a mesma sensação de horror da noite anterior. Mas dessa vez certamente o suor não se deve ao álcool.

Esteban abre um sorriso meio triste. Ele não se reflete em seus olhos.

— Receio que vocês tenham que retornar ao hotel.

— O quê? Por quê? — pergunto.

— Como consta em nossas instruções e como mencionei quando vocês chegaram, quem não cumpre as regras do Casa Dorada tem seus privilégios revogados. Receio que não possa permitir a ida de vocês ao parque aquático.

— O quê? — solta Luna, agarrando sua bolsa.

— Você não pode nos impedir de ir — argumento. — O que vai fazer, nos arrastar para fora do ônibus?

— Receio que não possa deixar vocês entrarem no ônibus. *Por favor*, se puderem retornar ao hotel...

Se ele disser "receio..." com aquele tom arrogante e nada arrependido mais uma vez, vou gritar. Luna se encolhe atrás de mim e Rory parece ter sido estapeada. Cerro os dentes e endireito os ombros. Minha mãe e minha avó *não* tolerariam isso. De jeito nenhum.

— Mas nós pagamos pelos ingressos — rebato.

— Vocês não serão cobradas.

— Nós vamos entrar nesse ônibus.

A expressão de Esteban é dura e impassível.

— É claro, você está certa, srta. Ro-di. Não posso impedi-las. Mas aqui no Casa Dorada nós nos reservamos o direito de despejar vocês de nossas instalações se não seguirem as regras.

— Despejar? — berra Luna, horrorizada.
Ele está falando sério?
— Você está falando sério? — grito.
— Estava nas instruções.
É, em uma letra minúscula, aposto.
— Talvez devamos voltar para dentro — murmura Luna.
— Olha só, nós sentimos muito — diz Rory, dando um passo à frente.

Ela abre o tipo de sorriso que diz: *Por favor, me perdoe*. Aposto que ela sempre conseguiu o que queria quando era criança. Ainda mais sendo a caçula de três irmãs. Aposto que ainda consegue.

— Nós bebemos um pouco demais, e apenas... — continuou ela.
— Achamos que seria divertido. Agora nos damos conta de que foi um erro e sentimos muito. Hã, *siento*.
— *Lo siento* — corrige Luna.
— *Lo sentimos* — murmuro, mas é mais uma pergunta, porque não sei se está mesmo certo. Meu espanhol está bem enferrujado.
— Exato — fala Rory, mesmo provavelmente não entendendo nada que acabamos de dizer.

Esteban balança a cabeça de novo.

— *Sí*, srta. Rory, *entiendo*, mas não posso permitir a ida de vocês ao parque aquático hoje. E receio que também não possa deixar vocês visitarem o parque temático mais para o fim da semana. Temos certos padrões a seguir aqui no Casa Dorada, vocês entendem. E mesmo que não tenham usado seus aparelhos, ainda invadiram uma sala que continha objetos de valor e propriedades privadas de nossos hóspedes.

Ah, por favor, quase retruquei. Até parece que íamos roubar alguma coisa — e se eles estavam *tão* preocupados, talvez não devessem ter deixado a recepção sem ninguém nem as chaves bem à vista.

A expressão de Rory se transforma em uma espécie de carranca, mas ela se recompõe. Seu sorriso é terrivelmente simpático e ela pisca depressa, ressaltando os cílios.

— É claro. Nós entendemos. Mas ainda sentimos *muito*, Esteban, de verdade. Não vai acontecer de novo.

Ele nos segue de volta ao hotel, e Rory segue direto para a piscina, Luna e eu vamos atrás dela como fizemos ontem à noite quando saímos da sala. Rory se joga em uma espreguiçadeira.

— É muito cedo para uma bebida? Sinto que uma gim-tônica seria uma boa. E, juro por Deus, se aquele homem até mesmo olhar na minha direção hoje, vou dar um soco na cara dele — rosna Rory, e seu rosto agradável se transforma em uma expressão furiosa. — *Não pode permitir nossa ida ao parque aquático... onde já se viu!*

— Ele pode mesmo nos expulsar do hotel? — questiona Luna, sentando-se também, mordendo o lábio inferior.

— Bem, se *está* nas instruções... — falo, rangendo os dentes.

— Sinto muito, gente. — Luna alterna o olhar entre nós, mexendo na barra da camiseta. — Foi tudo culpa minha. Foi minha ideia encenar *Missão Impossível* e tentar resgatar nossos celulares, e tudo porque estou surtando com a ideia de que meu ex-namorado possa estar superando o fato de eu ter terminado com ele. Agora vocês vão perder o parque aquático e eu sei o quanto estavam empolgadas com isso. Eu também estava.

— Não é culpa sua. — Rory dá de ombros. — Nós concordamos em fazer aquilo.

— Exato — replico. — E, além disso, provavelmente não ajudou o fato de eu ter reclamado com Esteban por não ter ninguém no balcão da recepção. Sua *Missão Impossível* não foi o problema. Nós devíamos ter pegado os celulares e saído correndo. Mas ficamos ali sentadas como idiotas.

— Idiotas! — exclama Rory com um sorriso. — Sério, srta. Lola. Ouça o que eu e a srta. *Ro-di* estamos falando e pare de ficar tão estressada. Não é culpa sua.

— Mas...

— Mas nada — diz ela com firmeza. — Vem, senta aqui. Vou pegar as bebidas.

— Eles têm chá? — indaga Luna, ainda agitada. — Acho que não consigo beber álcool a essa hora do dia.

— Eu não estava falando sério sobre a gim-tônica — declara Rory, rindo, embora eu não tenha certeza de que era brincadeira.

— Pegue água para a gente, Jodie, e veja se eles têm chá para a srta. Lola, mesmo sendo *errado* e basicamente criminoso. Tomar chá num dia ensolarado, numa piscina na Espanha. Ela vai estar de casaco e tênis quando você voltar, se transformando oficialmente na minha mãe.

— Ai, meu Deus. — Luna franze o cenho, relaxando agora que tem certeza de que não estamos zangadas com ela. — Eu estarei usando capa de chuva e galocha. Acessórios apropriados para o verão britânico.

— É mais provável. Mas, sério, Luna, não se culpe — Aperto o ombro da garota antes de ir pegar as bebidas. — Nós todas erramos. Não é o fim do mundo. E daí se estamos perdendo o parque aquático? Ainda podemos nos divertir.

CAPÍTULO TREZE
LUNA

— Até sermos pegas no flagra, ontem à noite foi divertido. Talvez aqueles eventos não fossem minha primeira escolha de diversão, mas... bem, foi divertido mesmo. Espionar o Instagram de Liam e ver como ele e nossos amigos estão se divertindo sem mim, convencer-me de que ele já seguiu em frente — isso foi um certo soco no estômago, para dizer o mínimo. Mas sair às escondidas com Jodie e Rory, a solidariedade de uma pequena aventura compartilhada, certamente colocou um sorriso em meu rosto.

Eu tinha finalmente parado de me culpar a respeito do resgate dos celulares e por ter nos prejudicado. As garotas não podiam estar *menos* irritadas comigo em relação a isso, então eu fui me animando aos poucos no decorrer do dia. Mesmo que tenhamos sido convencidas a fazer a aula de hidroginástica da manhã.

— Com certeza — concorda Rory, e se vira com um sorrisinho para Jodie. — E nós te vimos olhando para o bartender, mocinha, não pense que não vimos. Seu queixo estava praticamente no chão. Tenho quase certeza de ter visto você babando. Mas não acho que a culpa é só sua. Ele é *lindo*.

— Ah, cala a boca — fala Jodie, empurrando-a e ficando corada. Depois ela morde o lábio, franzindo o rosto. — Ele não notou, né? O que você acha?

— Não — dizemos ao mesmo tempo.

Embora, na verdade, eu ache que ele notou. Jodie o encarou metade da noite. Mas, também...

— Ele estava flertando com você, não estava? — soltei.

— Estava? — perguntou ela com desdém, mas há um quê de esperança. Como se ela não acreditasse nisso, mas quisesse acreditar. Jodie endireita o corpo na cadeira, virando-se para nós. — Vocês acham?

— Eu achei que sim — admito. — Ele parecia estar prestando muita atenção.

— Mas esse não é o trabalho dele? Flertar com todo mundo para que as pessoas comprem mais bebidas?

— Estamos em um resort com tudo incluído — retruca Rory. — E mesmo que fosse o trabalho dele, o cara certamente flertou muito mais com você do que comigo e com Luna. Tipo, *muito* mais. Ele até tocou na sua mão, não foi?

Jodie murmura coisas incoerentes, mas, a julgar pelo rosto corado, aquele momento está claramente gravado em seu cérebro. Eu me lembro de ser assim com Liam no início. A ansiedade daqueles primeiros dias de "Ai, meu Deus, ele também gosta de mim!". Todo o esforço daqueles primeiros encontros, o calor devastador em meu peito ao me apaixonar pela primeira vez...

A nostalgia me atingiu com força e eu contive um sorriso, não querendo que Jodie pensasse que eu estava rindo dela. Ela não me parece ser do tipo que cora quando um garoto demonstra interesse nem ser do tipo que flerta. Não estou surpresa ao vê-la parecer tão sem jeito em relação a isso.

Faz tanto tempo que não flerto com alguém e que não estou solteira, que aposto que faria exatamente o mesmo se gostasse de um cara.

Fico me perguntando quando parei de flertar com Liam.

Foi antes ou depois de ele parar de flertar comigo? A ideia vai ficando séria e sinto um nó no estômago.

Talvez... eu tenha sido apressada demais em colocar nele a culpa do estado do nosso relacionamento desgastado e de meus próprios sentimentos. Talvez *eu* devesse ter me esforçado mais. Ou pelo menos não devia ter colocado tanta pressão sobre ele quando me senti um pouco solitária ou irritada com certas coisas. Aposto que eu passava por uma verdadeira chata e desagradável às vezes. Será que fiquei confortável demais com Liam, negligenciei muito seus sentimentos esse tempo todo?

Liam, que apesar da mensagem dizendo que sentia saudade de mim... não me mandou mais nenhuma mensagem. É muito terrível de minha parte ter esperado que ele tivesse mandado outras mensagens? É estranho ele não ter mandado?

É estranho eu estar pensando tanto em Liam quando fui *eu* que terminei com *ele*? É egoísta, eu acho, e não é justo da minha parte... mas...

Mas eu o amava. Acho que ainda amo, talvez, um pouco.

Não paro de pensar na garota que vi no Instagram, aquela que comecei a stalkear, aquela que acho que pode ter...

É tudo muito fácil de imaginar. Liam com seus grandes braços de jogador de rúgbi e cabelo curto, dançando em alguma balada com as luzes piscando, e aquela garota, baixinha e curvilínea como eu, movendo-se junto a ele no ritmo da música. As mãos dele estariam na cintura dela para aproximar seu corpo, como ele costumava dançar *comigo*. Ela se viraria para ele e ele se abaixaria para beijá-la da forma como fazíamos — suave no início, provocando, e depois mais firme, colocando a língua na boca da garota enquanto ela envolvia seus ombros com os braços.

É um cenário tão vívido que me assombrou por meses, desde que ele entrou no meu quarto envergonhado e chateado às três da manhã, cheirando a suor, gelatina com vodca e o perfume de outra.

— Luna, amor, eu sinto muito — disse ele, e eu *sabia*, lá no fundo, eu sabia. Meu coração afundou antes mesmo de ele me contar. — Não significou nada, eu juro, mas... eu precisava te contar. Eu sinto muito, me desculpa.

E ele estava arrependido. Estava com os olhos focados, firmes, e então chorou, e depois eu chorei também. Ele me abraçou, garantiu que me amava. Eu permiti que ele ficasse ali comigo, e peguei no sono ao lado dele, embora a imagem distorcida e apavorante em minha imaginação dele beijando outra garota tenha me perseguido desde então.

De repente, me pergunto no que estava pensando ao deixá-lo deitar em minha cama com o cheiro de outra garota nas roupas.

Eu me senti enjoada — e enojada — só de lembrar e afastei aquela lembrança depressa. É todo um novo pânico que não quero tentar explorar ainda — e não deveria, digo a mim mesma com firmeza, ainda mais porque estamos falando sobre Jodie agora.

Mas Liam *havia tentado* tanto compensar aquilo. Ele me convidava para sair com ele e seus amigos, de modo que eu não precisasse me sentir insegura se ele saísse sem mim, comprava flores, fazia jantar mesmo sendo um *péssimo* cozinheiro...

— E você meio que estava flertando também — fala Rory, arrancando-me de meus pensamentos sobre Liam. Pelo menos por enquanto. Ela se levanta de sua espreguiçadeira e se senta na minha. Levanto as pernas, sentando-me e as cruzando sob o corpo. — Quando não estava ocupada demais babando.

— Cala a boca, eu *não* estava babando. E acho que nem lembro *como* flertar. Faz um século desde que conheci um cara com quem quisesse sair, ou... sei lá.

— Por "sei lá" você quer dizer *transar*, obviamente.

— Claro que sim — retruca, desajeitada, mas suspira e se senta. — É simplesmente impossível conhecer homens, juro.

— Você tenta? — pergunta Rory. Seu tom é atrevido, mas acho que ela não pretende parecer cruel. — Está nos aplicativos de relacionamentos, vai a bares, pede para suas amigas te apresentarem alguém?

— Não exatamente — confessa Jodie. — Eu... eu mal tiro uma folga para ir para casa ver minha mãe e minha avó. Parece que já faz uma eternidade que tenho passado os fins de semana colocando o sono ou as matérias em dia. — Ela bufa, agitada. — Beleza, acho que não *tentei* conhecer ninguém. Só que isso não vem ao caso. Faz um tempo que eu não me coloco disponível. Mas conhecendo minha sorte, se eu realmente tentar flertar com Gabriel, vou acabar perguntando se ele gosta de nuggets de frango.

— Essa é uma pergunta importante — retruca Rory, com seriedade.

Resmungo, incapaz de afastar os pensamentos nervosos e irritantes que circulam em meu cérebro. Eu deveria estar *ouvindo* a conversa delas, mas é tão difícil quando tudo o que isso está fazendo é me lembrar de que: a) eu vou ter que "me colocar disponível" em algum momento também e b) talvez eu devesse ter tentado consertar meu relacionamento com Liam com mais afinco em vez de ter que encarar tudo isso.

— Não quero nem pensar em sair com outra pessoa — digo, baixinho.

— Você ainda está *tão* apaixonada assim por Liam? — indaga Rory.

Não consigo saber se ela está me julgando ou apenas fazendo uma pergunta.

Sim. Completa e profundamente. Talvez. Mais ou menos. Eu acho?

Só que não quero parecer tão patética quanto isso me faz sentir.

— Não é isso… — digo. — Eu só quero dizer… quando você coloca dessa forma parece muito intimidador. Eu só tive um relacionamento sério, e foi com Liam, e estamos juntos desde os quinze anos. Faz quatro anos. Isso… não é como se não fosse *nada*, mas sinto que joguei tudo fora como se não tivesse importância. Talvez eu não devesse ter terminado com Liam. Ele me disse que estava com saudade. Talvez…

— Não, nem começa — rebateu Rory. — Você fez a coisa certa. Lembra daqueles tênis? Sem contar a *traição*… Fala sério! — Ela faz cara feia.

Eu me encolho. Esqueci que tinha contado a elas sobre ele ter beijado outra garota, mas sinto uma onda de gratidão pela forma como elas estão do meu lado.

Com meus grupos do WhatsApp ainda deprimentemente silenciosos, ficou nítido que nenhum dos nossos amigos achou que valia a pena ficar do meu lado.

Embora eu não saiba ao certo se realmente *quero* que eles me apoiem. No momento, quero que eles me digam que fui uma idiota e deveria implorar para Liam me aceitar de volta.

— Aqueles *tênis* foram bem chocantes — concorda Jodie gentilmente.

Reviro os olhos. A ideia que Liam tinha de se arrumar era usar meias do mesmo par e cuecas limpas. O que eu não digo em voz alta porque sei como parece básico, mas se tratava de *respeito*, de fazer um esforço.

Será que ele parou de se esforçar porque *eu* parei? Ou foi o contrário?

Só que... até mesmo pensar nisso me irrita. E, quando eu penso assim, é um pouco mais fácil lembrar todas as coisas que me irritavam em nosso relacionamento e dizer a mim mesma que eu deveria me esforçar para superá-lo. A forma como ele priorizava qualquer um em vez de mim. Ele não levou a sério meus sentimentos a respeito de minha prova, além de uma série de outros aborrecimentos e transtornos minúsculos e passageiros antes disso. Mensagens que ficaram sem resposta, a irritante preocupação de que se ele não estivesse comigo, faria besteira de novo, de que talvez eu não valesse a pena, de que eu não era divertida ou empolgante o bastante, ou...

— Aposto que ele nem está solteiro — murmura Jodie, deitando-se.

— Quem? Liam? — pergunto.

— Gabriel — responde Jodie.

— Ah! — exclama Rory, agitando os dedos para Jodie. — Comecei a procurar esse lugar no LinkedIn para ver se conseguia encontrar os funcionários e ver o sobrenome dele. Eu ia tentar encontrá-lo no Instagram para ver se ele tinha namorada.

— É uma investigação séria — comenta Jodie, quase parecendo impressionada.

Eu também estou bem chocada. Nunca teria pensado nisso.

— E se ele for um daqueles esquisitos que só postam fotos de árvores com legendas longas e irritantes contando tudo sobre o seu dia? — digo, feliz pela desculpa para expulsar Liam de minha mente.

Rory dá risada e responde:

— Nem me fala. E se ele for de Peixes?

— Você curte horóscopo?

— Ah, por favor, você não ama ler o seu e tentar ver se a previsão estava correta? — Ela revira os olhos para mim. — Me deixa adivinhar. *Você* é de Peixes.

— Você olhou meu aniversário no Facebook ontem à noite?

— E você... — Ela aperta os olhos, pensativa, olhando para Jodie, cabeça inclinada de lado. — Aposto que... Capricórnio ou Leão.

— Olha, isso é assustador. Eu sou de Capricórnio.

— Eu também leio mãos, se vocês quiserem...

— Sério? — pergunta Jodie, rindo.

— O que foi? Eu acho divertido. É um bom truque para festas. Mesmo as pessoas que esnobam essas coisas amam depois de um ou dois drinques. Ei! Talvez eu devesse te ensinar. Você poderia ler a mão de Gabriel — brinca ela, chutando o joelho de Jodie.

— O quê? E... — Jodie estica o braço e pega minha mão, puxando a palma em sua direção. E eu deixo. — Ahh, sim, Gabriel, esta linha significa que você vai encontrar o amor da sua vida, e esta linha aqui significa que ela está sentada bem na sua frente. E esta aqui significa que o sexo entre vocês vai ser muito, *muito* bom.

Eu caio na gargalhada.

— Ah, caramba, por favor diga isso a ele — peço. — Eu vou morrer.

— *Eu* morreria se dissesse isso — replica Jodie. — Consegue imaginar? E, de qualquer modo, talvez ele tenha namorada. Eu acabaria me humilhando por completo.

— Você poderia simplesmente perguntar a ele — sugiro.

— De jeito nenhum! Isso só deixa bem óbvio que eu tenho um pequeno crush ridículo nele, e se ele tiver namorada vai deixar tudo muito estranho. E se ele não tiver, mas não gostar de mim, o que é *bem provável*, continua sendo estranho. Em todas as hipóteses eu saio perdendo. É por isso que não me coloco disponível. A vida já é estressante o bastante sem... tudo *isso*.

— A menos que ele não tenha namorada *e* goste de você — retruca Rory. — Aí todos saem ganhando.

— Isso é quase impossível. Aff, eu devia ter olhado o Instagram dele quando estávamos com seu celular. Além disso, nem *importa*. Só estamos aqui por mais alguns dias.

— Isso não precisa impedir que você se divirta um pouco — responde Rory, sorrindo.

Jodie mostra a língua.

— Cala a boca.

Mas, a julgar pelo sorriso em seu rosto quando ela abaixa a cabeça para escondê-lo, Jodie adoraria isso.

～

Posso ver Rory pegando no sono em sua espreguiçadeira, apesar de ela insistir que não está dormindo toda vez que pergunto. Aqueles óculos escuros não estão escondendo a forma como sua cabeça pende para a frente e ronca, acordando-a de repente. Eu também não odiaria tirar uma soneca e, para ser sincera, estou preocupada que Jodie pegue uma insolação. Apesar de todo o protetor solar que ela passou, seus ombros estão parecendo bem rosados. Independentemente de quantas vezes ela reposicione nosso guarda-sol, não parecemos estar na sombra. E Rory parece estar com a ilusão de que uma camada de protetor solar esta manhã foi suficiente, mesmo com os ombros já bem queimados desde ontem.

Elas não precisam de muita persuasão para sair do sol por mais ou menos uma hora. Nós voltamos para nossos quartos em silêncio.

Na recepção, algo pinga do teto, caindo bem na minha frente. Franzo o nariz, não querendo imaginar o que é. Um pouco mais adiante, há um balde e mais pingos caindo de uma parte úmida do teto.

Troco olhares com as meninas, que parecem tão pouco impressionadas e surpresas quanto eu. É como se o hotel quisesse provar o quanto está longe de ser um "destino luxuoso."

No andar de cima, Rory abre a porta primeiro, ainda meio sonolenta, ao que parece. Jodie vasculha a sacola de tecido em busca da chave e eu me viro para dizer que as vejo daqui a pouco.

Só que Rory grita e Jodie olha para cima, olhos arregalados, também aos berros.

— Mas o que...

Corro até lá, e nós três ficamos espremidas na porta do quarto de Rory.

Tem um buraco no teto, os escombros caídos sobre sua cama e água caindo em um fluxo contínuo. Há uma pequena inundação no chão, sobre a qual Rory pisa fazendo ruídos horríveis, as mãos tateando suas coisas.

— Ai, meu Deus — diz ela. — Ai, meu Deus.

Ela vasculha por entre pedaços quebrados do teto sobre sua cama, agarrando peças de roupa, um sapato, um frasco de spray para cabelo junto ao peito.

Penso na goteira no teto da recepção um minuto atrás e encaro o buraco sobre a cama de Rory. Olhando de novo para o corredor, noto um pedaço úmido no teto ali também.

O mesmo pensamento deve ter cruzado a minha mente e a de Jodie, pois trocamos olhares de pânico no mesmo instante e corremos para os nossos quartos.

Jodie solta uma série de xingamentos e eu só consigo ficar parada, em um silêncio de choque.

O teto está intacto, mas tem água caindo da mesma forma. É menos agressivo do que a cascata sobre a cama de Rory, mas é bem sobre a cômoda, encharcando as coisas que coloquei lá. Alguns livros empapados, minha bolsinha e fones de ouvido inúteis estão em poças de água. Nada pode ser salvo, digo a mim mesma, sentindo um ardor no fundo dos olhos e na garganta. Vai ficar tudo bem. São só alguns livros, um pote de hidratante...

— Molhou meus sapatos! — exclama Jodie do outro lado do corredor.

Meu estômago embrulha quanto mais olho para a água escorrendo para dentro de meu quarto, o som dela batendo na cômoda e no chão como um trovão. Acho que talvez Rory esteja chorando. Jodie ainda está xingando tudo o que é possível, nem um pouco baixo.

Faça alguma coisa, Luna. Você precisa resolver isso.

Jogo as coisas molhadas da cômoda para a minha cama, que em teoria é um lugar seguro, e então corro para minha mala aberta e a fecho só por precaução.

— Vou falar com Esteban — anuncio.

É uma visão de dar pena: Jodie ajoelhada em uma poça de água, agarrando um par de sandálias de camurça. Rory em pé, segurando uma pilha de roupas molhadas e olhando para a parede, impotente e desolada.

— Ajude ela a juntar as coisas — falo para Jodie. — Eles vão ter que nos dar outros quartos.

Ela não levanta os olhos, mas depois que corro na direção das escadas eu a ouço levantar e o som da água quando ela vai para o quarto de Rory.

— Está tudo bem, querida — garante Jodie para a garota.

E então, um pouco depois, ouviu:

— Ah, droga, é por isso que está inundado aqui. Você deixou a torneira da banheira aberta!

Lá embaixo, fico aliviada ao ver Esteban falando com uma mulher no balcão da recepção. Não achei que ficaria tão feliz em ver seu sorriso enorme e o bigode retorcido, mas agora eu seria capaz de abraçá-lo.

— Srta. Lola — diz ele, alegre —, posso ajudá-la?

Não me importo de ele ter errado meu nome. Eu me agarro no balcão, mãos tremendo. Sinto meu coração subir pela garganta.

Esta *não* é a semana luxuosa e relaxante que eu deveria ter.

— Tem um problema nos nossos quartos — digo, minha voz áspera e desesperada e nem perto do tom calmo e contido que eu pretendia.

Recomponho-me e tento de novo, segurando no balcão com mais força.

Você consegue, Luna, vamos.

— Tem um vazamento — continuo. — Inundação. Hum, água. *Água*. Em nossos quartos.

O sorriso de Esteban desaparece e ele franze a testa, enrugando os lábios. Ele diz algo à moça da recepção em um espanhol tão rápido que não tenho esperança de entender, mas sai às pressas, caminhando com propósito e me deixando correr atrás dele. Esteban sobe dois degraus por vez, o que me faz odiá-lo um pouco menos do que odiava mais cedo. Ele vai dar um jeito nisso. Apesar de nossa tentativa de pegar os celulares ontem à noite, ele vai resolver isso para nós. Ele *tem* que resolver.

— *Dios mío* — murmura ele quando vê a umidade no teto e a bagunça no quarto de Rory.

As duas garotas estão juntando coisas na mala e na bolsa de mão, separando-as entre secas e molhadas, conversando em voz baixa.

— *Ay, señoritas, qué lástima*. Que desastre! Em nome do Casa Dorada, sinto muito pela inconveniência.

— Inconveniência? — esbraveja Jodie, fazendo eu me encolher. — Está brincando? Isso é um pouco mais do que uma *inconveniência*, Esteban. Nossos quartos estão inundados. Nossas coisas poderiam estar *arruinadas*.

— Então foi bom vocês terem somente roupas e nenhum aparelho eletrônico aqui, *sí?*

Por um instante, acho que Jodie vai dar um soco na cara dele.

E, para ser sincera, eu não a culparia.

E então ele ri, todo jovial, como se isso fosse parte da experiência, e diz:

— Parece que vocês conseguiram um dia no parque aquático, afinal!

Jodie faz uma cara tão feia para ele que *eu* sinto que deveria me afastar.

— Meu caderno! — grita Rory, encontrando-o sob um pedaço de gesso embaixo da cama. — Tudo bem — murmura, como se tentasse se acalmar. — Está tudo bem. Posso consertar isso. Não está arruinado. Não está.

Ela abre o caderno encharcado sobre uma das poucas superfícies secas, abrindo uma gaveta e pegando o secador do hotel.

— Rory... — começa Jodie

Mas Esteban interrompe:

— Ah, srta. Rory, por favor, se puder não...

— Vai ficar tudo bem. Eu só preciso secar isso — declara ela e coloca o plugue na tomada.

Há uma faísca, um grito, e todas as luzes se apagam.

— Oh, céus — diz Esteban com um suspiro.

Rory começa a chorar e Jodie balança a cabeça antes de se aproximar para consolá-la e verificar se ela está bem.

Esteban fica ali parado, olhando para o quarto com um sorriso crítico que me irrita, e meu humor explode. Ele é o *gerente* do resort. Ele deveria estar *fazendo* alguma coisa.

Eu queria não ser tão boazinha. Queria conseguir gritar com ele, como Jodie havia feito, em vez de apenas... de apenas esboçar uma avaliação destrutiva em minha cabeça, que nunca vou postar de verdade na internet.

Eu tento, pigarreando para dizer com a voz mais firme que consigo:

— Obviamente, essa inundação é um grande problema. Não podemos ficar nesses quartos.

Parece que vou pedir um reembolso e exigir falar com alguém superior. Recuo depressa, sentindo-me muito estranha em insistir ou algo do tipo.

— Nós, hum... nós ficaríamos muito gratas se você pudesse nos fornecer novos quartos para o restante da semana. *Por favor.*

Esteban sorri para mim, o que eu acho que pode ser o sorriso mais irritante do mundo, e assente.

— É claro, srta. Lola. É claro que vocês não podem ficar aqui. Por favor, se puderem recolher suas coisas e levá-las para a recepção, verei o que posso fazer. E, por favor: não tentem ligar mais nada na tomada.

Nós ficamos ali, esperando, até não conseguirmos mais ouvir os passos dele nas escadas, e então Jodie diz:

— Espero que nos dar quartos novos não seja muita *inconveniência para eles.*

CAPÍTULO CATORZE
RORY

Isso é que são #FériasInfernais... VEJAM o estado do meu quarto! Não era isso que eu esperava com a propaganda "saia da cama e caia direto na piscina". Me dê um pouco de vodca agora mesmo e me coloque em um avião para casa.

Não, talvez seja um pouco forte demais... eu não compartilharia uma foto do caos que estava o quarto antes de guardarmos tudo, isso acabaria com a estética do feed. E não sou idiota o suficiente para falar mal desse resort quando, de vez em quando, entro em contato com pequenas marcas, na torcida por trabalhar com elas em minha pequena plataforma. Isso seria como dizer um adeus para minha boa imagem nas redes sociais. Talvez uma foto de meus sapatos secos equilibrados sobre a mala, com aquela árvore em um vaso no fundo, à direita da foto, e as portas que dão para a piscina à esquerda — é, isso seria bem fofo, contanto que não pegasse o balde no enquadramento.

Abrace o inesperado. Quando a vida te dá limões,
faça limonada. Quando a vida inunda seu quarto de hotel,
vá nadar. #ApenasBoasVibrações

É. Isso ficaria bem melhor. Mais agradável. Mas no TikTok seria outra história: eu tiraria uma foto do quarto parecendo um filme de terror, pronta para compará-lo com o quarto limpo e luxuoso para o qual vamos ser transferidas. Certamente haveria alguma música chiclete e popular esta semana que serviria perfeitamente para isso. Tipo "Chrissy, Wake Up", só que no fim eu, na verdade, gosto.

Nossa, eu queria estar com meu celular.

Acabamos sentando na recepção com nossas malas por quase uma hora depois que esvaziamos os quartos. As malas estavam ao nosso redor, repletas de tudo o que foi recuperado na água. Jodie e Luna se deram bem em comparação a mim.

Mas não comento nada, porque imagino que Luna pode me dizer que é isso que eu ganho deixando o quarto naquele estado. Pelo menos é o tipo de coisa que minhas irmãs me diriam.

Sem contar que eu deixei a torneira da banheira aberta. Mas como *eu* ia saber disso, se a água foi cortada de manhã? Não é culpa minha.

(É totalmente culpa minha.)

E parece que *foi* culpa minha a energia ter caído no que pareceu ser todo o hotel. Não demorou *tanto* para fazerem a energia voltar, e ninguém parece estar preocupado com isso, mas ainda assim — eu sei que estraguei tudo.

Sério... O que eu estava pensando? Colocar um secador idiota na tomada com o quarto todo inundado? Tenho sorte de ter apenas caído a energia e eu não ter sido eletrocutada. (É o que Jodie me diz, de qualquer forma, no que acho que era para ser um tom reconfortante, mas apenas parece meio irritado. Não que eu possa culpá-la.)

Na verdade, não, eu *não* queria estar com meu celular, porque eu me sentiria quase obrigada a contar a Hannah e Nic e a nossos pais o que estava acontecendo, resmungando e provavelmente chorando de novo, e eu *sei* que não contaria a eles sobre a torneira da banheira aberta, o que claramente se deve à minha própria falta de cuidado, nem sobre o incidente com o secador, porque eles apenas me diriam o quanto fui burra, mas ao mesmo tempo *não* contar a eles só faria eu me sentir ainda pior a respeito de tudo...

Fico sentada, pensando em legendas para o Instagram e imaginando os vídeos que faria para acompanhar esse caos em tempo real. Vejo Esteban e alguns outros funcionários — incluindo encanadores — andando de um lado para o outro entre a recepção e nossos quartos. Algumas pessoas são tiradas das atividades ou da piscina e retornam com suas malas e sacolas, prontas para serem realocadas em outros quartos. Alguns funcionários parecem ter esvaziado certos quartos eles mesmos — provavelmente das pessoas que estão no parque aquático.

Jodie vai falar com uma atendente na recepção e volta para nos informar que está demorando tanto porque o hotel ainda está passando por reformas e a maioria dos quartos não está finalizada, então eles estão fazendo malabarismos para realocar todos os hóspedes.

— Eu perguntei se a inundação teve a ver com as reformas — acrescenta Jodie —, mas a resposta foi meio vaga, então acho que provavelmente teve, mas eles não vão admitir. Se admitirem qualquer coisa, devem ficar abertos a todo tipo de reivindicação de seguro. Aposto que foi isso. De qualquer modo, eles estão se aproveitando do fato de você ter deixado a torneira da banheira aberta, Rory. E isso causou problemas nos canos, então...

Um funcionário chega um pouco depois com o cenho franzido.

— Meninas, peço desculpas pelo pedido estranho, mas vocês se incomodariam em dividir um quarto?

Nós três trocamos olhares.

Dou de ombros, sem me importar. Elas não podem ser piores companheiras de quarto do que minhas irmãs quando tínhamos que dividir o quarto nas férias, ou quando um grupo de amigos da escola reservou um chalé na Cornualha no verão passado e a garota na parte de cima do beliche ficou com um dos garotos e transou com ele *bem ali, comigo no quarto*. Bem, ela achou que eu estivesse dormindo, e precisei de toda minha força de vontade para não rir na hora e constranger o casal, mas ainda assim.

Pelo menos não havia chance de Luna ou Jodie fazerem esse tipo de coisa.

Mas Jodie fica pálida e ajusta a postura, se levantando. Quase dou uma risada, imaginando se ser filha única a deixou territorial com seu próprio espaço.

— Isso é mesmo necessário? — pergunta Luna, hesitante, franzindo o cenho.

— Devido ao dano causado no quarto 205, muitos de nossos quartos no primeiro andar também estão indisponíveis, e estamos tendo alguma dificuldade para encontrar espaço para nossos hóspedes.

Ele olha para mim e eu sorrio com constrangimento em resposta. *Eita*. Certo, isso era culpa minha. Só era chato que Luna e Jodie tivessem que pagar por isso.

— Vocês se incomodariam em compartilhar? — pergunta novamente.

Não sou incluída na troca silenciosa dessa vez: Luna lança a Jodie um olhar murcho, e Jodie revira os olhos.

— Tudo bem — diz ela, por fim.

O homem suspira de alívio, agradecendo-nos antes de correr de volta para Esteban.

Depois de um tempo, algumas pessoas são acompanhadas de volta para cima e algumas malas são levadas, provavelmente para novos quartos.

Até sermos as últimas esperando.

— Ele está fazendo isso de propósito, não está? — murmuro, olhando feio para Esteban, que ri para alguma coisa que um homem com um esfregão diz a ele. — Ele está nos punindo por termos roubado os celulares, não está? E por não irmos a todas aquelas atividades e não participarmos de todo o entretenimento forçado.

— Ou talvez esteja nos conseguindo os melhores quartos — diz Luna.

Mas dá para ver que ela não acredita nisso. Seus lábios se curvam na tentativa de um sorriso otimista, só que ela volta a olhar para baixo, para o colo, onde está torcendo as mãos.

Jodie não para de se mexer no assento. Fica cruzando e descruzando as pernas. Tamborilando no braço da cadeira. Levantando para andar de um lado para o outro por um minuto, depois sentando de novo. Bufando como se fosse derrubar o hotel inteiro com seu sopro.

Estou tão feliz por elas estarem aqui, mesmo que tenhamos nos conhecido há apenas dois dias. Eu *não* conseguiria lidar com tudo isso sozinha. Em casa, quando as coisas dão errado, meus pais estão por perto — ou, se é algo que não quero que eles saibam (como da vez em que fui trancada no parque por causa de um desafio quando estava bêbada e tive que ligar para Nic para ela me ajudar a subir na cerca e me levar para casa), minhas irmãs estavam sempre lá para me ajudar.

Não que Jodie e Luna sejam como Nic e Hannah, mas ainda assim. Elas parecem saber o que estão fazendo — pelo menos mais do que eu.

Depois de um tempo, Esteban se aproxima de nós e imediatamente sei que tem algo errado. Seu sorriso idiota não está tão alegre como de costume e ele junta as mãos diante do corpo.

É uma espécie de olhar de desculpas.

No entanto, de alguma forma, ainda é bajulador para caramba.

Sinto meu estômago afundar.

Não. Não, não, não, isso não está acontecendo.

Antes que eu pudesse argumentar (porque o que quer que ele estivesse prestes a dizer, sei que seria algo que valeria a pena rebater), ele respira fundo e começa a falar:

— *Señoritas*, sinto muito pelo atraso. Tivemos que inspecionar a causa do problema e muitos dos outros quartos, compreendem? Um cano estourado. Essas coisas acontecem, não? E, é claro, certo estrago à rede elétrica causado pela srta. Rory *e* a banheira do quarto que ficou com a torneira aberta a manhã inteira... Tivemos que liberar a parte do hotel próxima aos danos e realocar muitos hóspedes. Infelizmente, no entanto, essa é uma semana muito agitada para nós, e com os quartos que tivemos que fechar e os outros sendo reformados, estamos lotados.

Ele fica em silêncio por um minuto e eu demoro um segundo para entender.

— Lotados — repito. — Tipo...

— Tipo, não há quartos no hotel — diz Jodie, igualmente descrente.

— Tipo, você não tem lugar para nós ficarmos? — grita Luna, levantando e apertando ainda mais as mãos.

Esteban dá uma risadinha.

— É claro que temos um lugar para vocês ficarem, srta. Lola, *no te preocupes*. Temos algumas *villas* privadas em desenvolvimento perto da praia. Infelizmente, vocês terão que compartilhar, mas imagino que isso não seja problema para vocês. E, é claro, como uma cortesia, só vamos cobrar duas diárias, e não a semana inteira. Um desconto *significativo*, entendem? Por favor, se puderem me acompanhar. Vou pedir para alguém levar a bagagem de vocês em breve.

Tudo bem, eu penso. Uma villa privada. Não parece tão ruim. Tenho quase certeza de que me lembro de algumas villas bem sofisticadas no panfleto que vi...

Luna caminha um pouco na frente, determinada. Cutuco Jodie com o cotovelo, tentando aliviar o clima.

— Uma *villa* na praia. Um pouco mais perto do bar do seu amorzinho.

— Ah, cala a boca — retruca ela.

Mas ela sorri como se soubesse que minha observação é *excelente*.

~

Esteban nos leva por um caminho estreito perto da praia, não muito longe do bar de Gabriel, e aponta com orgulho para uma fileira de *villas*. Elas são... compactas, eu acho que essa é a palavra, mas não parecem *ruins*. Não tão boas quanto as fotos de que me lembro. Precisando de um pouco de cuidado, só isso. Cada uma tem uma varanda com móveis de metal no mesmo estilo que as sacadas do hotel.

Ele nos leva até a mais próxima — número sete, segundo a placa de bronze na porta — e pega uma chave.

Em vez de destrancar a porta, no entanto, ele se vira novamente para nós três, e de repente sinto um nó no estômago.

— Agora, *señoritas*, como mencionei, nossas *villas* estão em desenvolvimento. Esta é uma situação única em que nunca nos encontramos antes, mas mandei preparar essa *villa* para vocês usarem pelo resto da semana. E gostaria de lembrar que não serão cobradas pelo restante da estadia.

Por que ele faz isso parecer uma coisa ruim? A palma de minhas mãos começa a suar de apreensão.

Não olho para as outras, preocupada de que elas estejam tão ansiosas quanto eu.

Esteban destranca a porta, entrando e gesticulando ao redor. Com cuidado, sigo Jodie para dentro e Luna entra logo depois de mim. As tábuas do piso rangem e eu sinto grãos de areia no meio delas, sob meus chinelos.

Luna solta algo parecido com um suspiro e um lamento, e eu a vejo colocar a mão sobre a boca. O rosto de Jodie se contorce de insatisfação. Estou um pouco ocupada olhando para a tinta amarela descascando nas paredes para tentar me recompor.

Meu estômago embrulha.

Talvez eu vomite...

Achei que parecia compacto do lado de fora, mas esse lugar é... minúsculo.

Há uma mesinha bamba com duas cadeiras, a madeira tão desgastada e rachada que acho que ela pode quebrar a qualquer segundo. Com certeza vai soltar farpas se alguém se aproximar.

Há uma estante na outra parede, mas não há nada nela além de algumas teias de aranha que refletem a luz.

Que nojento.

Um sofá e uma poltrona que não combinam ocupam o restante do espaço, posicionados ao redor de uma pequena mesa quadrada. O tecido ocre da poltrona está manchado com partes marrons em que eu realmente não quero pensar por muito tempo. O sofá é de um vermelho-escuro triste. Acho que está em um estado similar ao da poltrona, mas é difícil dizer, porque está coberto com algumas mantas e um travesseiro.

Eles pelo menos parecem limpos. Macios e novos como os que havia nos quartos que fomos obrigadas a deixar.

No entanto, Luna diz:

— Espere, uma de nós vai dormir no sofá?

Esteban dá um de seus suspiros que me irritam como o arranhar de unhas sobre uma lousa.

— Como mencionei, vocês vão ter que compartilhar. Essas *villas* são para o nosso pacote de retiro de casais, embora isso atualmente esteja indisponível enquanto as *villas* estão em desenvolvimento.

— Então… — Jodie olha para o teto e volta a olhar para mim. — Só tem um quarto?

— *Sí*, isso mesmo. Bem, vou deixá-las aqui. Suas malas chegarão em breve. Se precisarem de alguma coisa, por favor, só chamar. *Hasta luego*, srta. Lola, srta. Rory, srta. Ro-di.

Acompanho-o até a porta — só para poder batê-la quando ele sai. Uma das dobradiças está solta. É claro que está.

Eu me viro para as garotas.

— Se precisarmos de alguma coisa. Ah, tá bom. Do jeito que tudo está indo, a única coisa que vamos conseguir é uma praga.

Se estivesse com meu celular, andaria com a câmera, colocaria um filtro preto e branco no vídeo e talvez a música de algum filme de terror ou algo do tipo. Dane-se se isso me queimasse nas redes sociais. Pelo menos seria autêntico. E é exatamente o tipo de coisa que deveria ser compartilhada — *#FériasInfernais #SemEsperança #NaoSouCelebridadeMasMeTiremDaqui.*

— Talvez não seja tão ruim — comenta Luna, começando a subir as escadas.

Jodie dá de ombros e nós a seguimos. A escadaria dá direto para um quarto, que pelo menos parece limpo. As paredes ainda são bem deprimentes, como as do andar de baixo, como se devessem ter sido reparadas há dez anos. A porta para o banheiro está aberta e eu entro para dar uma olhada enquanto Luna inspeciona o guarda-roupa.

Ela grita, correndo e pulando sobre a cama.
— Aranha!
— Eu resolvo — declara Jodie, suspirando.
Olho dentro do banheiro com um pouco mais de cuidado. Eca. *Eca*. Sinto minha pele já se arrepiando.
— Tem uma aqui também, Steve Irwin.
— Ele não era o cara dos crocodilos? — pergunta Luna.
— Até onde eu sei, ele é o cara das criaturas assustadoras. Incluindo aranhas.
Recuo, encolhendo-me ao lado de Luna até Jodie dar uma olhada no banheiro também, encontrando mais aranhas do que apenas aquela que vi na banheira.
Então, ela exclama:
— Aaah, um lagarto!
E eu acho que vou desmaiar de verdade.
— Ah, ele é fofo — diz ela, voltando para o quarto com as mãos em concha. — Vocês querem ver?
— Por favor, não — respondo.
— Você tem razão. Ela é basicamente o Steve Irwin — concorda Luna.
Jodie coloca o lagarto para fora pela janela do banheiro e anuncia:
— Tudo liberado.
Volto a inspecionar o banheiro. Sem dúvida, podia ser pior. Tem um chuveiro sobre a banheira e muito espaço no balcão ao lado de duas pias. Parece relativamente limpo — como se tivessem mandado alguém para dar uma limpada rápida antes de nos trazerem para cá. Há uma pilha de toalhas brancas limpas e macias. Jodie abre o chuveiro. Os canos chiam por alguns minutos até a água sair. A pressão parece bem fraca, mas há um vapor saindo da água. Pelo menos podemos tomar um banho quente.
E mesmo que os azulejos provavelmente precisassem de uma boa esfregada e houvesse rachaduras na banheira e na pia, poderia ser muito pior.
— Não é nisso que eu penso quando falam em *villas* de luxo privadas — diz Luna com um suspiro. — Vi as fotos no folheto da

recepção e isso aqui *não* deveria se parecer com... com um barraco cinco estrelas.

— Barraco é elogio — murmura Jodie.

— Pelo menos os lençóis e as toalhas estão limpos — comenta Luna.

Concordo com um resmungo, porque só Deus sabe como estariam os antigos. E se esta é a *villa* que foi arrumada para nós... tenho medo de pensar em como ela estava algumas horas atrás.

— E, ei, vejam pelo lado bom! — continua Luna, sorrindo. — *Agora* não tem como Esteban nos expulsar do hotel se não fizermos todas aquelas atividades bobas todos os dias, né? Chega de ioga de manhã cedo, chega de show de improviso... e eu tenho que ser sincera, gente: não estava muito a fim de ir à aula de salsa que marcamos para hoje à noite. Sou atrapalhada, e fazer par com alguém aleatório para rodopiar por um salão... Não é a minha ideia de diversão.

Abro um sorrisinho. Ficar aqui tem um lado bom, eu acho.

(Ainda mais porque os sapatos que tinha pensado em usar na aula de salsa ainda estão completamente encharcados.)

Alguém bate na porta, indicando que nossas malas chegaram, e nós agradecemos os dois funcionários de bermuda cáqui e camisa polo branca que as carregaram para nós.

— Então... quem vai ficar com o sofá? — pergunta Jodie.

No fim, jogamos oito rodadas de pedra, papel e tesoura. Perco cinco vezes.

Vou ficar no sofá.

CAPÍTULO QUINZE
JODIE

Desfazemos as malas e tentamos limpar um pouco as coisas com água e sabão e papel higiênico, nem que seja para nos convencer de que a *villa* está devidamente limpa. Só que a coloração desagradável do lugar é mais devido ao fato de ser antigo do que a qualquer tipo de sujeira, o que é reconfortante, mesmo que signifique que nossos esforços de limpeza tenham sido praticamente inúteis. Rory pega um lençol extra e cobre a mesa de jantar do andar de baixo, dizendo que é para poder colocar algumas coisas sobre ela sem ter que se preocupar com farpas. Parece tão ruim quanto imaginamos.

Todo o clima é bem desagradável, na verdade.

— Isso não teria acontecido se eu não tivesse convencido vocês a roubar nossos celulares de volta — sussurra Luna. — Isso nos deixou em maus lençóis com Esteban e dá para ver que o cara guarda rancor.

— Não, é culpa *minha* — intervém Rory. — Vocês viram como ele ficou irritado quando derrubei a energia. Sem contar que deixei a torneira da banheira aberta e causei todo o vazamento... Não foi de propósito, obviamente, mas ainda assim. Nossa, fui tão idiota.

— Não é culpa de ninguém — declaro, com firmeza. Bem, é um pouco culpa da Rory, mas ela não tem responsabilidade de o encanamento desse lugar ser uma porcaria. De todas as coisas pelas quais competir, essa não é uma delas. — Essas coisas acontecem. Aquele cano estourado foi um acidente. A banheira... aquilo foi só falta de sorte. Alguém acabaria vindo parar nesse lugar e, para ser sincera, eles provavelmente nos colocariam aqui de qualquer forma. Quer dizer... três garotas como nós? Viajando sozinhas? Somos as pessoas mais jovens daqui por, tipo, vinte anos, no *mínimo*. Rory mal tem idade para beber! Nós não temos cara de quem vai processá-los. Não como Linda e Andrew.

— Ninguém mexeria com Linda — Luna concorda.

Ignorando-nos, Rory se joga na cama, inclinando-se para a frente e enterrando o rosto nas mãos. Um soluço escapa de sua boca, e fico assustada, porque ela está chorando.

— Não consigo fazer nada direito! Sinto muito, gente. Sou uma grande idiota! Como eu ia saber que girei a torneira para o lado errado se a água tinha sido cortada? Depois eu ferrei com a energia, fiz a gente vir para cá, e vou acabar fazendo aquela graduação em Direito idiota e acabar em um emprego que não quero *para sempre*, e com todos sempre dizendo não, Rory, você fez a escolha certa, você nunca se daria bem como artista, você *simplesmente não é boa o suficiente*, é por isso que sua lojinha on-line é um fracasso total, assim como *você*. Desculpa, Rory, aquela empresa para a qual você ofereceu seus serviços te rejeitou! Essa outra nem se deu ao trabalho de responder! Ninguém vai comprar na sua loja! Você está perdendo seguidores e sua marca já está se desfazendo, sem motivo aparente! Ninguém liga para sua arte boba nem para suas redes sociais chatas, você está perdendo seu tempo com tudo isso. Porque não consegue fazer *nada certo*. Eu sou tão *idiota*!

Olho para Luna, sem saber de onde veio a explosão repentina de Rory. Ela dá de ombros e termina de pendurar um vestido no guarda-roupa antes de se aproximar e colocar o braço ao redor de Rory.

— Ei, fala sério, isso não é para sempre.

— Sabe, foi por isso que minhas irmãs me mandaram para cá. Para eu ter que sair da minha cabeça no que diz respeito a tudo. Elas nem sabem sobre minhas redes sociais, nem da minha lojinha. Criei contas diferentes para elas seguirem! Tenho um Instagram falso só para elas! Elas já acham que não vou chegar a lugar nenhum com arte e que eu deveria ser sensata e pensar nisso só como um passatempo. Mas se elas soubessem... Nossa, se elas *soubessem*, só pioraria tudo. Tipo, contanto que elas não saibam que estou tentando e fracassando, é a teoria de Schrödinger. Só que não, porque o gato já está *morto*.

Luna e eu esperamos, mas Rory não continua. Sua respiração é alta, irregular, e ela está trêmula. Luna acaricia suas costas com uma expressão empática. Ela olha para mim por um instante, mas só consigo dar de ombros, impotente. Sei que Rory disse que não queria fazer a graduação que deve começar em alguns meses, mas...

Não esperava *isso*.

Ela passa a impressão de ser tão tranquila, tão legal e segura de si. Mas agora ela só parece jovem e assustada, e eu sinto muito por ela. Entendo muito bem o fato de ela se sentir presa em relação à faculdade.

Rory parece ter acabado de desabafar por enquanto, então Luna se encarrega de tentar consolá-la.

— Sei que não é a mesma coisa, mas eu sei mais ou menos o que você está sentindo. Pelo menos essa sensação de ser um fracasso. Desde que terminei com Liam, fiquei pensando muito se foi a coisa certa a fazer ou não, pensando que estraguei tudo, que me decepcionei. Em grande parte, é porque sinto que não era suficiente para ele, de alguma forma. Ou para nossos amigos. Tipo, está tudo dando errado da *minha* parte, e foi por isso que tive que terminar, e não por causa de algo que ele fez. E eu fico tentando não pensar nele, mas não é tão fácil. Depois que vi aquelas fotos no Instagram, e aquela garota... E, sabe, tenho certeza de que em uma delas eu achei que ela estava com uma daquelas camisas polo, como as que usam aqui. Mas não deu tempo de ver direito. Foi quando Esteban apareceu. Então estou enlouquecendo, pensando: e se ela *trabalha* aqui?

— Desculpe, srta. Lola — responde Rory, fungando —, mas *como assim*? Você sabe que isso parece paranoia, não sabe?

— Não, estou falando sério. Eu... eu sei o que parece. Foi por isso que não comentei nada antes. A garota naquela foto no

Instagram... Lembra quando olhei no celular do Gabriel e estava em pânico achando que Liam pudesse já ter seguido em frente? Bem, ele tinha marcado ela, então obviamente eu fui dar uma olhada no perfil dela. E ontem à noite quando eu curti sem querer uma foto antiga dela... Eu estava tentando dar *zoom*. Não consigo lembrar agora, por causa da sangria, mas tenho *certeza* de que ela tinha escrito na legenda que era representante de turismo, e tinha postado outra foto mais recente usando uma camisa polo que é *exatamente igual* à que usam aqui.

Fiquei encarando Luna, sem ter certeza se ela estava apenas exagerando em uma tentativa de distrair Rory. Mas ela parece tão abatida que rapidamente me dou conta de que não é isso que está fazendo.

— Nós nunca deveríamos ter olhado os celulares — lamenta Rory, apertando a mão de Luna.

Alterno o olhar entre elas por um minuto, sabendo que é minha vez de dar uma opinião. É minha vez de falar o quanto eu queria estar com meu celular, ou o quanto desejava não ter visto alguma coisa.

Só que...

Bem, só que eu fico em silêncio. Não tenho nada parecido com isso para dizer.

Estou feliz por não ter tido tempo de ver todas aquelas outras notificações no LinkedIn, e de não ter tido tempo de ler nada no grupo do WhatsApp, de não ter que responder ninguém.

Até que é bom não sentir que tenho que provar meu valor para todo mundo o tempo todo.

Mas as duas garotas parecem tão *arrasadas* com tudo, que acabo dizendo:

— É. Eu sei. Quer dizer, estou muito angustiada por todas as minhas amigas estarem se dando melhor do que eu. Em tudo.

Parece mentira assim que digo, e acho que elas percebem que não estou falando de todo o coração. Eu me surpreendo com o quanto, de repente, quero me distanciar daquela sensação de competição que só me arrasta para baixo em vez de me estimular.

Então eu digo:

— Vejam só, é quase hora do jantar. Por que não nos trocamos, vamos comer e depois vamos para o bar da praia de novo? Longe de Esteban e de toda a multidão e qualquer chatice que estejam fazendo esta noite.

— Acho que ser sua escudeira pode tornar meu dia um pouco menos ruim. — Rory funga, abrindo um sorriso.

— É, isso e algumas tequilas — murmura Luna. — Podem contar comigo.

~

A água quente está mais para morna quando tomo meu banho, então não demoro muito e tento não ficar irritada com isso. Com todas no quarto, tentando se vestir, pentear o cabelo e se maquiar, ou encontrar alguma coisa que não esteja molhada devido ao desastre de mais cedo, começa a ficar um pouco claustrofóbico.

Rory não parece estar nada tímida sobre compartilharmos o espaço e Luna parece reparar nossa presença sempre que se move. É confortável passar o tempo com as duas, me abrindo a respeito de algumas coisas, mas acho *estranho* tomar banho com elas do outro lado da porta, ouvindo-as conversar. Mesmo vestindo as roupas íntimas no banheiro, eu me enrolo na toalha para ir para o quarto, o que faz as duas rirem.

— Não precisa ser tímida — diz Rory. — Já te vimos de biquíni, querida, é basicamente a mesma coisa.

Eu *sei* que ela tem razão, e não é como se eu tivesse alguma insegurança com meu corpo, só... sabe, as gerais. Inseguranças universais. Além disso, é muito *estranho* não ter meu próprio espaço para me arrumar. Eu nunca tive irmãos, e nunca dividi um espaço com um namorado, como Luna.

Sinto um pânico repentino ao pensar sobre como vou fazer cocô, sabendo que elas vão estar do lado de fora do banheiro. Vou ter que voltar escondida quando elas estiverem na piscina, ou algo assim.

Por mais aliviada que eu esteja por compartilhar esse barraco com as meninas em vez de ficar nele sozinha, lamento por minha privacidade.

Talvez *tenha sido* mesmo culpa de Rory, penso antes que possa me conter. Ela merece ficar no sofá, no fim das contas. Ela causou aquela inundação. Ela derrubou a energia. Talvez tivéssemos ficado bem até aquele pequeno acidente.

Mas, também, eles *perguntaram* se não nos importávamos de dividir um quarto, então basicamente nos voluntariamos a estar aqui. E ela não foi a única que irritou Esteban e quebrou suas preciosas regras. Eu fui meio mal-educada com ele, e Luna iniciou toda aquela história de *Missão Impossível*...

Não podemos fazer nada a respeito disso agora, então fico em silêncio e sorrio para Rory quando ela me pede para alisar a parte de trás de seu cabelo.

~

Não ficamos muito tempo no restaurante. Luna e Rory parecem um pouco preocupadas, e além disso parece que há um mal-estar pairando sobre nossa mesa: ficou claro que todos sabem que tivemos algo a ver com toda a questão da troca de quartos, a julgar pelos olhares que estamos recebendo e a forma como as pessoas cochicham umas com as outras e nos encaram.

— Ouvi dizer que elas arrombaram a sala da administração para pegar os celulares — sussurra uma mulher para a amiga atrás de mim no bufê, enquanto empilho lasanha em meu prato. — Que vergonha. Por que vieram para cá, se não dão conta?

A amiga começa a rir.

— Não dão *conta*! Ai, nossa!

Enchemos nosso prato, comemos tudo e saímos de lá.

— Você ouviu o homem na mesa ao lado? Ele disse que ouviu dizer que nós causamos a falta de energia. Ele estava reclamando que esse era o motivo de a máquina de gelo de seu andar não estar funcionando. *Gelo* — fala Rory, alto. — Metade das minhas coisas está arruinada. Queria enfiar a *cabeça* dele em um balde de gelo.

Ela continua reclamando o caminho todo até o bar da praia, e nós deixamos. Luna e eu ficamos em silêncio. Parece mais fácil.

Rory vai na frente, jogando-se em uma banqueta do bar e desmoronando sobre o balcão como uma princesa da Disney que perdeu toda a esperança depois que lhe disseram que ela não pode se casar com aquele garoto que ela viu uma vez só na floresta.

— Ela é tão dramática — diz Luna ao meu lado, como se pudesse ler minha mente. — Eu adoro.

Gabriel se apoia na beirada do balcão, ao lado dela, e pigarreia enquanto nos sentamos também.

— Presumo que um gim forte seja necessário?

Rory resmunga.

— Hoje não. Quero um drinque sem álcool. Já estou com bastante dor de cabeça, não preciso de mais uma ressaca.

Luna dá um tapinha no ombro de Rory. Gabriel vira seu sorriso intenso para nós.

— E para vocês, meninas?

— Hum... — É tudo que eu consigo dizer porque, ah... esqueci como ele é lindo.

Ele é *tão* lindo.

Com seu cabelo perfeito, e o sorriso perfeito, e os braços perfeitos...

Suas mangas estão arregaçadas até os cotovelos novamente, a gola da camisa é larga e mostra um pouco da pele bronzeada, o suficiente para revelar os pelos escuros de seu peito. Tenho certeza de que ele não estava com tantos botões abertos ontem — eu teria notado. Desvio os olhos, mas eles recaem em outras partes perfeitas dele: os lábios macios e rosados, que parecem muito beijáveis, seu cabelo escuro, que brilha sob a luz e cai sobre sua testa como se ele fosse um astro de cinema que tivesse toda uma equipe para arrumá-lo da forma mais atraente e arrasadora possível. Não prolongo minha atenção em seus olhos adoráveis e brilhantes que me lembram uma fogueira de outono, com medo de que ele me pegue encarando, e acabo me concentrando em seus braços definidos, mãos calejadas e dedos longos.

— Que tal uma jarra grande de um drinque sem álcool? — sugere Luna. — Qualquer um. Vamos dividir.

Gabriel faz uma pequena saudação a ela e se vira para preparar algo não alcoólico e doce para nós. Há mais algumas pessoas no bar, então imagino que isso signifique que ele não vai pegar seu celular e que Rory e Luna não poderão perguntar para ele se podem pegá-lo emprestado só para entrarem de novo naquela espiral de nervosismo.

Para ser sincera, estou aliviada.

Na verdade, também estou aliviada por Rory estar em modo crise no momento, depois de toda aquela conversa sobre ser minha escudeira para me ajudar a flertar com Gabriel. Da forma como as coisas estão indo até agora, será um milagre se eu conseguir dizer uma frase completa na frente dele.

Quase não saí com garotos nos últimos anos, e além de um beijo ou outro em algum cara aleatório em uma festa, ou daquela muito, *muito* breve ficada com o amigo de uma amiga que eu pedi para me dar aula, que usava blazer de tweed com remendos no cotovelo, eu não saio *flertando* por aí. Na escola, eu estava acostumada a ser "comum". Comum o suficiente para que, na maioria das vezes, os garotos não se interessassem por mim. E eu não me importava com isso. Ou melhor... eu me acostumei a isso. Na faculdade, estive sempre tão ocupada focando em estudar que romance e paquera são as menores de minhas preocupações.

De qualquer forma, eu *certamente* nunca flertei com um cara tão bonito quanto Gabriel.

Quando ele vira as costas por um segundo, pergunto a Luna:

— Será que pegamos uma mesa?

— E perder a chance de ver você babar pelo Gabriel de novo? Acho que não. Além disso, ele parece legal. Boa companhia, sabe?

Olho de novo para Gabriel, empurrando os óculos sobre o nariz. Há uma ruga entre suas sobrancelhas grossas enquanto ele se concentra em misturar sucos para o nosso drinque. Seus lábios estão levemente separados.

Por mais que eu tente não notar: sua bunda naquela bermuda...
— É — respondo. — Muito boa.
Ai, meu Deus, o que estou fazendo?
Eu sou mesmo patética. Tipo, completamente patética. Estou encarando feito boba esse cara como se eu estivesse de volta ao ensino médio ou algo assim, e ele fosse um novato na escola, e eu estivesse simplesmente *implorando* para ele me notar, me achar digna de atenção.

Acho que não tenho um crush de verdade em ninguém há anos. E mesmo quando tive, nunca fiquei...

Bem, *assim*...

Boba. Sem palavras.

Então, em vez de pensar nisso, eu me inclino para trás em meu assento para olhar para Rory, que ainda está esparramada sobre o balcão com a cabeça sobre os braços. Ela resmunga de novo.

— Ela está bem? Você está bem? — questiono.

— Não — resmunga Rory, a palavra abafada por seus braços.

Luna contém uma risada e então somos afastadas de Rory quando Gabriel coloca três copos gigantescos de uma bebida amarela com espetinhos de frutas dentro.

— Ela tem certeza de que não quer algo um pouco... — Ele balança a mão como se procurasse pela palavra, mas não a encontra. No fim, apenas diz: — Chá? Sei que vocês, britânicos, gostam disso.

Rory levanta a cabeça por um instante.

— Sim, por favor — sussurra ela. E depois despenca de novo.

Pego um copo do drinque amarelo e tomo um gole pelo canudo.

— Ai, meu Deus — grito. — Isso está incrível.

Sinto gosto de abacaxi, e talvez laranja, mas seja o que for, é *delicioso*.

— Rory, sério, sei que você está passando por algo difícil no momento, mas você precisa experimentar um pouco disso — digo. — Gabriel é um gênio.

— *Gracias, chica* — fala ele com aquela voz suave como mel.

Sinto minhas bochechas esquentarem e espero que não estejam ficando vermelhas. Espero *mesmo* que eu não esteja corando.

— Ela tem razão — concorda Luna depois de experimentar também. — Rory, você precisa provar isso.

Gabriel se inclina sobre o balcão, perto o bastante para que eu consiga sentir o cheiro de sua loção pós-barba, que é tão inebriante que me deixa um pouco tonta. (Existe alguma coisa nesse garoto que não seja completamente perfeita?)

— O que aconteceu com sua amiga? Ela estava tão diferente ontem. Animada, ¿*sabes*? — pergunta ele.

A pergunta é *para mim*. Luna está bem ali também, obviamente, mas é para *mim* que ele está olhando. Meu coração dispara com a atenção, mas eu não chego a responder.

— Fiz a gente ser expulsa do hotel e Esteban nos colocou em um barraco — choraminga Rory, levantando o suficiente para tomar um pouco de seu coquetel sem álcool. — Nossa, isso é *muito* bom.

— Ah, eu ouvi dizer que algum *tonto del culo* causou a queda de energia e inundou o hotel. — Ele abre um sorriso largo. — Foi você?

— Certo, nós não causamos *toda* a inundação — explico, redescobrindo de repente minha capacidade de formar frases coerentes, apontando o dedo para ele. — Foi um cano que estourou. E Rory só deixou a torneira da banheira aberta por acidente, porque parou de sair água. E nós poderíamos reivindicar uma compensação. A água estragou meus sapatos.

— Seus sapatos? *Qué lástima* — fala ele, lentamente, mas não parece muito sincero.

Seu sorriso está mais malicioso agora, o que o deixa ainda mais sexy. Ele faz algo com meu estômago, uma onda de calor que parece me consumir por inteiro.

Gabriel Idiota e seu rosto perfeito idiota...

As palavras me faltam novamente e minha boca se move sem som. Neste momento, Luna bate com o joelho no meu e fala por mim:

— Todo mundo está dizendo que foi nossa culpa?

— Estão comentando que foi culpa de alguém — responde ele. Seus olhos escuros se enrugam com a risada. — Eu deveria ter adivinhado que foram vocês três *alborotadoras*.

Rory faz cara feia.

— Nós três o quê?

— Seja o que for, me sinto insultada — declara Luna.

— Sinto falta do Google Tradutor — acrescento.

— *Alborotadoras* — repete ele. — Vocês três, bagunceiras. Ouvi dizer que tentaram roubar os celulares de volta. Agora acabam com o hotel. Não sei ao certo se quero vocês em meu bar... Vocês podem destruí-lo também.

Caio na gargalhada e até Rory dá uma risadinha.

Ele olha para mim, uma sobrancelha levemente erguida.

— Vai me causar problemas, *chica*? — indaga ele.

Nossa, espero que sim.

Meu coração dispara e eu umedeço os lábios. Os olhos de Gabriel descem para minha boca, e não foi intencional, mas... eu não odeio. Sento-me um pouco mais reta, mexendo com o canudo de minha bebida.

— Acho que você vai ter que esperar para ver.

Ele dá uma risadinha baixa e balança a cabeça. Uma gargalhada de um grupo sentado próximo o assusta e ele volta a prestar atenção. Por fim, se afasta um pouco do bar, pigarreando.

— Então Esteban colocou vocês em um barraco?

— As *villas* da praia — explica Luna. — As que estão reformando para serem retiros para casais, ou algo assim. Só que a nossa não está reformada. Então tivemos que pedir para a guerreira Jodie aqui livrar o lugar de vida selvagem. Tirar todas as aranhas, lagartos e afins.

Rory finge uma ânsia de vômito e dá mais um gole no drinque.

— Por favor, não mencione isso de novo. Se eu pensar muito sobre Aragogue e colegas naquele lugar, não vou conseguir dormir hoje.

— Não entendo o problema — digo. — São apenas insetos. Como mariposas, abelhas, ou...

Luna estremece.

— São horripilantes. Todas aquelas pernas... Eca!

— Você não tem medo de aranhas? — pergunta Gabriel, erguendo uma sobrancelha para mim.

— Eu deveria ter?

— Você tem *cojones* maiores que os meus, *chica* — replica ele, rindo. — Eu detesto elas.

— E eu achando que você tinha um par decente de *melones* — murmura Luna, balançando as sobrancelhas para mim.

Rio de novo, empurrando-a de leve. Gabriel também ri, mas a risada logo se transforma em um pigarro.

Coro novamente. E espero que ninguém note. Muito menos ele — embora Gabriel de repente pareça *muito* preocupado em limpar uma poeira inexistente do outro lado do bar.

Rory faz biquinho, fazendo uma careta dramática.

— Não entendi. Não entendi a piada. Alguém explica?

— Só estou elogiando os peitos de Jodie.

— Amém. Eu e meus humildes peitinhos estamos cheias de inveja dos peitos dela — retruca Rory.

As duas riem juntas como se fossem amigas há anos, ignorando o quanto me sinto constrangida.

Para Gabriel, ela diz:

— É tudo culpa minha. O caos todo, o barraco... Eu liguei um secador e derrubei a energia elétrica. Essa parte *com certeza* foi culpa minha. E, você sabe, eu *deixei* a torneira aberta, embora sem querer, em um lugar com um encanamento muito duvidoso.

— Você estava por trás do roubo de celulares também? — questionou ele.

— Não, isso foi ideia da Luna — explica, e de repente se senta mais reta, apontando para mim. Ela levanta a mão para sussurrar alto o bastante para que todas nós pudéssemos ouvir. — Mas a Jodie mandou bem, dando bronca no Esteban mesmo depois que fomos pegas. Ela é bem durona.

— Ei — chama alguém —, com licença, amigo? Pode me trazer mais algumas cervejas e mais uma taça de vinho tinto, por favor?

Gabriel pede licença para nós calmamente para ir servir o cara do outro lado do balcão, e eu me viro para Rory.

— O que foi aquilo? *Vocês* que tiveram que *me* convencer! Não sei o quanto isso é ser "durona".

— Eu estava te fazendo um favor, querida, acredite. — Rory estica a mão para pegar no meu braço, me apertando com os dedos ao me chacoalhar, de olhos arregalados. — Além disso — continua ela, com uma expressão séria —, ele com certeza estava olhando para os seus melões.

— Cala a boca. Ele não estava, não. E quanto ao comentário que ele fez sobre eu ser mais "macho" do que ele em relação às aranhas? Até onde eu sei, isso não tem nada a ver com flertar.

— Ah, até parece — retruca Luna. — Qualquer cara digno de seu tempo não vai se sentir diminuído com uma coisa dessas. No mínimo, ele deveria se sentir grato por você estar por perto para lidar com as aranhas por ele. Eu amava isso no Liam. Juro, estava quase implorando para ele voltar comigo na primeira vez que encontrei uma aranha no meu quarto depois que terminamos. Foi traumatizante. Mas enfim... Sim, ele estava flertando com certeza. Perguntando se você ia causar *problemas*, todo atrevido!

— Mas ele... não é... eu não estou flertando — sussurro. — Lembram que eu não sei como fazer isso?

— Se estivéssemos com nossos celulares, poderíamos encontrar todo tipo de matéria sobre como flertar — resmunga Rory. — Mesmo quando são bobas, são ótimas.

— Elogia ele — sugere Luna. — Ele pareceu ter gostado quando você disse que ele era um gênio.

— Pelo drinque sem álcool? Ele é um bartender. É literalmente o trabalho dele.

— Então... elogia outra coisa! — exclama Rory, como se fosse óbvio. — Só Deus sabe como há coisas suficientes naquele homem para se elogiar — acrescenta com um suspiro, olhando para ele. — Escolha alguma coisa, garota. Qualquer coisa. Não tem como dar errado.

— Mas isso pode ser bizarro — comenta Luna. — Talvez não... não elogie seus dedos do pé. A menos que tenha um fetiche por pés. Não quero te censurar.

— Acho que eu gostava mais de você quando estava triste e deprimida — brinco, olhando para Rory.

Em seguida, faço Luna soltar meu braço porque Gabriel está voltando.
— Fale alguma coisa — sussurra Luna.
Então digo:
— Os lóbulos das suas orelhas são adoráveis.

CAPÍTULO DEZESSEIS
LUNA

Jodie resmunga pela bilionésima vez, tirando o travesseiro de baixo da cabeça e o pressionando sobre o rosto para gritar. Ela o coloca de volta sob a cabeça e suspira.

— Por quê? — lamenta ela. — Por que você me obrigou a dizer alguma coisa? Por quê?

— Não foi tão ruim — respondo, mesmo que tenha sido *terrível*.

Gabriel ficou sem graça depois do elogio aos lóbulos de suas orelhas, olhando para nós com um sorriso confuso e constrangido. E Jodie virou a bebida, como se o drinque de frutas sem álcool pudesse entorpecer o constrangimento, e acabou derramando quase tudo na roupa. Ela se afastou tão depressa quando Gabriel tentou lhe entregar alguns guardanapos que derrubou a banqueta no chão, tagarelando alguma desculpa sobre "ter acabado de lembrar que tinha alguma coisa para fazer" antes de fugir. Peguei Rory pelo braço e fui atrás dela sem mal nos despedirmos de nosso amigável bartender e companheiro de infração de regras.

Ela tinha parado de hiperventilar.

Toda a cena me faz ter medo de pensar em voltar a paquerar. Liam e eu sempre parecemos simplesmente... *combinar*. Tinha sido tão fácil. Ou, pelo menos, costumava ser. Em algum momento depois que entramos na faculdade, as coisas começaram a desandar tão aos poucos que eu nem notei acontecer.

Talvez eu tenha sido muito dura com ele, penso. Não era culpa de Liam ele ser tão sociável, ou eu não ser do tipo extrovertido como ele parecia querer que eu fosse. Eu também estava com a cabeça quente, estressada depois daquela prova horrível em que eu tinha tanta certeza de que tinha ido mal.

Eu teria terminado com ele se tivesse ido melhor na prova?

Só teria terminado com ele bem mais tarde, ou ele teria mudado — se acalmado, talvez, depois da empolgação do primeiro ano de faculdade, e voltado a ser o garoto por quem me apaixonei? Será que ele quer mudar, sabendo que me perdeu... ou eu era tão chata que ele ficou feliz em se livrar de mim?

Minha cabeça dói só de pensar nisso.

Penso que é melhor mesmo eu não estar com meu celular, assim não posso ligar para ele atrás de respostas.

Ao observar Jodie se transformar em um desastre sem sentido e desajeitado na frente de um garoto, no entanto... fico mais do que feliz em renunciar a todo e qualquer romance por um tempo.

Tipo... um *bom* tempo.

Rory sai do banheiro passando hidratante rosa-claro no rosto com movimentos circulares cuidadosos, as sobrancelhas erguidas e os lábios franzidos.

— Sobre o que é a conversa?

— Sobre o fato de que eu nunca mais vou poder mostrar minha cara nesse lugar. É melhor eu me inscrever no show de improviso no restante da semana. Não deve ser mais humilhante.

Abro um sorriso empático para Jodie, mas ela está com o rosto todo contorcido e de olhos fechados, então viro para Rory e dou de ombros. Ela também dá de ombros e se joga no meio da cama entre nós.

Mesmo com o cabelo penteado para trás, preso em duas tranças embutidas, e sem maquiagem, Rory consegue ficar glamorosa sem esforço. Vendo-a passar hidratante, é fácil imaginar abrir o YouTube e encontrá-la na primeira página com algum vídeo dela de recebidos ou vlog de beleza. Sinto uma ponta de inveja ao olhar para sua camisola azul-marinho de seda e os chinelos brancos e felpudos. (Embora estivessem um pouco menos felpudos e brancos depois de terem sido encharcados mais cedo —, mas pelo menos estão secos agora, após passarem a noite no deque da *villa*.)

Fico constrangida por eu estar de short de algodão e uma camiseta larga da semana dos calouros da faculdade, cuja estampa já desbotou há muito tempo na lavagem. Aposto que Jodie, com sua camisola gasta do ursinho Pooh, sente a mesma coisa.

Pelo menos eu espero que sinta.

— Você só precisa... — Rory suspira, passando os olhos pelo teto, tentando encontrar a palavra certa. — Repensar. *Reformular!* Seja a Jodie durona que conhecemos e amamos, que roubou o próprio celular na noite passada. Não a pateta adoradora de lóbulos que vimos derrubar bebida sobre si mesma e fugir do bar.

Jodie resmunga novamente, como se não precisasse ser lembrada daquilo.

Repensar e reformular. Eu poderia seguir esse conselho também. Tornar-me alguém menos estraga-prazeres, menos caseira. Mais espontânea. Mais...

Mais. Apenas... mais.

Alguém por quem Liam pudesse ter se mantido apaixonado.

Alguém com quem nossos amigos teriam se importado em manter contato.

— Eis o que vamos fazer. Vamos apagar o dia de hoje. *Blip!* — Rory desliza a mão, estala os dedos. — Aja como nada tivesse acontecido. E amanhã nós arrumamos seu cabelo, você coloca seu vestido preferido, e tentamos de novo.

— Qual o problema com o meu cabelo?

— Foi só uma observação, um pouco de volume não ia fazer mal.

— Ei, olha só. Finja que eu sou Gabriel — digo, um pouco preocupada de Jodie ficar ofendida se Rory continuar falando e elas acabarem brigando. Eu me viro para ela. — Treine o que você diria. Flerte comigo, *chica.*

— Não vou fazer isso — murmura ela, mas se senta assim mesmo. Rory cruza as pernas sob o copo, acomodando-se.

— Tudo bem — fala Jodie. — Hum, você está muito bonito hoje, Gabriel.

Faço minha melhor imitação de sotaque espanhol e a voz grave de um homem (ambas as coisas juntas formam algo bem terrível):

— Obrigado. Você também está muito bonita esta noite, Jodie. Principalmente os lóbulos de suas orelhas.

Rory grita de alegria, sua crise anterior pelo jeito já esquecida. Mesmo que Jodie tenha precisado ser humilhada para tirá-la daquela situação, estou feliz. Nunca vi ninguém tão desesperançosa e impotente quanto ela quando estava falando de sua arte e redes sociais. Agora o brilho voltou aos seus olhos, e ela deita de costas entre nós bem na hora em que Jodie joga seu travesseiro na minha cara.

— São lóbulos bem durões — continuo, com minha atuação péssima. — Ah, não, encontrei uma aranha atrás do bar. Talvez você possa me ajudar aqui. Você e seus adoráveis *melones*, para os quais eu com certeza estava olhando mais cedo.

— Eu odeio vocês duas — retruca Jodie, pegando o travesseiro de volta só para jogar na minha cara de novo.

Caio na gargalhada. Rory dá um tapa no meu braço, rosto enrugado tentando respirar entre risadas.

Até Jodie começou a rir, apesar do olhar envergonhado em seu rosto.

Eu não me lembro da última vez em que ri assim — ainda mais com Liam, que ocupou tanto espaço em minha vida, em particular durante o último ano. Irônico, isso aconteceu quando ele parecia mais distante. Com certeza não com nossos amigos, que, para ser sincera, só eram meus amigos por causa de Liam, e não eram muito o meu tipo de pessoa.

É por isso que eles não estão falando comigo? Eu era apenas uma acompanhante infeliz, que só estava presente por causa do namorado?

Estou muito ocupada rindo com Jodie e Rory para deixar aquela percepção me desanimar.

— Ah, Luna, por que você começou a falar dos dedos dos pés dele? Você colocou partes estranhas do corpo em minha cabeça. E você, Rory! Tentando me ajudar, me pressionando a elogiá-lo! Isso é culpa sua, srta. Dramática. Os lóbulos das orelhas! Eu de fato *elogiei* os *lóbulos das orelhas* dele.

— E derrubou toda a bebida tentando tomar tudo de uma vez — lembro.

— E literalmente saiu correndo quando ele se virou para pegar guardanapos para você — acrescenta Rory.

Jodie a empurra — e as duas camas que haviam sido juntadas para formar uma de casal se separam e Rory cai no buraco com um grito.

Todas ficamos em silêncio e Jodie e eu nos inclinamos para olhar Rory, aninhada nos lençóis como uma rede improvisada no pequeno espaço entre as camas. Ela nos encara em choque.

— Ai — reclama. — Minha *bunda*. Acho que eu quebrei minha bunda. Como se esse dia não pudesse ficar pior, eu vou ter que ir para o hospital com a bunda quebrada.

— Venha — diz Jodie, oferecendo a mão.

Mas as pernas de Rory se agitam inutilmente, lutando com os lençóis e não chegando a lugar nenhum, o que me faz ter outro ataque de riso. Estou ofegante quando conseguimos levantá-la. Jodie junta as camas e nós reajustamos os lençóis.

— E com isso — fala Rory, massageando o cóccix —, antes que eu possa desencadear mais algum acidente hoje, vou para a cama. E por cama eu quero dizer aquele sofá desconfortável. Boa noite, meninas.

— Boa noite — respondemos a ela.

Jodie apaga a luz ao seu lado e a luz do andar de baixo é apagada também. As persianas estão quebradas, mas pelo menos estamos longe o suficiente das luzes do hotel, então isso não importa.

Mas aposto que vai importar quando o sol nascer.

Talvez até acordemos a tempo para a aula de ioga, penso ironicamente. Não há despertador por aqui — apenas um relógio na parede da pequena cozinha no andar de baixo (que eu comparei com meu relógio mais cedo e descobri que estava cinquenta minutos atrasado).

— Não consigo entender essa garota — comenta Jodie, baixinho, no escuro. — Ela é toda confiante, e aposto que se fosse *ela* flertando com um bartender espanhol sexy, ele estaria caidinho a essa altura. Mas quando ela estava dizendo aquelas coisas sobre as irmãs a terem mandado para cá, como não consegue fazer nada direito... E você notou como ela nos deixou tomar a frente? Com Esteban? E Oscar, quando ele tentou nos inscrever naquelas coisas?

Faço um pequeno ruído em concordância, refletindo sobre o que dizer. Sei exatamente o Jodie quer dizer, mas o comportamento exaltado de Rory parece aparecer e desaparecer a qualquer sinal de problemas. Eu me pergunto se é por ela ser mais nova do que nós, ou se tem mais a ver com ter irmãs mais velhas tão protetoras, mas... E se for tudo fachada? Ampliada para proteger seus próprios sentimentos, ou talvez o exato oposto — esta é uma versão de Rory mais modesta e contida, uma versão que ela acha ser mais palatável para uma família que não a entende bem.

Penso em dizer isso para Jodie, mas me interrompo. Eu odiaria pensar que *elas* estariam falando sobre como eu sou pelas minhas costas... mesmo de uma forma inocente como esta.

— Acho que ela não teria chance nenhuma com Gabriel — digo. — Ele só tem olhos para você, caso não tenha notado.

Jodie solta uma risada, não convencida e provavelmente ficando corada.

— Talvez. Boa noite, Luna — murmura ela, se virando e puxando os lençóis.

Eu me viro de lado, também, mas não estou cansada. Depois de alguns minutos, a respiração de Jodie fica estável e é óbvio que ela pegou no sono. Queria estar com meu celular, para poder ficar rolando a tela sem pensar até ficar cansada. Eu acenderia a luz pra ler, mas não quero acordar Jodie.

Fico ali deitada, perguntando-me o que essas garotas pensam de mim. Será que eu sou uma acompanhante infeliz que elas também tinham que aturar, como acontecia com meu grupo da faculdade?

Quem elas veem?

Uma pessoa quieta, imago. Espero que não me vejam como nervosa, ou chata, ou sem graça.

Odiaria que elas pensassem isso. Eu me sentiria reduzida, negligenciada. Inferior por não ser escandalosa como Rory nem turbulenta como Jodie.

Eu não sou nada disso, penso com afinco. Só porque sou quieta, porque gosto de pensar sobre as coisas, porque tenho uma tendência a me preocupar... *não sou menos por causa disso. Não posso ser diminuída assim.*

E então me dou conta: Liam fez eu me sentir inferior neste último ano, ou é coisa da minha cabeça?

Isso basta para minha mente ser consumida por pensamentos sobre ele. Seu cabelo castanho e curto e o rosto comprido, a cicatriz no queixo devido a um jogo de rúgbi alguns anos atrás, e aquele corpo largo e quente que me puxava para perto quando me envolvia com os braços. Penso em como ele me beijava, como gostava de beijar a palma da minha mão e no toque dele em meu cabelo quando estávamos abraçados.

Passo a mão pelo cabelo agora, espelhando o gesto de minhas lembranças, mas meus dedos encontram rapidamente o ar. Eu cortei o cabelo logo depois que terminamos. Doei os longos cachos que ele me dizia que amava, ansiosa por alguma mudança física abrupta e brusca o bastante para refletir como meu mundo tinha virado de cabeça para baixo.

Como *eu* tinha virado de cabeça para baixo.

Minha vida toda, pelos últimos quatro anos, foi Liam. Minha vida toda daqui para a frente deveria ser Liam.

Estou com saudade, ele tinha dito. Mas estava mesmo?

Como ele está se adaptando à nova realidade sem mim?

De repente, eu me lembro da garota que vi no Instagram. E se ela *estava* mesmo usando uma camiseta do Casa Dorada naquela foto? E se ela estiver passando o verão aqui como representante, ou algo assim?

E se ele vier para cá com ela?

Sinto que é loucura demais, mas pelo jeito que essa semana está indo...

Ele tem o direito de seguir em frente. Eu não deveria querer que ele sinta a minha falta quando fui *eu* que terminei com *ele*.

Mas tem uma parte de mim que está com medo de que ele tenha seguido em frente tão facilmente, porque prova que signifiquei pouco para ele. Que o garoto que se mostrava compreensivo quando eu estava exausta devido às festas, noites fora e por conhecer novas pessoas, que passava tardes calmas abraçado comigo na frente do notebook assistindo a um filme juntos na Netflix, que afastava meu cabelo para beijar meu pescoço e dizia que me *amava...*

Será que ele ainda me amava?

Se não amasse... quando parou?

Quando eu parei de amá-lo como antes?

Quando aquela sensação quente, digna de corar as bochechas e o frio na barriga tinham dado lugar a familiaridade e rotina, e depois de um tempo sido dominada completamente por uma constante irritação que me atormentava, o estresse de eu não estar fazendo o suficiente, a exasperação quando ele ficava deprimido, de ressaca ou entediado?

E me dou conta de que nem é *de fato* de Liam que sinto falta. Na verdade, é um alívio não ter que me preparar para uma programação tarde da noite que não me interessa, ficar perto de um monte de gente de quem não gosto de verdade e me esforçar para acompanhar. Não estou nem aí por ter deixado aquele quarto bagunçado para trás, com a lata de lixo transbordando de recipientes fedorentos de comida para viagem e roupas sujas que ele deixava até me irritar tanto que *eu* lavava para ele.

Do que mais sinto falta é da ideia de relacionamento que tínhamos. Era ter alguém que me conhecia, com quem eu me sentia confortável.

Perceber isso faz eu me sentir uma pessoa terrível. A escuridão do quarto parece me engolir, as sombras se agitam no teto, chegando mais perto, abafando o som da respiração de Jodie, o ronco de Rory, o mar do lado de fora, e eu estou camuflada naquela culpa e preocupação.

Mas... eu teria mesmo feito isso, afinal?

Ficar com ele só... só porque sim?

Eu não *apenas* fiquei com ele porque estava com medo de ficar sozinha. *Não tenho medo de ficar sozinha*, tento dizer a mim mesma, mas não pareço acreditar.

Quem eu tenho sem Liam? Quer dizer... sério mesmo.

O pessoal com quem eu fiz amizade no último ano pelo jeito não se importa comigo, eles claramente ficaram do lado de Liam. Como um animal de estimação em um divórcio do qual ele ganhou a guarda. Não me encontrei mais com a galera do ensino médio nesse último ano, e quando nos falamos não parece ser como era antes. Não parece ser como *deveria* ser.

Eu sei disso. Já sei há um tempo. Mas nunca fez diferença porque eu tinha Liam, e nós sempre tínhamos planos de fazer coisas juntos ou com um grupo de pessoas, e estava tudo bem. Estava tudo bem.

Eu estou bem.

Não tenho medo de ficar sozinha.

Repito isso na cabeça, fazendo careta para a parede, até achar que posso acreditar. Eu tenho meus próprios amigos na faculdade. Não *muitos*, não como Liam, mas alguns amigos do meu curso com quem posso contar e rir, e isso é mais do que suficiente para mim. Tenho meu irmão mais velho, meus pais. E acho que sempre há uma chance de eu estar exagerando em relação aos meus amigos porque não posso falar com eles agora. Se eu estivesse com meu celular para entrar no nosso grupo do WhatsApp, talvez eu me convencesse de que estou sendo boba.

É só isso: estou surtando porque não estou com meu celular e porque essas férias estão se transformando em um desastre, em vez de a semana de luxo que eu estava esperando. Se eu estivesse com meu celular, estaria pensando diferente.

(E certamente *não* estaria perdendo meu tempo stalkeando no Instagram uma garota com quem meu ex-namorado foi para um bar.)

Eu estou bem. Está tudo bem.

Não tenho medo de ficar sozinha.

Não estou imaginando todas as formas com que deveria ter respondido a mensagem dele.

> Também estou com saudade.

> Eu também. Desculpa. Podemos conversar quando eu voltar, por favor?

> Está bêbado, por isso mandou mensagem? Você já seguiu em frente? Ela é só um tapa-buraco?

> Não deveria ter terminado com você, ainda mais daquele jeito. Me perdoa? Podemos resolver isso?

> Por favor, para de me ligar e de mandar mensagem.
> Nós terminamos. Nossa relação já estava ruim há muito tempo.

> Quando você deixou de me amar? Foi alguma coisa que eu fiz?

> Liam, eu te amo. Eu estraguei tudo. Me desculpa.

Depois de um tempo, entre escrever mensagens para Liam na cabeça, pensar no fato de eu não ter falado com a maioria dos amigos da minha cidade por tempo demais e na louca possibilidade de Liam e sua talvez-nova namorada aparecerem aqui, entre tantos lugares, consegui adormecer.

CAPÍTULO DEZESSETE
RORY

~ L ista para as férias ~

1. Escrever uma lista de prós e contras de estudar Direito em uma universidade da qual recebi uma OFERTA IRRECUSÁVEL.
2. Escrever uma lista de prós e contras de fazer qualquer outra coisa além de Direto.
3. Considerar outras graduações para me inscrever em vagas remanescentes.
4. Escrever uma lista de prós e contras de um ano sabático, só por garantia.
5. ~~ME DIVERTIR! FICAR TRANQUILA! PRATICAR ATENÇÃO PLENA!~~
6. ~~Falar com estranhos (fazer amigos???).~~
7. Fazer algo pela primeira vez!
8. Descobrir como contar para minha mãe, meu pai, Nic e Hannah que não quero fazer faculdade de Direito, nunca quis fazer faculdade de Direito, nunca vou querer fazer faculdade de Direito e que talvez eu comece a chorar se alguém mencionar Direito mais uma vez.
9.
10.

Certo, penso, olhando meu caderno. (Que por sorte não ficou tão destruído quanto eu imaginava agora que tinha secado. As páginas estão onduladas e algumas anotações estão meio borradas, mas poderia ter sido bem pior.)

Não estava tão destruído a ponto de não parecer fofo nas fotos. *Pois é, não é tão ruim, está vendo?*

Risco o número seis com um floreio e um sorriso. Falar com estranhos e fazer amigos: realizado com sucesso. Depois da tentativa de recuperarmos nossos celulares e de dividir esse barraco, avalio que Jodie e Luna certamente contam como amigas a essa altura.

E eu meio que espero que a gente continue a amizade depois dessa semana. Acho que alguns de meus amigos iam gostar muito delas. Sammy, do clube de artes, ia *amar* Luna: ela também é do tipo que tem uma alma antiga. E as garotas do basquete iam achar Jodie um verdadeiro escândalo. Mal posso esperar para contar a elas sobre o elogio dos lóbulos das orelhas dele... elas vão morrer de rir.

Quanto a ser tranquila e praticar atenção plena... que se dane. Essas férias estão uma loucura. *Não dá para negar que tudo está desandando*, penso, e risco isso da lista. E quanto a tentar algo novo... Huum. Hidroginástica conta? Não sei exatamente o que eu tinha em mente, mas algo um pouco mais empolgante e... satisfatório que isso.

Com certeza algo mais valioso e edificante do que "queimar os fusíveis do hotel e causar uma inundação cataclísmica que tomou conta de todo o quarto".

Não vou riscar o número sete por enquanto.

O que me deixa apenas com quase todo o restante de minha lista para tentar fazer nos próximos dias.

Passo o dedo pela página, parando em cada item, pensando sobre eles.

Talvez seja melhor me ater a um só, por enquanto.

Beleza, prós e contras de um ano sabático. Não é nada de mais. É só uma lista, não estou me *comprometendo* a fazer nada. E é só... *adiar* o curso de Direito, o que parece muito menos intimidador do que dizer "não" de uma vez.

Ouço as garotas começando a descer as escadas e fecho o caderno. Elas estão conversando sobre um filme, eu acho, e já estão vestidas para passar o dia. Luna está com sua bolsa enorme no ombro e a alça colorida do biquíni aparecendo sob a saída de praia.

— Vocês demoraram — digo, guardando o caderno, escondendo-o sob o livro que peguei emprestado da Biblioteca Itinerante de Luna.

Levanto e coloco tudo na bolsa dela. Eu nem *pensei* em trazer uma bolsa de praia, mas a dela é grande o bastante para nós três.

— Eu não estava encontrando minha saída de praia — explica Luna. — E essa aqui não estava encontrando o batom. Depois decidiu tirá-lo.

Olho para Jodie com os olhos semicerrados. Seus lábios parecem rosados e volumosos. Ela está usando rímel também, e sua pele tem uma aparência brilhante que me faz pensar que ela passou uma boa quantidade de filtro solar, em vez de corretivo, como eu teria feito se fosse ela.

— Você não está usando batom? — pergunto.

— Ela passou de novo. — Luna revirou os olhos.

— Ah. Tudo bem, então. Lembram do plano?

— É um plano péssimo — responde Jodie, mordendo o lábio.

Resisto ao ímpeto de dizer para ela não fazer isso porque vai borrar o batom.

— Aff, eu estou enjoada — declara Jodie. — Não vou. Estou fora. Estou fora pra valer.

— *Nããããão!* — reclama Luna, colocando o braço ao redor de Jodie para acompanhá-la até a frente e arrastá-la na direção da porta.

Faço o mesmo para ajudar a levá-la.

— Vamos. Você consegue! — exclamo. — Só não mencione ontem à noite.

— O que eu faço se *ele* mencionar?

— Você dá risada.

— Diga que estava bêbada — sugiro. — Em geral funciona para mim quando faço algo constrangedor.

O nervosismo emanava de Jodie em ondas, no entanto. Ela mexia nas roupas como se quisesse se enterrar dentro delas.

— É uma péssima ideia. Vocês... vocês deveriam ir comigo. Acho que vocês deveriam ir comigo. Para garantir que eu não faça papel de idiota.

— Acho que você já fez isso — retruco. — Não pode piorar, certo?

Ela faz cara feia para mim, e Luna tranca a porta da *villa*. Ela volta com um grande e radiante sorriso, todo para Jodie, que só parece ficar mais nervosa com isso.

— Vamos, você vai ser ótima! Temos um plano, certo? Vai ficar tudo bem. Confia na gente.

— E se ele disser não? E se ele nem estiver lá?

— Então você pode parar de surtar por isso e ficar com a gente na piscina. E se ele disser não, você vai saber que ele não está interessado, então não vai perder o resto da semana surtando por causa dele. Você não tem nada a perder — digo.

— Huuum.

Aperto o braço dela.

— Fico feliz por você estar de acordo. Agora vá. Vá flertar com seus *melones*.

Jodie abre um sorriso desconfortável, mas respira fundo para se preparar e assente, determinada — a garota que estava pronta para arrancar a cabeça de Esteban na outra noite, não aquela que derramou uma bebida inteira em cima de si mesma na frente de um garoto bonito. Estendo o braço para ajeitar sua regata de modo que favoreça seu decote em vez de escondê-lo, mas ela está tão perdida em pensamentos que nem parece notar.

— Certo. Certo. Está tudo sob controle. Eu *consigo* fazer isso. Beleza, eu vou... eu vejo vocês depois.

Ela segue até a praia, na direção do bar, em vez de ir para a piscina do hotel com a gente. Ela me deixou trançar seu cabelo hoje de manhã, e a trança embutida caindo sobre o ombro combina muito com ela, e o short com detalhes em crochê que Luna a convenceu a usar é bem fofo. Ela achou que *eu* tinha pernas longas, mas as dela ficaram ótimas com essa roupa.

Gabriel teria que ser um idiota para não concordar com nosso plano.

Bem, o plano de Luna, na verdade. Acontece que Luna é ótima com isso. Foi ideia dela que Jodie pedisse a Gabriel uma aula particular sobre como preparar drinques, e tramamos tudo enquanto nos arrumávamos para o café da manhã. É uma ideia genial.

E à prova de erros, esperamos, considerando como ela saiu dos trilhos na noite passada.

Tenho que morder a parte interna de minhas bochechas para não rir de novo, pensando na forma como ela deixou a banqueta cair no chão e saiu correndo, e no olhar perplexo de Gabriel antes de Luna me puxar para irmos atrás de nossa nova amiga.

Queria *tanto* estar com meu celular para imortalizar o momento em vídeo.

— Ela vai se sair bem — garante Luna, mas parece que está tentando se convencer mais do que a mim. E ela meio que parece uma mãe que acabou de deixar o filho para o primeiro dia de aula. — Ela vai ficar bem.

— E, se der tudo errado, pelo menos ela vai ter uma história engraçada para nos contar.

∽

Estávamos na piscina havia menos de uma hora quando alguém tampa o sol e fica ali parado.

— Ah, srta. Rory, aí está você. Senti sua falta no café da manhã.

Esteban. Contenho um suspiro. É *claro* que é Esteban.

Apoio o livro aberto e virado na espreguiçadeira para marcar a página (os livros de Luna estão em perfeitas condições e acho que ela não gostaria que eu dobrasse o canto da página), e me viro para poder vê-lo. No momento, nem me importo o suficiente para forçar um sorriso — e depois de uma péssima noite de sono naquele sofá horrível, nem consigo me sentir muito mal por ter acidentalmente cortado a energia ontem.

— Ah, hum, é. Eu perdi a hora.

Luna, bendita seja, tinha me levado croissants do bufê depois que adormeci na cama delas enquanto me vestia para ir tomar café.

— Eu estava procurando você — fala ele.

Olho para Luna, que inclina a cabeça para olhar para mim por sobre os óculos de sol, ignorando o livro dela para ouvir nossa conversa.

Isso não pode ser bom.

— Ah...

— Depois de seu pequeno... *incidente* ontem, com a eletricidade do hotel, ainda estamos tentando restabelecer a energia em vários quartos. É bastante inconveniente, como tenho certeza de que pode imaginar. E parece ter danificado um de nossos freezers, o que nos custou várias centenas de euros em comida, que tivemos que jogar fora.

— Hum, bem... Que chato.

Pigarreio, mexendo-me na cadeira e me sentando mais ereta. Aonde ele está querendo chegar com isso, exatamente?

— E, é claro, você deixou a torneira da banheira aberta em seu quarto, o que causou dano nos quartos reformados embaixo do seu, incluindo alguns itens pessoais de nossos hóspedes.

Droga.

— Hum — digo, depois tento brincar: — Ainda bem que não tem nenhum aparelho eletrônico aqui, então.

Esteban abre um sorrisinho.

— Talvez você não esteja ciente, mas parte da política do Casa Dorada cobre danos intencionais à propriedade do hotel por hóspedes, e o pagamento por tais danos. Custo de reparações. Está tudo detalhado em nossos termos e condições de reserva. Há aproximadamente quinhentos euros em danos a propriedade de outros hóspedes, e por volta de oitocentos em suprimentos e mão de obra para reparar os tetos e pintura... Seria compensado pelo fato de não estarmos cobrando de você a acomodação pelo restante da semana, é claro, mas vamos ter que cobrar a diferença.

— Pagamento? — repito, com a boca ficando seca. — Reparações?

Droga. Droga, droga, droga.

Ele não pode estar falando sério.

Eu trocaria de lugar com Jodie em seu momento "lóbulos adoráveis" sem hesitar.

Estou tão ferrada. Tão incrivelmente ferrada.

Engulo o nó em minha garganta, mas o incômodo não vai embora.

Eu provavelmente não poderia pagar por um *jantar* neste momento, muito menos *isso*.

E não posso pedir para minhas irmãs nem meus pais me mandarem sabe-se lá quanto dinheiro para consertar a bagunça que fiz aqui. Eles acharam que esta semana seria boa para mim. Era para *ajudar*. Era para... *me* consertar.

Mas eu estraguei *tudo*.

Então Luna falou, antes que eu conseguisse tentar pensar em uma resposta para Esteban:

— O quê? Não, me desculpa, mas não foram danos *intencionais*. Foi um acidente. Você estava lá! Você viu. Não pode chamar aquilo de danos intencionais e esperar que ela pague por isso. Isso nunca teria acontecido se vocês não estivessem mexendo no encanamento para suas reformas.

Esteban se vira e olha para Luna por um longo momento, uma sobrancelha arqueada, nada impressionado. Ela vacila no mesmo instante, abaixando a cabeça.

Queria que Jodie estivesse aqui. Ela o colocaria em seu lugar.

Então ele volta a olhar para mim e diz, com aquele seu terrível sorriso adulador:

— Você pode encontrar mais detalhes no...

— Folheto de instruções? — murmuro, sentindo o estômago embrulhar.

Seu sorriso aumenta, um lado de seu bigode retorcido se contrai. Isso faz ele ficar parecido com um vilão de desenho animado.

— Exatamente, srta. Rory. Vou acrescentar o custo desses danos à sua conta final.

Ele dá meia-volta, mãos entrelaçadas de leve nas costas, e começa a se afastar. Tudo o que consigo pensar é: *Hannah e Nic não podem ficar sabendo disso.*

Preciso dar um jeito. Preciso *mesmo* fazer alguma coisa, qualquer coisa, para fazer essas cobranças desaparecerem de minha conta. Será que é o tipo de coisa que se pode cobrar do seguro de viagem? Nem saberia por onde começar a ver isso, e se o seguro não cobrisse os custos desse tipo de dano? Talvez a política deles não se sustentasse se eu tentasse contestá-la, mas provavelmente exigiria um advogado, e isso *com certeza* faria minha família descobrir.

Eu não posso. Não posso suportar isso.

Não posso ir para casa depois dessa semana, que deveria me fazer muito bem, olhar nos olhos deles e dizer que quebrei o hotel e agora preciso que alguém me socorra com centenas de euros. E, ei, adivinhe? Eu *ainda sou uma completa fracassada*, que consegue falhar até em sair de férias por uma semana.

Levantando-me da espreguiçadeira, grito:

— Espera! Esteban, e se... e se pudermos chegar a algum tipo de acordo?

Ele se vira, piscando para mim pacientemente.

— Um acordo, srta. Rory?

— É. Alguma coisa... Sei lá, algo que eu possa fazer... hum, para você não... me cobrar pelos danos — sugiro, hesitante. — Tipo, eu poderia... ajudar na recepção? Sou boa com computadores. Ou eu poderia, hã, lavar... louça?

Sei o quanto pareço louca dizendo essas coisas, e até Esteban parece um pouco entretido com meu desespero, mas não posso deixá-lo ir embora e acrescentar uma enorme cobrança em minha conta. Se eu fosse mais como Jodie, talvez ficasse aqui batendo boca com ele até desistir... mas não sou, e ela não está aqui para fazer isso por mim.

E, além disso, eu penso, provavelmente já é hora de eu começar a me responsabilizar por minhas coisas e arrumar a bagunça que eu fiz, sem ter que contar com outras pessoas para fazerem isso por mim.

Fico esperando Esteban rir de mim e dizer que não é assim que as coisas funcionam.

Meu coração está tão acelerado que acho que pode pular do meu peito. Só consigo sentir isso. O resto de meu corpo fica completamente entorpecido. Assim que percebo, fico muito consciente do quanto está difícil respirar, e tudo isso faz eu me sentir tão *estúpida* que quando respiro fundo pelo nariz, trêmula, tentando me concentrar nisso, minha visão fica embaçada.

Ai, meu Deus. *Não posso* desmaiar agora.

Pisco e minha visão clareia, mas há algo molhado em minhas bochechas.

Ótimo. Melhor ainda. Estou *chorando*.

— Por favor — suplico, *suplico* de verdade.

Posso fingir para minha família que esta semana foi excelente mesmo se eu passar os próximos dias limpando os quartos inundados, mas posso ter um *colapso* se tiver que vê-los decepcionados quando descobrirem a verdade.

— Ou, que tal... você tem aquele Clube Infantil, certo? — pergunto. — Eu tenho experiência trabalhando com crianças. Ajudei em uma creche para ganhar experiência de trabalho ano passado, então já fizeram verificações de antecedentes e coisas assim, sabe? Se me emprestar meu celular, posso te mostrar. Talvez eu pudesse ajudar com isso...

Talvez por fim ele tenha ficado com pena de mim e de minhas lágrimas, talvez possa sentir que estou prestes a ter um grande colapso, porque Esteban diz:

— Na verdade, srta. Rory, acho que seria perfeito. Um dos meus funcionários não apareceu esta manhã por causa de uma emergência familiar, e acho que ele não vai conseguir voltar pelo restante da semana. Não é nada muito difícil. Só precisamos de alguém para ser Larry, a Lagosta por alguns dias, até Stephen voltar. Algumas horas por dia, não mais do que isso.

— Eu... hã...

O que é Larry, a Lagosta?

Mas era isso que eu estava pedindo, *implorando*, e era minha única saída. Larry, a Lagosta era minha luz no fim do túnel, meu bilhete dourado.

Então assinto entusiasmada e seco as lágrimas do rosto.
— Sim! Sim, é claro! Eu ficaria feliz em fazer isso!
— Excelente! — Esteban junta as mãos e sorri para mim, mostrando seus dentes brancos como pérola. — Vou te dar um momento para terminar a bebida — diz ele, apontando para o meio copo de limonada ao lado de minha espreguiçadeira —, e então você pode me encontrar na recepção, onde vou te apresentar à sua colega pelo restante da semana.

Quando ele vai embora, com as mãos entrelaçadas de leve nas costas mais uma vez, parando de vez em quando para ter conversas irritantemente alegres com as pessoas, eu me afundo na cadeira e enterro o rosto nas mãos.

— Ai, meu Deus. Eu não consigo fazer *nada* direito. Inacreditável.

— Apenas se recuse — declara Luna, fazendo cara feia atrás de seus óculos escuros. — Ele não pode te obrigar. Diga que você não vai fazer.

— Ele não está me obrigando — retruco. — Você me ouviu me oferecendo para passar minhas férias lavando louça em vez de pagar aquela conta.

— Mas ele não pode te obrigar a pagar! Ele é um aproveitador. Assim como tentam enganar alunos de faculdade dizendo que estragaram o assento do vaso sanitário do alojamento, só para não devolverem o depósito caução. Ele não tem provas. Aposto que você poderia processá-lo. Você *está* prestes a fazer faculdade de Direito. Talvez nem precise contratar um advogado de verdade...

Exatamente o que eu precisava. Um excelente lembrete da vida que eu não quero de jeito nenhum.

— Não! Não, eu não posso... quer dizer... Olha só, está tudo bem. Eu juro. É mais fácil assim. E não me importo, sério. Algumas horas por dia. Pode até ser divertido.

— Mas...

— Isso é problema *meu*, Luna. Não seu. Não preciso de você se intrometendo, beleza? Eu... Eu cuido disso.

Eu não sabia, na verdade, como cuidar disso. Mas teria que tentar. Era fácil para Luna ficar ali sentada e dizer que eu deveria me impor, mas não era ela que estava prestes a encarar uma enorme multa e a decepção da família. Não era ela que tinha colocado o coração e alma naquilo que *realmente* queria nos últimos dois anos, apenas para encarar um fracasso total.

Eu *preciso* consertar isso.

Então, se isso envolve ser Larry, a Lagosta, ou seja lá o que isso signifique, por alguns dias, eu precisaria encarar.

É hora de assumir as responsabilidades, Rory.

— Vai dar tudo certo — repito, mas é mais para tentar convencer a mim mesma do que Luna.

Ela parece um pouco desconcertada, os ombros curvados, sem olhar nos meus olhos, o que me deixa um pouco irritada. *Beleza, eu estraguei tudo, eu entendo, não preciso de você me julgando também.*

Termino a limonada com alguns goles e devolvo à Luna o livro que havia pegado emprestado com ela. Deixo a toalha do hotel na espreguiçadeira e visto minha saída de praia.

Larry, a Lagosta, aí vou eu.

CAPÍTULO DEZOITO
JODIE

A ideia de sequer ver Gabriel de novo depois da noite passada me faz desejar que o chão se abra e me engula inteira. Durante todo o caminho até o bar da praia, fico esperando cair em uma areia movediça. Eu adoraria simplesmente desaparecer e não ter que lidar com isso.

Quer dizer, *eu sei* que poderia dar meia-volta. Não preciso me humilhar desse jeito.

Mas... Estou começando a sentir que tenho algo a provar. Não só às garotas, ou a Gabriel, mas a mim mesma. Quanto tempo faz que realmente me coloquei disponível? Com alguém que eu de fato, *de fato* gostasse?

Quanto tempo faz que eu *gostei* de um garoto, afinal?

E Gabriel... Além de talvez ser o cara mais atraente que já vi na vida, eu me sinto atraída por ele de uma forma que nunca vivenciei antes. Não consigo parar de pensar no frio na barriga que sinto quando ele olha para mim, ou no arrepio que percorreu meu corpo quando a mão dele encostou na minha na outra noite. Será que eu não devo a mim mesma ver o que esse sentimento significa? Descobrir se é coisa da minha cabeça ou se é recíproco?

Além disso... o que eu tenho a perder se ele me rejeitar?

E daí se ele não sentir o mesmo?, penso. Posso lidar com isso. Sou durona, como Rory brincou ontem. Sou *completamente* capaz de lidar com uma pequena rejeição.

Eu elogiei os lóbulos de suas orelhas, derramei bebida em cima de mim, derrubei uma banqueta e saí correndo... não posso, de nenhuma maneira concebível, me humilhar mais do que isso.

Contraio os músculos mais uma vez, repassando o plano em minha cabeça.

Rory foi convincente demais mais cedo, então foi impossível argumentar. Ela me convenceu a isso umas oito vezes, como se fosse sua nova missão de vida fazer Gabriel se apaixonar por mim. E então Luna havia concordado, inventando o plano das aulas de drinque, e as duas ficaram procurando a roupa perfeita para mim, arrumando meu cabelo e até escolhendo meus acessórios.

Eu poderia ter dito não, recusado, e elas provavelmente teriam me escutado (tudo bem, elas com certeza *não* teriam dado ouvidos), mas as duas tinham olhado para mim como... como se eu *pudesse* fazer isso, como se elas de fato acreditassem *mesmo* que eu poderia desfazer aquela impressão. Eu não tive coragem de decepcioná-las. Ou a mim, aliás.

Porque eu *gosto* da versão de mim que elas parecem ver. Essa pessoa durona que repreende gerentes de hotel, livra o banheiro de criaturas rastejantes... flerta com o bartender atraente como se ele não fosse muita areia para o seu caminhãozinho.

Minha mãe e minha avó estariam do lado delas, eu acho. Elas estariam me incentivando a fazer isso, e minha avó provavelmente estaria fazendo piadas e dizendo: "Se eu fosse cinquenta anos mais jovem..." Elas também iam rir muito da história dos lóbulos.

Pela primeira vez na semana, eu queria muito estar com meu celular — para poder ligar para elas, contar tudo, e poderíamos todas rir disso. Quero contar que Gabriel é lindo, e que, sim, até mesmo os lóbulos das orelhas dele são maravilhosos, e como eu pareço esquecer como agir como um ser humano funcional perto dele, o que não é nada do meu feitio. Quero ligar para elas para ouvir o quanto estão empolgadas por mim.

Sinto falta delas.

Meu coração fica pesado com isso, mas não é só porque estou sem falar com elas por alguns dias. São dois anos de raras visitas em casa e de estar preocupada com os trabalhos da faculdade na maior parte do tempo em que estou lá com elas. Eu provavelmente não vou conseguir vê-las muito no ano que vem, e depois que eu me formar...

Estremeço pensando no futuro. Uma mulher formal e corporativa, e impressionante o suficiente para deixar as garotas da escola com inveja, sempre colada nos meus e-mails e provavelmente com um chefe terrível que espera que eu trabalhe aos fins de semana... *Aff.*

Mas esse deveria ser meu sonho, não é? Essa é a vida que devo desejar.

Faço uma careta e enterro esse pensamento o mais fundo que consigo. Se essa semana é para se desconectar, que distração melhor do que esperar por um encontro com um dos caras mais lindos que já vi na vida?

Em vez de imaginar um futuro triste e apavorante, troco-o por um devaneio muito mais agradável e sedutor — começo a imaginar meu flerte com Gabriel, aquele seu sorriso lindo, eu criando coragem para beijá-lo...

Supondo que eu reúna coragem para convidá-lo pra sair primeiro, é claro.

Estou me aproximando do bar da praia, e meus passos se tornam mais lentos, mais relutantes.

Vai ser um milagre se eu conseguir dizer uma frase coerente.

Também vai ser um milagre se ele for simpático comigo depois da noite passada.

Segundo a bíblia de Esteban (também conhecida como folheto de instruções), o bar da praia abre depois que o café da manhã do hotel é encerrado, servindo bebidas e lanches leves. Já há algumas pessoas lá. A praia também não está exatamente calma, com uma aula (de tai chi, talvez?) em andamento, um grupo sentado em cangas e alguns já tomando banho de mar. Alguns funcionários do hotel estão por lá — incluindo Oscar, percebo — armando uma rede de vôlei.

Uma plateia para minha humilhação. Que maravilha.

Paro bem em frente ao bar, o coração pulsando nos ouvidos e as mãos suando. Não posso fazer isso. Posso? Vou mesmo me aproximar e pedir para esse completo estranho me ensinar a fazer drinques para eu poder ter alguma privacidade para flertar com ele? Ele nem deve gostar de mim. Estava apenas sendo gentil, e eu só imaginei tudo, e...

E, por fim, ele não está lá.

O homem atrás do balcão é alguém que não reconheço. É mais velho, tem o rosto marcado pelo sol, coberto de rugas profundas, e com cabelo grisalho e grosso, além de uma barba ao redor de um sorriso amigável. Ele está conversando com um hóspede ao lhe servir seu drinque.

Meu coração afunda, apesar de minha relutância. Sinto meus nervos.

É claro que ele não está aqui, penso. *Ele deve trabalhar no turno da noite. Por que estaria aqui agora?*

O homem no bar se vira para trás e chama:

— Gabriel!

Em seguida, diz algumas frases em um espanhol tão rápido que fico surpresa de até mesmo um nativo conseguir acompanhar.

— *Sí, sí, vale* — responde uma voz aveludada de barítono.

E... lá está ele.

Gabriel sai dos fundos, colocando uma vassoura de lado e entrando atrás do balcão para fazer alguma coisa, eu acho, para o colega de trabalho. Vejo-o se movimentando por alguns minutos e depois parado no lugar.

Nossa, como ele é sarado. Como alguém *ousa* ser tão definido assim? Sua pele marrom brilha como bronze no sol, e com seu cabelo perfeito e cílios longos, e braços tonificados à mostra mais uma vez, e o som adorável e grave de sua voz... não devia ser permitido a ninguém ser tão atraente.

De repente, me sinto boba, como se a trança embutida que deixei Rory fazer ou o batom que passei fizessem *alguma* diferença. Curvo os ombros e reajusto a blusa de alcinhas, sem reparar que ela tinha escorregado tão para baixo. Sou uma garota comum, e tenho olheiras por estar à beira do burnout nos últimos dois anos. Por que ele se daria o trabalho de olhar duas vezes para mim? Penso em mexer nos meus óculos, mas lembro que coloquei lentes de contato.

Ele ainda não me viu... Eu poderia simplesmente ir embora. Poderia sair, encontrar as garotas na piscina e dizer que ele não estava lá. Fingir que ele, seu cabelo bagunçado e covinhas não apareceram.

Eu me dou um tapa mental.

Vamos, Jodie, você é melhor do que isso. Você está na universidade mesmo sendo tão difícil, e é capaz de fazer isso. Se gosta tanto desse cara, vá em frente.

Minha atitude sempre foi pensar: você consegue, Jodie. Me jogar de cabeça e esperar pelo melhor, sem deixar ninguém saber que eu mal consigo me manter à tona, e vou descobrindo à medida que avanço.

Mas não tenho certeza se isso é algo que posso aplicar a essa situação.

Flertar tem a ver com confiança. Estou com medo de que ele consiga perceber que não tenho muita.

É claro que tem. Você é durona, lembra? Só vai se arrepender se for embora e sempre tiver que se perguntar "e se eu tivesse sido mais corajosa?".

Ainda estou brigando comigo mesma quando Gabriel reaparece carregando um prato de nachos cheios de queijo, molhos e pimentas jalapeño. Quando ele sai de trás do balcão com o pedido do hóspede, me vê ali parada, lábios franzidos e fazendo uma careta enquanto faço um discurso de incentivo interno, mexendo sem parar em meu anel.

Ele não sorri nem acena, apenas passa por mim na direção da mesa do cara que estava no bar quando eu cheguei, servindo os nachos com um sorriso simpático e dizendo:

— Bom apetite.

Sinto como se fosse um tapa na cara ele ter me ignorado.

Quer dizer, sei que fiz papel de boba ontem à noite, mas... ainda assim.

Ai.

Estou prestes a dar meia-volta e correr de volta para o hotel para me juntar a Luna e Rory na piscina e me odiar um pouco mais (e começar a odiá-lo para valer), mas Gabriel se aproxima com os olhos fixos em mim. Os cantos de seus lábios estão inclinados para cima, e seus olhos escuros brilham, enrugados nos cantos como se ele estivesse se esforçando para não sorrir.

— *Buenos días, señorita* — cumprimenta ele, agindo de forma profissional, embora seu rosto se contorça. Ele está tentando não *rir*, logo percebo.

Relaxo um pouco.

— Gostaria de uma bebida? — pergunta ele.

Hesito, as palavras de repente fugindo de mim.

— Ou... — continua, chegando um pouco mais perto.

E ele nem está tão perto, mas se eu levantar a mão, certamente poderia tocar nele. Meu coração dispara de forma irregular. Seu sorriso está mais amplo agora. Ele não consegue se conter e acrescenta:

— Ou você veio até aqui pelos adoráveis lóbulos das minhas orelhas?

Estou dividida entre me enterrar na areia, torcer para a maré me levar embora ou gargalhar.

Para minha sorte, meu corpo reage antes que meu cérebro possa pensar duas vezes, e começo a rir. A dar *risadinhas*. Estou até ajeitando uma mecha de cabelo atrás da orelha.

— Sinto muito por aquilo — digo. — Em geral eu não...

— Dá de cara com alguém tão charmoso e bonito quanto eu?

Fico corada, mordendo o lábio. (Desde quando mordo o lábio quando flertam comigo? Desde quando isso se tornou uma coisa que eu faço?)

— É, mais ou menos isso.

O sorriso de Gabriel fica mais suave, mas seus olhos permanecem fixos nos meus, e, pelo amor de Deus, aqueles *olhos*. A luz do sol reflete no castanho, fazendo-os brilhar em dourado e cobre.

Na verdade, é melhor esquecer aquela história de me jogar de cabeça nas coisas e descobrir como proceder depois: eu poderia me afogar naqueles olhos e ficaria feliz com isso. A forma como ele está olhando para mim… talvez Rory e Luna estivessem certas, talvez meu crush desesperançoso nele não seja tão desesperançoso assim, afinal. De repente, me sinto tudo, menos uma garota comum. Endireito um pouco o corpo, a tensão em meus ombros se desfazendo.

— Onde estão suas amigas? — questiona.

— Ocupadas.

Não estou tentando ser misteriosa, mas de alguma forma é o que parece, e eu não desgosto dessa imagem. Com a confiança renovada, respiro fundo e digo exatamente o que Luna me mandou dizer:

— Na verdade, eu estava esperando que você pudesse me ensinar como preparar drinques. Sabe, uma espécie de… aula particular. Só… nós dois.

Não hesito, o que é um alívio. Apenas espero a resposta dele.

Gabriel dá um sorrisinho, fazendo suas covinhas aparecerem e fazendo o frio em minha barriga aumentar.

— Seria um prazer.

～

— O que está fazendo aqui? — indaga Luna, vindo em minha direção, com água da piscina escorrendo pelo corpo.

Mal me sentei depois de voltar da conversa com Gabriel e ela já me viu, saindo da piscina no meio do nado. Ela pega sua toalha e seca o rosto, colocando-a em volta dos ombros.

Ela olha para trás de mim, acompanhando alguém com os olhos, mais ou menos como se tivesse visto um fantasma. Antes que eu possa me virar para ver, ou perguntar o que ela está olhando, seus olhos se voltam de novo para mim.

— O que aconteceu? — perguntou, o rosto se contorcendo em uma careta, fazendo um biquinho adorável, parecendo estar de coração partido por mim. — Deu errado? Ele recusou? Você desistiu? Você fez mais alguma coisa estranha?

Dou risada e digo para ela ficar quieta, esperando que ela se sente antes de eu continuar.

— Ele só me pediu para eu voltar depois que o bar fechar para a *siesta*, quando estiver mais calmo e ele não estiver trabalhando.

Luna grita e bate os pés, aplaudindo com empolgação. Algumas pessoas olham para mim, mas eu não me importo. Estou rindo, sorrindo e sinto uma empolgação percorrer meu corpo.

Eu tenho um *encontro*. Com *Gabriel*. Uma aula particular de mixologia na praia com o bartender mais sexy do mundo.

Quem sou eu? Eu mal reconhecia essa garota, mas eu a amava. Talvez ela... talvez *eu* tivesse um pouco de autoconfiança, afinal.

— Minha nossa! — exclama Luna. — Estou tão empolgada por você! Isso é incrível. Ele falou alguma coisa sobre ontem à noite?

Dessa vez eu me encolho, mas repito toda a conversa para Luna da melhor forma que consigo me lembrar. Parece que tudo é um borrão. A única coisa de que me lembro com clareza é aquele sorriso em seu rosto, a forma com que seus olhos brilharam ao olhar para mim.

— Espera — digo de repente, cortando as divagações entusiasmadas dela. — Cadê a Rory? Não estou vendo ela na piscina, mas algumas de suas coisas ainda estão aqui.

Luna revira os olhos, sua expressão beirando à irritação.

Eita. Houve alguma coisa?

— Então, Esteban chegou aqui, como ele costuma fazer, e começou a falar umas bobagens sobre a política do hotel, e termos e condições, e que ela tem que pagar pelos danos de ontem...

— O quê?

— Pois é! E então ela entrou em pânico e se voluntariou a trabalhar no hotel para cobrir a dívida, e ele concordou que ela substitua um funcionário que trabalha com crianças pelo restante da semana. Na minha opinião, é absolutamente *ridículo*.

— É ridículo *mesmo*! — exclamo. — Por que ela não... tipo... sei lá. Tenho certeza de que se ela levasse isso para uma companhia de seguros ou um advogado, não teria que pagar pelos danos. Ele não pode cobrar dela.

Luna bufa, franzindo a testa.

— Tente convencer Rory disso. Estou te dizendo, Jodie, esse lugar *não vai* receber uma avaliação boa minha na internet.

— Hum — murmuro, tentando aliviar o clima, sem saber ao certo se ela está irritada com Rory ou com Esteban, mas não quero botar mais lenha nessa fogueira. — Não sei. O bar da praia compensa todo o resto, na minha opinião. Nota mil.

Luna abre um sorriso, e eu começo a falar sobre como vai ser minha aula particular de mixologia, e que eu aposto que Gabriel tem o melhor beijo do planeta, sem me importar se estou sendo superficial ou me deixando levar, até que uma sombra recai sobre nós.

Ali parado, está alguém com uma fantasia *enorme* de lagosta. Escuto a voz de Rory, abafada:

— Se você não beijar ele, eu beijo. Ninguém é capaz de resistir à sensualidade de *Larry, a Lagosta*.

CAPÍTULO DEZENOVE
LUNA

Quando Rory se afasta, me jogo na espreguiçadeira com uma pontada do lado do corpo, sem fôlego, lágrimas escorrendo pelo rosto, rindo de um jeito que eu não fazia há *meses*.

Ela só passou por lá para nos mostrar o uniforme e me pedir para levar as coisas dela de volta para o barraco (quer dizer, nossa *villa* de luxo) caso eu fosse voltar para lá, porque ela não sabia por quanto tempo ficaria presa no Clube Infantil, e avisou que nos encontraria para o jantar.

Pelo menos Rory não parecia mais zangada comigo por tentar defendê-la. Eu não *quis* interferir em seus problemas, mas... achei que fôssemos amigas. Não é isso que amigas fazem umas pelas outras? E, com toda sua confiança e petulância, ela não me parece ser muito independente... Eu só estava tentando ajudar.

Talvez ela não quisesse descontar em mim e só estivesse chateada. Mas, mesmo tendo me magoado, vê-la naquela lagosta ridícula mais do que compensou.

A fantasia parece meio barata e muito cafona, e Rory se arrastou de volta para a piscina infantil, que é longe o suficiente para não ouvirmos as crianças gritando e se divertindo, ou chorando quando ralam o joelho. Ela tromba com um guarda-sol, mal conseguindo segurá-lo com suas garras e braços antes que ele caia no chão.

— Queria estar com meu celular — lamenta Jodie.

— Por quê? Para tirar uma foto dela? — Eu dou risada. — Rory sempre está tão perfeita. Imagine se postássemos uma foto dela com aquela fantasia e a marcássemos, ou algo assim? Se fizéssemos uma piada sobre ela ter se queimado demais de sol, tipo um antes e depois!

— Isso também — concorda Jodie. — Mas eu queria poder fazer algumas pesquisas. Tenho mais ou menos uma hora até encontrar Gabriel. Eu poderia pesquisar coisas sobre drinques, para ter alguma ideia quando ele estiver me explicando. Parecer um pouco menos idiota.

— O quê? Mas você *pediu* uma aula. Ele não está esperando que você seja especialista. Para que ele estaria te ensinando se você já soubesse alguma coisa?

— Bem, é, mas...

— E é melhor não se fingir de burra para fazê-lo se sentir esperto, só para vocês se darem bem e Gabriel poder se sentir bem consigo mesmo. Tenho a impressão de que ele perceberia o truque. E, de certa maneira, não imagino você fazendo isso.

— Eu sei, mas... — Jodie suspira, parecendo irritada consigo mesma.

Admito que talvez eu não a conheça tão bem quanto acho que conheço depois de três dias de convivência, mas *sei* que ela me parece o tipo de pessoa que não gosta de ficar para trás, ou alheia de algum assunto.

Dá para ver que Jodie está ficando agitada, então uso uma abordagem diferente, estendendo o braço para apertar a mão dela.

— Você não precisa ser a melhor em tudo, sabia? — comento. — Não tem problema não saber o que está fazendo.

Algo que digo deve tê-la feito refletir, porque Jodie fica quieta por um instante. Quando volta a falar, suas mãos estão agitadas e o cenho ainda está franzido:

— Me diga para calar a boca e parar de ficar obcecada por um garoto sempre que for preciso, por favor. Juro que nunca sou assim, *nunca* mesmo. Não sou esse tipo de pessoa.

— Sinto informar, Jodie, mas acho que você é *exatamente* esse tipo de pessoa, obcecada por um garoto que acabou de conhecer e enlouquecendo por causa dele e de seus lóbulos adoráveis.

E fico muito feliz por ela ser assim, porque sinto que vou ser bem desse jeito quando voltar a sair com garotos.

(Há uma chance de eu já estar enlouquecendo, no entanto. Poderia jurar que vi Liam passando mais cedo.)

Jodie resmunga, pressionando os olhos fechados com os nós dos dedos.

Estendo o braço e dou um tapa nas mãos dela.

— Vi você passar quinze minutos fazendo esse delineado. Não vá estragar tudo agora.

Ela abaixa as mãos e olha para mim com o que só posso imaginar que seja um desespero completo e profundo, com os olhos azuis arregalados e tristes, os lábios torcidos.

— Está tudo bem — digo a ela. — Eu gosto desta Jodie.

Ela me sopra um beijo.

Jodie e eu vamos almoçar no restaurante do hotel antes de ela voltar para a praia para seu encontro com Gabriel. Sou inteligentíssima, se é que posso dizer isso de mim mesma, um excelente cupido: Rory e eu tínhamos certeza de que ele não conseguiria resistir a passar um tempo com ela, e uma aula de drinques para iniciantes é a desculpa perfeita. Fiquei muito feliz por ela não ter desistido do plano.

Espero que dê tudo certo.

Até porque isso pode me dar um pouco mais de confiança para voltar a me interessar por outros garotos. Se Jodie pode dar a volta por cima depois do mico épico da noite anterior, eu posso superar o término com o cara que deveria ser meu "felizes para sempre."

E espero que o dia de Rory como lagosta gigante de espuma também não seja tão ruim, embora ela mesma tenha se metido naquela confusão. Esteban nunca seria capaz de cobrar uma indenização dela, e eu acho que ela mesma se encurralou tentando compensar o prejuízo; é praticamente uma admissão de culpa, e aposto que ele *mesmo assim* vai tentar cobrar dela uma conta imensa no fim da semana.

Ela já estava fora havia alguma horas, e eu *ainda* não tinha conseguido entender por que ela caiu na conversa dele e se ofereceu para ser uma lagosta gigante no Clube Infantil. Odeio a ideia ridícula de que pode ser apenas para ela não ter que passar tanto tempo comigo, que talvez Rory não goste da ideia de ficar comigo sem Jodie por perto. De que talvez elas tenham que me aturar, como todo o pessoal da faculdade.

Não posso ser tão ruim a ponto de ela escolher Larry, a Lagosta em vez de ficar tomando sol comigo, posso?

Sei que o problema não é meu para ficar tão tensa, mas com Jodie em seu fabuloso encontro e Rory me largando para trabalhar no Clube Infantil... sou só eu e meu coração partido. Totalmente sozinha.

No entanto, lembro a mim mesma com firmeza, ESTOU TOTALMENTE BEM SOZINHA.

Não é isso. É óbvio que não. De jeito algum.

É só...

Certo, talvez eu estivesse, sim, ficando um pouco acostumada com elas estarem por perto o tempo todo. Era bom ter amigas depois de semanas de solidão logo após o término com Liam. A gente se aproximou quando meu celular e toda a conexão com o mundo lá fora foram arrancados de mim. Isso é normal, não é?

Mas Jodie foi um pouco seca comigo hoje de manhã. Achei que ela estivesse apenas estressada com o possível encontro, mas talvez não fosse só isso. E Rory foi ríspida comigo também.

Talvez *seja* culpa minha. Elas só querem se divertir e aqui estou eu, forçando-as a ter minha companhia e sendo uma chata só porque não consigo ficar sozinha com meus pensamentos.

De volta à piscina com um copo de Coca-Cola Zero, abro o guarda-sol para ter um pouco de sombra. Algumas pessoas que estavam ao redor da piscina mais cedo desapareceram para algum lugar longe do sol, e alguns novos grupos apareceram. Uma aula de hidroginástica começa, liderada por Oscar. Ele tenta me arrastar para a atividade, mas eu digo que acabei de comer e não posso, não quero passar mal. Ele desiste no mesmo instante.

Jodie havia mencionado que eles provavelmente achavam que podiam fazer o que bem entendessem conosco por sermos jovens garotas viajando sozinhas, mas pelo menos agora parece que correspondemos às expectativas deles de rebeldia, estragando a paz e o charme do hotel. Explodindo a rede elétrica, sendo paciente zero de inundação...

Não queria arruinar também a hidroginástica. Vai saber que tipo de confusão posso arrumar?

Acomodo-me em minha espreguiçadeira, abro meu livro e dou uma olhada ao redor, para o grupo de pessoas na piscina. São vinte e três. Vinte e cinco se contarmos eu e Oscar.

E parece que todos estão olhando para mim. Perguntando-se por que estou aqui sozinha. Será que estão se questionando se minhas amigas me deixaram sozinha, e refletindo o que posso ter feito para elas terem tomado essa atitude? E que tipo de pessoa tira férias sozinha? Sinto que todos olham para mim e pensam: *o namorado dessa garota nem se importa mais em passar tempo de qualidade com ela; seus amigos ficaram do lado dele; ela é triste e chata e por isso está completamente sozinha.*

Uma funcionária passa carregando uma pilha de toalhas, e eu olho para ela com os olhos semicerrados atrás de meus óculos de sol, imaginando por um momento se ela não se parece com a garota do Instagram de Liam — até que me dou conta de que essa mulher deve ter cerca de quarenta anos.

Meu Deus, eu preciso *mesmo* me controlar.

Isso me faz parecer tão idiota que por fim volto a me concentrar no livro que ainda estou segurando aberto sobre o colo.

Termino o livro depressa; eu não achei que terminaria a leitura tão rápido, mas também não esperava que Rory ficasse fora o dia todo. Em vez de juntar minhas coisas para voltar ao barraco para pegar outro livro, pego minha bolsa de praia e procuro o livro que Rory estava lendo; se ela está ocupada sendo Larry, não vai precisar dele.

Pego o livro e o tiro da bolsa.

Mas, na verdade, não é um dos meus livros. É um caderno. Turquesa, com uma caligrafia rebuscada na capa que diz "Chefinha", e não entendo se a ideia é ser irônico ou não... conhecendo Rory, poderia ser as duas coisas. As páginas estão levemente enrugadas — do alagamento no quarto dela ontem, presumo.

Apesar de saber que é pessoal e dizer para mim mesma "coloque-o de volta onde você encontrou, Luna", eu folheio o caderno, curiosa.

Dá para ver que não é um diário. São muitas anotações rabiscadas, alguns desenhos. Os desenhos são cartunescos — a maior parte são pessoas, e são bons. Na verdade... não, são *incríveis*. Tem até um de Esteban: ela fez seu bigode e sorriso vilanesco e adulador direitinho. Sei que ela disse que é artista, mas não era *isso* que eu esperava. Havia alguns post-its em páginas aleatórias do caderno, para não caírem. Algumas páginas rabiscadas que pareciam ser tarefas ou planejamento estão escritas em caneta grossa de ponta de feltro.

O caderno se abre perto da segunda metade quando o solto, como se fossem páginas em que ela passou muito tempo.

~ Lista para as férias ~

1. Escrever uma lista de prós e contras de estudar Direito em uma universidade da qual recebi uma OFERTA IRRECUSÁVEL.
2. Escrever uma lista de prós e contras de fazer qualquer outra coisa além de Direito.
3. Considerar outras graduações para me inscrever em vagas remanescentes.
4. Escrever uma lista de prós e contras de um ano sabático, só por garantia.
5. ~~ME DIVERTIR! FICAR TRANQUILA! PRATICAR ATENÇÃO PLENA!~~
6. ~~Falar com estranhos (fazer amigos???).~~
7. Fazer algo pela primeira vez!
8. Descobrir como contar para minha mãe, meu pai, Nic e Hannah que não quero fazer faculdade de Direito, nunca quis fazer faculdade de Direito,

nunca vou querer fazer faculdade de Direito e que talvez eu comece a chorar se alguém mencionar Direito mais uma vez.
9.
10.

Uma lista de coisas para fazer durante as férias.

Fico olhando para a lista por um bom tempo. O desabafo de Rory na noite passada faz um pouco mais de sentido agora; eu me lembro do que ela comentou durante o jantar em nossa primeira noite aqui, sobre sua família estar preocupada com sua saúde mental, e como ela estava com dificuldade em decidir o que fazer com seu futuro. Ela e Jodie ficaram surpresas quando mencionei que eu tinha um plano de cinco anos, mas parece que não sou a única pessoa que quer estruturar e organizar a vida, pelo menos um pouco.

Ao ler a lista, sinto empatia. Tento visualizar Rory fazendo algo sério e acadêmico, imagino-a levantando em um tribunal com uma daquelas perucas... mas é impossível. "Artista", no entanto... combina perfeitamente com a pessoa que conheço.

A família dela realmente não vê isso? Será que eles não querem ver, ou ela não deixa? Ela mencionou a arte que compartilhava nas redes sociais, falou que não tinha contado a eles sobre isso...

Para alguém que parece tão feliz por ser autêntica, esta lista mostra o quanto Rory deve ter tido que colocar um freio nisso. Sinto meu coração doer por ela; e justo quando penso que não consigo imaginar fingir ser uma pessoa que não sou para agradar outras pessoas, eu percebo que isso é exatamente o que eu estava fazendo com Liam e nossos amigos. Os amigos *dele*.

Como a noite passada, é essa percepção sobre meus supostos amigos que me magoa profundamente, e me faz questionar se não foi um erro terminar com Liam, afinal.

Voltando ao caderno, percebo como a lista de Rory é focada em coisas para agradar a família em vez de ir atrás de seus próprios sonhos e objetivos, e agora entendo por que ela estava tão disposta a consertar as coisas com Esteban e evitar ter que pagar pelos danos.

Olho para os itens que ela riscou na lista, também, e dou risada de "ficar tranquila!"... Não é assim que eu descreveria esta semana até agora... Mas ela riscou também "fazer amigos???" Porque ela já tinha feito? Ou por ser uma ideia perdida, como essa semana ser "tranquila"?

Espero que seja a primeira opção, mas a dúvida começa a rastejar, terrível, fincando suas garras em mim enquanto olho para as espreguiçadeiras vazias dos meus dois lados, percebendo que as garotas me deixaram passar o dia sozinha. Talvez Larry, a Lagosta fosse tanto uma desculpa para não ter que ficar comigo quanto para consertar as coisas com Esteban.

Alguém passa por minha espreguiçadeira e eu dou um pulo de susto, fechando o caderno.

A reação culpada me lembra de que eu não deveria estar invadindo a privacidade de Rory desse jeito. Não é nada da minha conta, a menos que ela mencione e converse com a gente sobre isso.

Todas nós viemos para cá para fugir de nossos problemas. Quem sou eu para trazer tudo de volta? Eu queria curar meu coração partido por causa de Liam, Jodie precisava de um respiro por se cobrar tanto, e Rory... ela está diante de um futuro que não consegue enxergar para si mesma.

Eu entendo *muito bem*.

Então, coloco o caderno de volta onde estava, trocando-o pelo livro que emprestei a ela, e fujo para o conforto de um romance ficcional para tentar entorpecer a dor do quanto me sinto completa e profundamente sozinha no momento.

CAPÍTULO VINTE
RORY

As crianças são levadas para almoçar às 13h por seus pais. Não são exatamente muitas — apenas sete, com idades entre quatro e nove anos. Tenho uma colega de trabalho com muito mais experiência que eu. Esses dois fatores colaboram para melhorar a situação.

Mas ainda é bem terrível.

Quando balanço a garra de lagosta em um aceno de despedida para a última criança (e possivelmente a única realmente fofa do grupo, com uma janelinha nos dentes da frente, muitíssimo educada e com pequenos óculos redondos), eu por fim posso tirar essa maldita cabeça de lagosta por um tempo.

A fantasia tem cheiro ruim — não *horrível*, mas com certeza tem algo bem desagradável nela.

E é extremamente quente.

Por causa do suor, meu cabelo está colado no rosto e no pescoço, e meu rosto deve estar vermelho. É provável que eu ainda possa passar por Larry mesmo sem usar a cabeça. Nunca me senti tão desesperada para tomar um banho na vida. Qualquer que seja a legenda sarcástica e autodepreciativa que eu possa inventar agora, não há como nada disso chegar às minhas redes sociais.

A *verdadeira* funcionária do Casa Dorada que trabalha com as crianças, Zoe, me ajuda a tirar a fantasia. Ela tem muito mais prática do que eu e nem me espera pedir dessa vez.

(Eu tentei ir ao banheiro mais cedo, antes de admitir a derrota e ter que voltar me balançando e pedir a ajuda dela para tirar aquela maldita roupa, acenando desesperada com minhas garras gigantes.)

Zoe, por sua vez, é adorável, e exatamente o que eu imagino quando penso em uma funcionária de um resort que lida com crianças. Ela é alguns anos mais velha do que eu, curvilínea, com cabelo loiro preso em um rabo de cavalo e um sorriso largo. Ela consegue até usar a camisa polo, a bermuda cáqui e os tênis brancos com charme.

Quando Esteban nos apresentou mais cedo, o Clube Infantil já estava funcionando e ela pareceu ficar tão grata por me ter ali que eu me senti um pouco menos ressentida em relação à coisa toda.

— Ah, graças a Deus — disse ela. — Os gêmeos já choraram porque Larry não está aqui, e Danny teve uma crise de raiva por causa disso.

O funcionário que estou substituindo, Stephen, tem dezenove anos e está em um ano sabático, me disseram, e pelo jeito tinha faltado para encontrar amigos em Barcelona por alguns dias. Zoe me disse isso em voz baixa, depois que Esteban saiu, e longe das crianças, enquanto me ajudava a vestir a fantasia de Larry, a Lagosta.

— Achei que ele tivesse tido uma emergência familiar, ou algo assim. Foi o que Esteban explicou.

— Ele fez isso? — perguntou ela, revirando os olhos, mas havia algo de carinhoso nisso. Como uma irmã mais velha indulgente. — Ele já levou uma advertência por aparecer de ressaca vezes demais, então inventou todo um novo esquema, ligou de última hora hoje de manhã. Me mandou uma mensagem para explicar e se desculpar. E me deixou na mão no meio da semana com essas crianças. Para piorar, não consegui arrumar ninguém tão em cima da hora para substituí-lo. Todos estão ocupados no momento, tentando consertar os danos da inundação e tudo mais...

Eu me encolhi, mas ainda assim questionei:

— *Você* não poderia ter sido Larry?

(Eu posso ter me voluntariado para isso, mas meio que achei que ficaria jogando bola ou fazendo pintura com os dedos. Larry, a Lagosta está parecendo menos um jeito de me livrar da bagunça que fiz e mais um pesadelo particular.)

— Acredite, se eu pudesse ser Larry, seria. Levei meia hora para acalmar os gêmeos. Eles só têm cinco anos — respondeu. — E Stephen fez todas as crianças se apaixonarem por Larry. Eu sou baixinha demais para a fantasia. Já tentei, mas a cabeça caiu. O que, acredite em mim, foi um desastre. Alguns pais reclamaram porque seus filhos tiveram pesadelos sobre uma lagosta gigante sem cabeça. Além disso, é mais fácil assim. Eu lido com as crianças e você só tem que... ser Larry.

— O que isso significa? O que eu faço?

— Você vai ver.

Ser Larry, como agora descobri, significava em geral balançar os membros bem devagar e de um jeito exagerado, deixar as crianças pularem em cima de mim, e dizer o que Zoe me estimulasse a dizer.

— Certo, Larry? — perguntava Zoe.

— Isso mesmo, Zoe — replicava, com minha melhor voz de desenho animado, quase uma paródia do Bob Esponja.

— E nunca podemos empurrar o amiguinho, não é Larry?

— Isso, Zoe, nós nunca empurramos ninguém.

— Todos nós sabemos como esperar com calma na fila para pegar bebidas, certo, crianças? Até o Larry sabe esperar.

— É isso aí, Zoe. Façam fila atrás de mim, crianças.

Deveria ter sido fácil.

E foi, eu acho, mas também foi um saco.

(E eu mencionei que a fantasia tinha um cheiro desagradável?)

Não estou em condições de reclamar, no geral. Dessa forma, minha família continua alheia ao fato de que eu quebrei o hotel e causei várias centenas de euros em danos (no mínimo), não sou responsável por ter que *pagar* realmente esse dinheiro de volta ao hotel, nem brigar com Esteban por causa disso, e tudo ficará certinho.

Correção: fedidinho.

Conforme a manhã foi passando, eu fiquei esperando Esteban aparecer e dizer: "Ah, srta. Rory, sinto muito, mas cometi um erro.

Isso não vai adiantar, na verdade. Você vai precisar pagar tudo, *señorita*."

Fiquei escutando um toque de celular fantasma, imaginando Hannah exigindo saber por que ela tinha acabado de receber uma fatura supercara, ou a voz de meu pai me perguntando como eu pude ser tão burra a ponto de ligar um secador de cabelo em um quarto inundado, e eu podia *ouvir* minha mãe revirando os olhos pelo fato de eu ter feito algo tão ridículo e incompetente quanto deixar a torneira da banheira aberta.

Por pior que seja trabalhar como Larry, a Lagosta, não é o suficiente para me distrair da ansiedade esmagadora de toda essa situação.

~

Agora é nosso intervalo para o almoço. Olho para a fantasia do Larry com cautela.

— Tenho que vestir aquilo de novo?

— Só um pouco, no fim do dia — diz Zoe. — As crianças gostam de dar tchau para ele antes de irem embora.

É um alívio, pelo menos. Esteban me deu uma camisa polo do Casa Dorada e uma bermuda que ficou pequena demais: o botão aperta minha barriga quando eu sento e a costura está entrando na minha bunda.

Mas é melhor do que usar a fantasia de lagosta.

(Mesmo as roupas estando suadas por eu as ter usado por baixo da fantasia por algumas horas.)

Zoe tem purpurina no rosto, nos braços e na camisa por causa da atividade que fizemos antes. Tem uma marca de mão suja de chocolate em sua bermuda, e seu cabelo está ficando frisado em volta do rosto.

Mas ela não parece estar nem um pouco preocupada com isso.

Passo os dedos pelo meu cabelo, tentando arrumá-los, mas eles ficam prendendo em nós, então desisto e faço um coque, odiando o fato de que devo estar suada e nojenta.

Nunca fiquei tão feliz por este lugar não permitir celulares. Acho que eu morreria se alguém me fotografasse agora.

Com Larry, a Lagosta guardado cuidadosamente em seu lugar em uma sala dos fundos do Clube Infantil, Zoe me leva pelo hotel até uma sala de funcionários perto do restaurante, onde há uma pequena cozinha e algumas mesas.

— Eu trouxe meu almoço, mas o restaurante ainda está aberto para você se servir. Depois você traz seu prato para cá; ninguém vai se importar. Ou, se quiser sair e encontrar suas amigas, fica à vontade.

Digo a ela que volto logo e encho um prato de salada Caesar com frango e uma baguete fresquinha, ainda quente, que é tão boa que eu poderia comer uma dúzia. (*Se tem uma coisa que fiz direito esta semana foi ceder ao meu desejo por carboidratos*, penso.) Entro e saio do restaurante depressa, nem parando para procurar por Luna ou Jodie. Eu *realmente* não quero que ninguém me veja nesse estado, se puder evitar.

De volta à sala dos funcionários, Zoe está folheando uma revista e comendo macarrão de um Tupperware. Ela abre um sorriso quando chego e me sento.

— Então, Esteban disse que foi você que causou o apagão ontem. E que *você* é a responsável pelas cataratas do Niágara que desceram pelo primeiro andar.

Resmungo, ultrajada.

— Isso não foi...

— Você não precisa se defender — interrompe com uma risada. — Eu sei como ele é, e o encanamento anda um pouco ruim nos últimos tempos. Não estou surpresa de ele ter te envolvido nisso. Aposto que te ameaçou a pagar alguma coisa, certo?

— Exatamente — murmuro, e enfio o garfo em uma folha de alface.

Zoe assente, e seu rosto redondo transmite empatia.

Dá para ver que ela está prestes a fazer mais perguntas, mas eu não acho que posso lidar com elas no momento, então tento mudar o assunto.

— Como você entrou nessa, então? — pergunto, sorrindo.

— No início era para ganhar um dinheiro extra quando eu estava estudando, mas eu realmente amo esse tipo de trabalho. Então volto todo verão. Vou me formar este ano, mas estou pensando em ficar por mais tempo. É um lugar legal, e o pagamento é bom. Esteban pode ser um pouco... Bem, você sabe. Mas todo mundo é tão legal. Somos como uma pequena família. Sempre achei que arrumaria um emprego em uma escola de ensino médio, ou algo assim, mas trabalhar com crianças pequenas parece que é meu destino.

— Pelo menos para uma de nós — murmuro.

Logo lembro por que decidi não me inscrever para ser professora de escola primária depois daquele período de experiência em uma creche no ano passado. Crianças não são meu forte.

— Ah, crianças não são tão ruins assim! — exclama. — Só têm muita energia.

Olho para Zoe como se ela estivesse delirando... como se *eu* estivesse em condições de julgá-la.

— Você vai ver. Eles vão estar sonolentas à tarde — garantiu ela. — Vamos colocar um desenho e alguns vão pegar no sono de imediato. É facinho.

Eu espero que sim, penso, mas enfio um pedaço da baguete na boca em vez de dizer isso em voz alta. Zoe tem uma energia tão boa, e eu me sinto mal por ser uma estraga-prazeres, mas está parecendo que esses próximos dias vão ser cansativos.

Ainda é melhor do que a alternativa, eu sei, mas isso não quer dizer que não estou contrariada.

Eu *não passo* de uma garota dramática e autoindulgente, afinal.

Depois do almoço, voltamos para o Clube Infantil para arrumar a sala para o período da tarde. Zoe sempre conversa alegremente, não parecendo notar (ou pelo menos não parecendo se importar) que eu estou mal-humorada.

Ao voltarem do almoço com os pais, as crianças também não parecem notar meu mau humor. A mesa de artesanato ainda está montada, e uma das garotinhas senta ali, rabiscando com giz de cera enquanto o restante se acomoda na frente de um grande projetor para assistir a um filme. Eu me sento à mesa de artesanato também, debruçada sobre os joelhos e morrendo de sono, a boca aberta e os olhos fechando.

A menina puxa meu braço.

— Psiu — sussurra, não muito baixo. — Fiz isso para o Larry, quando ele voltar.

— Hum, o que... — Estreito os olhos olhando para o papel que ela segura, e me contenho antes de perguntar: *O que é isso?* O rabisco laranja na página tem quatro membros, com bolas nas pontas do que acho que são braços. — Esse é o Larry?

Ela fica radiante, feliz por ser tão instantaneamente reconhecível. Há molho de tomate seco espalhado ao redor da boca dela. Eca.

— É! Você acha que ele vai gostar?

— Ele vai amar — respondo, tentando parecer entusiasmada. — Que tal dar para Zoe guardar e ir assistir ao filme?

Ela balança a cabeça.

— Não. Acho que vou fazer mais um. Não fiz os olhos direito.

Tento não rir alto, mas não a desencorajo. Afinal, eu também não sabia desenhar muito bem antes. Eu pego um pedaço de papel para mim e alguns gizes de cera do pote. A maioria dos desenhos que fiz nos últimos dois anos foi com um objetivo específico: o tipo de arte que é popular, e se eu postasse um vídeo dela, ele tinha um bom engajamento e me fazia sentir que não estou perdendo meu tempo com isso, e se fosse bem *o suficiente*, então poderia provar alguma coisa para os meus pais, para minhas irmãs...

Por um breve segundo, eu me pergunto quando desenhar parou de ser tão divertido.

Não, não pense nisso, Rory. É coisa demais, e você não quer lidar com isso hoje.

Dou um sorriso entristecido. Sei muito bem que parei de gostar de desenhar bem antes de meus seguidores e visualizações começarem a diminuir — todo o esforço foi algo que continuei pressionando, continuei tentando, porque não podia admitir para mim mesma que tinha fracassado antes mesmo de começar.

Não posso abrir essa portinha no meu cérebro e adentrar esses pensamentos, porque sei exatamente o que há no interior.

— Uau — sussurra a menina, debruçando-se sobre meu braço depois de um tempo. Ela olha para mim com os olhos verdes arregalados. — O que é isso?

— Como assim, o que é isso? É o Larry.

Ela franze o nariz e olha para a minha folha novamente.

— Mas é azul.

— Você estava usando o vermelho e o laranja.

— Hum. Bem, ficou *bom* — admite, com relutância, e depois sorri com orgulho para seu segundo rabisco de Larry, a Lagosta.

Sorrio para ela, depois olho para a lagosta cartunesca em minha folha. E daí se é azul? Não ficou ruim.

Passo o resto do filme desenhando todos os animais que a garotinha pede, e ensino a ela como desenhar um gato de um jeito bem simples, o que a surpreende e a mantém quieta por vinte minutos, desenhando vários em cores diferentes.

E eu nunca vou admitir isso para Esteban, mas... Até que estou me *divertindo*. Estou disposta a admitir que talvez eu tenha exagerado ao pensar em como isso tudo seria terrível. Mas logo o filme acaba, as crianças ficam agitadas e Zoe está me ajudando a vestir a fantasia mais uma vez.

CAPÍTULO VINTE E UM
JODIE

Acontece que eu realmente não sei *nada* sobre drinques. É óbvio que já imaginava isso, mas achei que tivesse uma *vaga* ideia pelo menos por tê-los bebido antes.

Mas não é o caso.

Estamos bem próximos, sem encostar, afastados do resto do hotel — do resto do mundo — naquela pequena cabana na praia. Gabriel está perto o bastante para eu sentir o calor de seu corpo, e de vez em quando seu cotovelo roça em meu braço, o que é como eletricidade se espalhando pelo meu corpo.

E tenho *certeza* de que ele faz de tudo para me tocar.

— Com licença — murmurou em determinado momento, com a mão no meu braço.

Então ele se inclinou atrás de mim, seu peito encostando em minha pele, se esticando para pegar uma bebida. Tenho certeza de que Gabriel se demorou de propósito, apenas um pouquinho.

Não posso dizer que me importei.

— Como você começou a trabalhar como bartender? — pergunto quando esgoto o assunto inicial, entre instruções e explicações.

Gabriel dá de ombros, e é um gesto pequeno e contido que parece quase tímido.

— Eu precisava de um emprego, e o resto é história.

Ah... Não é a resposta que eu estava esperando. Não que eu tenha muita certeza do que estava esperando, mas parece vaga, e um total contraste com seu jeito descontraído, o que me deixa ainda mais curiosa.

— Você fez faculdade? Ou, hum, faz? — pergunto, mas nem sei direito quantos anos ele tem.

Gabriel balança a cabeça, preocupado em limpar a coqueteleira. Um leve sorriso aparece em sua boca, mas seus olhos estão bem distantes.

— Eu não era exatamente... ah... Quando terminei a escola, alguns anos atrás, eu era um espírito livre. — Agora ele olha para mim com mais do que um brilho nos olhos. — E também arrumava muita confusão.

— Não arruma mais?

Gabriel dá de ombros.

— Um tempão atrás, eu me matriculei em um curso on-line. Estou estudando para trabalhar como contador.

— Ah, uau. Isso é... — *Sem graça. Chato. Muito, muito comum.*

Devo ter deixado transparecer, porque Gabriel ri no mesmo instante.

— Eu sei. Também não me vejo fazendo isso. Meus antigos professores não acreditariam se eu contasse. Mas eu me interesso em saber como as empresas funcionam, e sou bom com números. E consigo estudar enquanto trabalho aqui, Esteban tem sido bom em trocar meus turnos nos períodos de provas. Ele também me ofereceu um cargo aqui, com as finanças do hotel.

Quase gargalho. É a primeira vez que ouço falar sobre Esteban sendo uma pessoa agradável.

Em vez disso, digo:

— Uau. Isso é incrível. Então seu plano é esse? Ficar aqui?

Eu me encolho assim que as palavras saem da minha boca, mas se Gabriel acha que eu pareço estar fazendo uma entrevista, não deixa transparecer.

— *Sí, quizás.* Cresci aqui, mas nunca me imaginei ficar por muito tempo. Mas quem sabe? Quando eu me formar, as coisas podem ser diferentes. Sempre gostei da ideia de morar na Inglaterra, ainda mais depois que minha prima se mudou para lá e gostou tanto, então talvez eu procure um trabalho por lá, como ela fez. Ou talvez eu goste muito daqui, com o novo cargo.

— Você não gosta do que já faz?

— Eu amo trabalhar no bar — responde, e dá para ver que está falando a verdade. — Mas isso não significa que é minha única paixão. Há outras coisas por aí. E eu quero experimentar tudo. Não é assim que deveria ser?

Ele me lança aquele seu sorriso intenso e arrasador, e meu coração se aperta um pouco, ficando difícil respirar.

Mas... não é *exatamente* este o objetivo de um romance de férias? Afinal, não o chamei para um encontro com a expectativa de que, se fosse bom, ele iria atrás de mim no aeroporto para me pedir em casamento no portão de embarque.

— Com certeza — digo, dando o melhor para parecer descontraída. — Tipo, eu venho me esforçando muito na faculdade, e agora sinto que mereço me divertir um pouco. Me soltar um pouco. Só aproveitar por alguns dias.

Gabriel pega algumas garrafas e um limão em uma tigela para colocar sobre a bancada.

— Eu entendo — fala ele. — E aí, acha que está pronta para fazer seu primeiro drinque?

Ele me orienta com algumas medidas e fala sobre os ingredientes e método, e eu lhe pergunto que tipo de confusão ele arrumava na escola, e Gabriel me conta histórias sobre pegadinhas inofensivas que fazia com professores, sobre os infinitos dias que passou de castigo após as aulas por falar demais e ser muito inquieto, sobre a festa que ajudou a organizar na quadra da escola depois do horário de aulas e como, quando o zelador quase os pegou, ele e alguns colegas correram para causar uma comoção e deixar todo mundo ir embora antes de serem pegos também.

— Aposto que todas as garotas eram apaixonadas por você — digo.

— Eu parti minha cota de corações. Mas naquela época eu era jovem e imprudente.

Ergo uma sobrancelha.

— E agora você é o quê? Velho e enrugado?
Ele fica um pouco corado.
— Tenho vinte e um anos. Até que não.
Antes de eu poder questionar se ele ainda está partindo corações por aí, Gabriel me conta sobre a tatuagem que fez em segredo quando tinha dezessete anos. Pergunto onde é, e ele apenas dá uma piscadela, deixando para minha imaginação.

Fico um pouco mais ousada, encorajada pelo flerte dele, e abaixo a alcinha da blusa para deixá-la escorregar o suficiente para mostrar minha tatuagem.

Gabriel ri, passando a ponta do dedo calejada de leve pelo contorno. Seu toque faz um arrepio descer por minha espinha.
— Uma flor?
— O que tem de tão engraçado nisso?
Ele ri de novo, depois abaixa a mão e se inclina para trás para me olhar nos olhos. O sol bate em seu rosto, fazendo sua pele reluzir e seus olhos brilharem.
— Você parece tão... tão durona, *sabes?* Não esperava que tivesse uma tatuagem tão delicada.

Fico corada, estranhamente lisonjeada.
— É uma madressilva — explico. — A preferida da minha avó. Significa gratidão e amor.
— Você é próxima de sua avó?
Assinto, sorrindo.
— Sempre fomos nós três, sabe? Eu, minha mãe e minha avó. Minha mãe trabalhava muito quando eu era criança, então minha avó estava sempre por perto para ajudar a cuidar de mim. Ela morou com a gente até eu ter uns treze anos. Ela se mudou porque disse que estávamos, *nas palavras dela,* "limitando seu estilo de vida". Mas ela se mudou para a mesma rua, então ainda estava ali se eu precisasse dela. E, bem, minha mãe ainda trabalha muito. Não que isso seja ruim. Ela sempre esteve presente quando precisei dela, assim como minha avó. Sempre apareceu nas minhas partidas de hóquei... ela só queria me dar a melhor vida possível.

Gabriel sorri, parecendo um pouco entretido. Então me dou conta de como minha voz fica arisca e defensiva quando conto a ele sobre minha família, mas não precisaria ficar. Mordo o lábio.

— Desculpa — falo. — Hum, sim. A resposta curta é, sim, somos próximas.

Eu me sinto uma idiota; afinal, ele não perguntou a história de minha vida. Então digo que o inglês dele é muito bom, torcendo para mudar de assunto.

E funciona. Ou talvez ele apenas sinta que cansei de falar de minha família por ora.

— Assisti a muitas séries britânicas para aprimorá-lo. Sou um grande fã de *Doctor Who*. — Ele canta alguns trechos da música tema com um brilho no olhar. — Acho que você me chamaria de, ah... *¿cómo se dice?* Whovian. Vi também todos os episódios clássicos. Mas, ah, Décimo Doutor e Rose... Esqueça Nicholas Sparks, *chica*. Aquilo sim era romance de primeira qualidade.

Ele me ensina como fazer um Harvey Wallbanger, então, porque isso o faz lembrar do episódio "O unicórnio e a vespa", com o Doutor e Donna.

Não consigo conter o riso quando ele me diz isso, mesmo não fazendo ideia do que Gabriel está falando.

— Ai, meu Deus, você é *muito* nerd. Você é um nerd *de verdade*. Sabe o nome dos episódios e tudo mais.

Ele fica corado, mas seu sorriso não se desfaz... Gabriel sabe que não estou falando no mau sentido. Não o estou atacando por isso.

Eu só... não esperava isso. Não mesmo. Os filmes da Marvel, talvez. *Star Wars*, é claro. Mas *Doctor Who*? Assisti a alguns episódios com minha avó em um sábado, quando eu era pequena, e os especiais de Natal, e quando conto isso a Gabriel, ele começa a falar apaixonadamente sobre o quanto a série é ótima. Ele diz que vai me recomendar alguns episódios para assistir, e depois eu posso dizer para ele o que achei.

É minha vez de ficar corada, então. Ele diz isso como se fosse pegar meu número de celular e me mandar mensagens depois que o encontro terminasse.

Ele pergunta o que eu faço da vida, e digo que estou prestes a iniciar o último ano da graduação em Biologia, e logo preciso começar a me inscrever em vagas de emprego.

— O que você quer fazer? — indaga ele.

E, com sinceridade, respondo:

— Olha, não faço ideia.

Sinto que isso deve me apavorar. É a primeira vez que admito em voz alta.

Mas... não me apavora.

Gabriel franze a linda testa.

— Você não gosta?

— Gosto, eu acho. Quer dizer, eu... É o que eu deveria fazer. Minha mãe e minha avó se esforçaram tanto, e era para eu ser a primeira da família a ir para a faculdade, e eu gostava de Biologia. Gosto de algumas aulas. Em especial as que envolvem dados. Métodos computacionais, esse tipo de coisa.

— E você *me* chamou de nerd — diz em um tom ofendido, mas com um brilho travesso nos olhos, me cutucando de brincadeira com o ombro.

Gabriel não se afasta, deixando o braço encostado no meu, e por um momento isso é tudo em que consigo pensar. Estou imóvel, envolvida pelo seu olhar, com a respiração presa na garganta.

Desvio os olhos, tentando recuperar o que estava dizendo.

— Bem, acho que só fui para a faculdade porque é isso que eu deveria fazer, e me matei para ir bem com o objetivo de fazer tudo isso valer a pena, mas agora a realidade é que está quase acabando, e tenho que arrumar um emprego... acho que simplesmente...

As palavras têm gosto amargo, e não consigo controlá-las direito.

Mas Gabriel questiona, baixinho:

— Você se pergunta se tudo isso vale a pena?

— É — sussurro. — E não sei ao certo o que fazer agora. Foi mais ou menos por isso que concordei em vir para cá. Minha família achou que eu merecia um descanso, e... Eu queria não ter que lidar com a realidade por um tempo. Um pouco de diversão, para esquecer o restante, como eu disse, sabe?

Ele assente e se afasta um pouco, como se para pontuar o fim daquela conversa, reconhecendo o espaço de que eu precisava para aquele problema em particular.

E, é claro, conversamos sobre drinques.

Gabriel fala devagar sobre todo o processo, a diferença que pequenas coisas fazem, as várias combinações de sabor e estilos de apresentação. Ele fala quase com um tom admirado e respeitoso pelo que é, no fim das contas, apenas álcool e suco de frutas.

Só que, para ser sincera, ele poderia estar falando sobre qualquer coisa e eu ainda estaria fascinada por cada palavra. Por mim, ele poderia me contar sobre pneu de carros ou arquitetura vitoriana; simplesmente é agradável ouvi-lo falar. Eu me deixo levar pela cadência baixa de sua voz, como se eu estivesse no mar e a correnteza me puxasse.

Mas estou feliz por ele não estar falando sobre pneu de carros nem arquitetura vitoriana.

E descubro também que eu não sei como cortar um limão — ou pelo menos não da forma correta, porque quando começo a cortar em quatro partes, Gabriel ri e diz:

— Não, *corazón, así.*

E então ele dá um passo para o lado e fica atrás de mim, inclinando-se descaradamente sobre meu ombro e colocando os braços em volta de mim e as mãos ásperas sobre as minhas, orientando-me com a faca.

Acho que eu não perceberia se ele cortasse minha mão, de tão envolvida que estou com o fato de que *Gabriel está com os braços em volta de mim, e encostado em mim, e ninguém é tão cheiroso quanto ele e, ai meu Deus.*

Estou muitíssimo ciente de que seus quadris estão encaixados logo atrás dos meus, os músculos torneados de suas pernas e o roçar de tecido junto às minhas coxas descobertas. Sua respiração é quente, fazendo cócegas na pele sensível de meu pescoço, e preciso de toda minha força de vontade para não jogar a cabeça para trás, sobre seu ombro.

Sinto um calor se espalhar por meu corpo, e eu espero que ele não consiga ver o quanto estou corada.

Gabriel sai de trás de mim, sorrindo, e pergunta:

— Está vendo?

Recupero, então, um pouco do controle. Tanto que olho para o pedaço de limão que ele cortou e que, de alguma forma, considerando que é *apenas um pedaço de limão*, está com uma aparência muito melhor do que aquele que eu tinha cortado antes.

— Ah! Certo, sim — digo.

Ele se apoia na bancada, inclinando-se sobre ela, mas sua mão esquerda está nas minhas costas e meu coração está batendo como nunca. Não estava tão acelerado quando dei meu primeiro beijo, acho, nem quando eu estava atualizando sem parar o site da universidade para saber se eu havia ou não passado. Também não me lembro de me sentir tão delirante. Estou completamente envolvida com tudo o que tem a ver com *Gabriel* de uma forma que parece tão nova que eu meio que me odeio por ceder a isso tão depressa.

Faz um tempo que não me interesso tanto por um cara, mas agora parece natural quando me viro para chegar mais perto de Gabriel. Ele mexe de leve a mão nas minhas costas. Seu sorriso é discreto, e os olhos estão fixos nos meus.

Ele olha para mim de um jeito que me faz sentir que sou a única coisa do mundo que vale a pena ser vista.

Isso faz eu me sentir tudo, menos simples, ou comum.

Coloco as fatias de limão nas caipirinhas que fizemos. Seguro um dos copos para ele, e seus dedos roçam nos meus quando ele o pega.

— Saúde — digo, e minha voz soa mais suave e mais baixa do que estou acostumada. Quase sedutora.

— *Salud*. — A voz dele é um murmúrio que parece uma carícia.

Brindamos e tomamos um gole. É mais gelado do que eu esperava e bem forte, e tenho que me esforçar para não cuspir — isso com certeza estragaria o clima.

(E, a menos que eu esteja muito enganada, há um *clima*.)

Gabriel não tira os olhos de mim, tomando um gole de caipirinha e fazendo um "hum" apreciativo.

— Nada mal. Para uma iniciante.

Dou risada, cutucando-o com o cotovelo.

— É tudo mérito do professor.

— Bem, nesse caso, sou um excelente professor.

Dou uma batidinha no gelo em minha bebida com o canudo, distraída.

— Obrigada por isso — digo. — Foi muito divertido.

— Também achei. Fico feliz por termos passado esse tempo juntos. Gostei de conhecer você, Jodie.

Seu sotaque é um pouco mais marcado quando ele diz meu nome, mas não me irrita como quando Esteban me chama de "Rodi". Sinto minhas bochechas esquentarem e espero que ele pense que é apenas por causa do álcool.

Gabriel pareceu se aproximar. Quase não há espaço entre nós agora. Ele coloca a bebida sobre a bancada e pega a minha para fazer o mesmo. Parece que tudo acontece em câmera lenta, e eu só observo e tento me lembrar de respirar.

(Será que estou respirando alto demais?)

Pensar nisso só me deixa mais consciente da minha respiração, e posso me *ouvir* recuperando o fôlego assim que Gabriel levanta a mão para tocar meu rosto. Seus dedos estão gelados por segurar a bebida. Ele inclina meu rosto para cima, na direção do dele, e o restante do meu corpo acompanha o movimento, minha mão apoiando-se em seu ombro para me equilibrar. Sua outra mão ainda está nas minhas costas, quente através de minhas roupas, ancorando por trás aquele calor que está se formando em minha barriga como um ímã. Mordo de leve o lábio inferior, apenas por meio segundo, e os olhos de Gabriel descem para os meus lábios.

Em vez de esperar ele me beijar, fecho os olhos e me inclino, e... é *maravilhoso*.

Ele me puxa para mais perto, e nosso corpo fica colado. Ele coloca a mão em meu cabelo, e um arrepio percorre minha espinha, fazendo-me arquear. Sinto o gemido baixo ressoar no fundo de sua garganta, e dessa vez não é como a força da maré — é um redemoinho que me faz perder a noção de tudo quando sou puxada por ele. Agarro-me em seus ombros quando sua boca se move na minha, e minha língua está em sua boca. Ele tem gosto de limão e cachaça.

Faz um tempinho que não fico com alguém, mas tenho certeza de que nunca senti tanta fraqueza nos joelhos assim por um beijo.

Quando rompemos o beijo, parece que demora mais uma era para nos afastarmos um do outro. O nariz de Gabriel bate no meu até eu abaixar a ponta dos pés, e então ele levanta a cabeça. Desço as mãos, que estavam ao redor de seu pescoço, repousando de leve junto a seu peito. Sinto seu coração acelerado, um eco do meu. Gabriel leva a mão que estava em meu cabelo para o meu rosto e para meu cotovelo, e o braço ao meu redor afrouxa um pouco.

— Vamos abrir em breve — diz ele, baixinho.

Ele olha para o relógio, me dando uma visão de seu perfil. Seus lábios carnudos e protuberantes, inchados por meus beijos, e o nariz levemente empinado — para ser justa, ele tem *mesmo* lóbulos adoráveis, eu acho, no que diz respeito a essa parte do corpo. Então ele volta a olhar para mim.

— Em dez minutos — acrescenta. — Vou precisar limpar tudo isso.

— Então ainda temos muito tempo — retruco, e me aproximo para outro beijo.

CAPÍTULO VINTE E DOIS
LUNA

Jodie volta para nossa pequena *villa* miserável totalmente maravilhada, o que é meio estranho. Ela não me parece ser alguém que se derrete toda por um cara que mal conhece, mas... bem, acho que é, sim. E ela parece um milhão de vezes mais relaxada do que a garota que conheci no começo da semana, com olheiras e ombros tensos. Abro um sorriso, termino de enrolar uma toalha no cabelo molhado e seguro a outra com firmeza ao redor do corpo, me inclinando sobre a mala para procurar uma calcinha limpa.

— O encontro foi bom, então? — pergunto.

Em vez de me dizer que a aula de drinque não foi um encontro, Jodie sorri e desaba sobre a cama com um suspiro entristecido.

— Não quero ir embora nunca mais. Esse lugar é um paraíso.

Dou uma olhada na *villa* que estamos compartilhando. Quanto mais eu reparo, juro que vejo mais coisas erradas neste lugar. Agora mesmo, é uma rachadura no teto que vai da lâmpada até a janela.

— Bem, dizem que o amor é cego...

Ela apenas ri.

Eu me arrumo, e Jodie começa a falar com entusiasmo sobre como seu encontro foi bom, e como Gabriel é perfeito, e como ele é lindo e engraçado, e o quanto sua voz é sexy e como ela nunca conheceu um garoto com um perfume tão bom quanto o de Gabriel — e como ela nunca ouviu ninguém cantar a música tema de *Doctor Who* tão bem antes.

— O quê?

— Ele é muito nerd — explica ela, com o mesmo tom apaixonado na voz. — Enfim...

Ela só está falando há pouco tempo (a um quilômetro por minuto) quando Rory volta. Ouvimos a porta bater lá embaixo, alguns resmungos, e depois pés batendo na escadaria. Jodie fica em silêncio e se senta, e nós duas nos viramos para ver Rory parada na porta do quarto, com as mãos na cintura e o lindo rosto retorcido em uma careta.

Ela está com uma camisa polo do Casa Dorada e com a mesma bermuda que o restante dos funcionários. O cabelo está preso em um coque, mas está bagunçado — arrepiado e suado, metade solto. Há marcas de suor e uma mancha úmida e amarelada na camisa polo.

— Você sabe que... — começa Jodie, devagar — essa bermuda está marcando bastante na frente, né?

— Por favor — ela resmunga —, essa não é nem a pior parte. Tenho certeza de que essa costura entrando na bunda vai me assombrar por anos.

Era pior do que a fantasia de lagosta com que ela havia aparecido antes. Em vez de rir, só sinto pena dela. (O que, certo, pode ter ou não alguma coisa a ver com as coisas que li em seu caderno mais cedo.)

— Dia difícil? — pergunto.

— Nem me fale.

Dessa vez, pelo menos, o tom brusco não tem nada a ver comigo.

Ela passa por mim, perto o suficiente para eu franzir o nariz. Seu cheiro é o de alguém que fez um treino intenso de exercícios aeróbicos na academia. Ela bate a porta do banheiro.

E então a abre um segundo depois.

— Estão fofocando sobre o encontro? — indaga ela.

— Estamos.

Rory hesita, parecendo dividida, mas logo diz:

— Não, desculpa, preciso tomar banho. Vocês vão ter que segurar a fofoca. Não consigo ficar suada assim.

Ficamos em silêncio até ouvirmos o chuveiro.

Levanto as duas mãos.

— Eu tentei avisar. Falei que ela não precisava fazer isso. Odeio dizer, mas ela se meteu nessa confusão porque quis.

— Eu não a culpo — murmura Jodie. — Aposto que ele encontraria alguma brecha e a faria pagar, mesmo que ela arrumasse um advogado.

— Hum — digo.

Mas eu sabia que se fosse *eu* que estivesse sendo confrontada por Esteban, não expressaria metade da coragem com que falo com Jodie, ou na minha cabeça. Já tentei antes e não me saí muito bem.

Jodie fica inquieta, e enrola e reorganiza suas roupas, esperando Rory sair do banheiro. Estou usando o secador de cabelo, então não dá para ela falar comigo, e dá para ver que isso está acabando com ela. Jodie está *desesperada* para fofocar mais sobre sua tarde com Gabriel.

Tento me lembrar quando foi a última vez que me senti assim em relação a Liam. Não consigo... mas, também, não é à toa que chamam o momento apaixonado de período de lua de mel. Então é assim que os relacionamentos *ficam* depois de um tempo? Quem precisa de faíscas e empolgação quando se pode ter estabilidade e conforto?

Não que nosso relacionamento estivesse muito confortável no fim, tenho que admitir para mim mesma. Ficávamos ressentidos por qualquer coisinha, com suspiros grosseiros e constantes concessões amargas.

Continuo secando o cabelo, pelo menos para interromper Jodie enquanto tento tirar Liam da cabeça. Não ajuda em nada o fato de eu achar que o vi — e a garota da foto — perto da piscina mais cedo, mesmo estando enganada ambas as vezes. Bem típico, mas é a primeira vez em toda a semana que *quis* esquecer o nosso relacionamento em vez de me apegar a ele.

Depois de um tempo, Rory sai do banheiro, parecendo mais consigo mesma. Mesmo com o cabelo molhado e penteado para trás e uma máscara facial verde espalhada no rosto, ela fica irritantemente bonita. Tenho quase certeza de que já estive pior *depois* de passar maquiagem.

Quase desejo poder tirar uma foto dela. Seria o tipo de imagem que se usa como ícone do grupo do WhatsApp, só para lembrar a todos de um momento engraçado que um dia compartilharam.

Tenho uma sensação estranha que parece nostalgia e me questiono se vamos manter contato depois desta semana.

Pergunto-me de novo, rapidamente, se isso não passa de um vínculo por conveniência — algo para riscar em uma lista de coisas para fazer nas férias. Mas afasto o pensamento, e me recuso a remoê-lo.

Como ainda falta muito tempo para o jantar, sentamos nas camas para conversar.

— Você fez muita coisa hoje, Luna? — pergunta Jodie, obviamente tentando ser educada e demonstrar que não está surtando.

— Não muita — digo. — Li um pouco. Nadei um pouco. Tirei uma soneca. Exatamente como as férias devem ser.

O que é verdade, mas...

Na verdade, foi meio chato e triste em comparação com os outros dias que tivemos até agora. Senti falta das garotas hoje, muito mais do que eu esperava, em se tratando de pessoas que eram completas desconhecidas até uns dias atrás.

Mas isso soa muito carente e estranhamente intenso, então não comento por medo de parecer solitária e desesperada.

— Conta sobre o encontro — digo a Jodie.

E ela não hesita. Seu rosto se ilumina, cora e Jodie nos conta sobre Gabriel. Ela faz Rory e eu gritarmos e rirmos ao relatar o máximo da conversa que consegue lembrar e inicia uma história épica sobre o beijo avassalador.

— Quer dizer, eu entendo muitíssimo. Aquelas cenas de filme em que a câmera gira e a música aumenta e é um momento eletrizante. Eu *entendo*. Foi tão... — Ela deixa a frase morrer, um sorriso idiota ainda estampado no rosto.

— Bem, minha vez — fala Rory quando vê que Jodie não continua. — Meu dia foi tão mágico quanto o seu. E por mágico, eu quero dizer amaldiçoado por alguma bruxa vingativa. Tive que deixar as crianças subirem em mim, vestida com aquela fantasia horrível, e agir como uma completa idiota e... Aff. Aquela coisa faz suar tanto. E o *cheiro*... Larry é assombrado pelo fedor de mil suores. É nojento.

Ela explica que quando chegou, eles haviam terminado um jogo de vôlei na piscina infantil e iam começar a fazer artesanato e a contar histórias. Ela se levanta e sai pelo quarto gesticulando sem parar, imitando as coisas ridículas que teve que fazer vestida de lagosta.

— Depois os colocamos para ver um filme...

— Você pôde ver um filme? — pergunto, chocada, e então levo a mão à boca. — Desculpa. É que parece que faz uma eternidade que não vejo uma tela. É um pouco estranho.

— Não se empolgue tanto. Era só *As aventuras de Paddington*.

— Ótimo filme — comenta Jodie.

— De qualquer forma... Eles não queriam ficar *parados*. Nem calados. Zoe disse que eles não costumam ser assim, mas aposto que são. Para ser sincera, não sei como ela consegue. E ela ainda *gosta*. Ela só pode ser louca, ou eu que sou uma pessoa horrível.

— Obviamente é você que é uma pessoa horrível — brinca Jodie, rindo. — Certo, Luna?

— Certo. A pior. Extremamente odiosa.

— Chame o júri cibernético: será que eu sou a cretina? O veredito foi dado. A internet diz, Rory, você é, na verdade, a cretina.

Ela faz uma careta que repuxa a pele embaixo de seu pescoço e mostra toda a sua gengiva em um sorriso parecido com o do Grinch, que nunca vi ninguém conseguir fazer sem um filtro do TikTok.

— Ora, obrigada, eu tento — diz ela. — Mas, sério... foi um inferno. Quer dizer, sabe, nem *tudo* foi ruim, eu acho. Eu me diverti um pouco. Mas não sei como ela faz isso todos os dias daquele jeito. Só serviu para me lembrar da razão de eu não querer ser professora. Não tenho paciência para lidar com crianças pequenas como aquelas o tempo todo...

— Você não disse que suas irmãs têm filhos? — pergunto.

— Nicola tem um bebê. Que é muito fofo e que eu amo muito, e não me importo de cuidar dele. Mas ele é da família. É diferente.

— E pensa só... — fala Jodie, toda alegre, dando tapinhas no joelho de Rory. — Você vai poder fazer tudo isso de novo amanhã!

Ela solta um longo grunhido, jogando a cabeça para trás.

Quando por fim se aquieta, eu digo:

— Você sabe que não *precisa* voltar amanhã. Apenas diga a Esteban que não vai fazer. Essas são as *suas* férias. Ele não pode te forçar a trabalhar aqui, e você não deveria aturar isso. Além disso, bem, você se voluntariou. Você pode simplesmente... se *desvoluntariar*. Ele não pode te impedir.

O rosto de Rory se contorce como se ela tivesse uma dúzia de respostas para isso e não conseguisse decidir qual a melhor. No fim, ela apenas dá de ombros e olha para o colo.

— Bem, apesar de toda minha reclamação, não é tão ruim. É normal. Desenhar com as crianças foi divertido.

Fico olhando para ela, boquiaberta. Sou a única que acha que isso é loucura? Não pode ser.

Pelo jeito não, porque Jodie diz:

— Mas são as suas *férias*. Era para você passar os próximos dias se divertindo, não... não sofrendo e aguentando toda essa chatice.

— Está tudo bem. Eu não me importo. Não mesmo.

Dá para ver que ela se importa, sim, mas também é evidente que estamos combatendo em uma batalha perdida. Rory não quer nossa ajuda. Jodie joga as mãos para cima, derrotada, e eu penso no caderno de Rory, na crise pela qual ela está passando e no que parece uma necessidade profunda de agradar as pessoas. Quero dizer que ela não vai estragar tudo se disser para Esteban ir tomar naquele lugar, e que ela não precisa da aprovação *dele* para nada, mas mordo o lábio para me conter, sabendo que não tenho nada a ver com isso. Ela deixou isso bem claro.

Então, Rory se levanta, batendo as mãos, de repente com um enorme sorriso.

— Ah! Ah, gente, esqueci! Nós estávamos falando sobre fazer uma noite só das garotas. Amanhã.

Meu estômago embrulha, aquela dúvida desagradável e assustadora de minha tarde sozinha na piscina começando a ressurgir.

— Nós? — pergunto.

— Zoe e eu! Eu estava dizendo que fomos ao bar da praia e...

— Você não falou de mim, né? — pergunta Jodie, pálida. — Por favor, diga que não contou o mico que paguei na frente do Gabriel. Já me humilhei muito sem essa história chegar a ele.

Rory sorri.

— É claro que não. Mas Zoe disse que tem uma balada ótima na cidade, não muito longe.

Franzo o cenho.

— E nós podemos ir?

— *Tecnicamente*, não tem nenhuma regra dizendo que não podemos sair do resort. — Ela mexe as sobrancelhas, seus olhos se iluminando. — E então? Que tal? Vamos sair um pouco deste lugar. Nos divertir de verdade! Acho que merecemos, depois de todo o caos. Vocês não acham?

— Parece uma boa ideia — diz Jodie. — Afinal, eu não trouxe meu vestido preto curtinho para ficar guardado.

Ela levanta da cama e vai mexer no guarda-roupa, tirando um vestido tubinho preto com faixas grossas cruzando na frente. É tão pequeno, que acho que não passaria em uma perna minha, e no corpo comprido de Rory devia ficaria como uma blusa.

Rory grita, balançando-se alegre.

— Eu amei! Ah, vai ser tão divertido. A primeira rodada é por minha conta!

Elas olham para mim, e é aí que percebo que ainda nem assenti.

Abro um sorriso.

— Parece ótimo!

Na verdade, minha ideia de diversão nunca foi sair para balada. Eu até gostava quando ia com minhas colegas de apartamento ou amigos da faculdade, mas a maioria dessas festas tinha sido estragada por Liam caindo de bêbado e agindo como um idiota, se mostrando na frente dos amigos e depois ficando completamente rabugento de ressaca.

A ideia de uma balada espanhola qualquer não me empolgava muito... pelo menos não da forma que claramente empolgava Rory e Jodie.

E odeio me sentir incomodada porque Zoe foi convidada. Estou ocupada demais tentando afastar essa sensação para entender *por que* me sinto assim para começo de conversa. Uma parte infantil e petulante de mim quer argumentar que nós nem a conhecemos, e por que não podemos sair só nós três?

Mas sei que é egoísta e bobo de minha parte, ainda mais porque Zoe parece ser adorável, por tudo o que Rory disse até agora.

— Tem certeza? — questiona Jodie, cruzando os braços, ainda com o cabide na mão e uma sobrancelha erguida. Ela sorri para mim. — Você não parece muito animada.

Chata, chata, você é tão chata, você não é divertida nem espontânea, e é por isso que as coisas não deram certo com Liam e todos os seus amigos escolheram ele, e...

— Olha, não precisamos ir — interveio Rory, depressa. — Só achei que seria divertido. Um pouco diferente.

Recuso-me a ser uma estraga-prazeres.

— Não! Não, parece... parece ótimo. Sério. É que... É que eu não tenho nada para vestir.

Rory ri.

— Não se preocupa com isso. Vamos encontrar alguma coisa para você.

Elas colocam minha mala sobre a cama antes que eu possa impedi-las, pegando roupas e tirando coisas do guarda-roupa. Minha reação imediata foi ficar horrorizada e me ressentir de ter que dobrar tudo de novo mais tarde, mas não demora muito para eu me envolver. É bom me sentir incluída, e não apenas ignorada. As duas pensam em uma roupa para mim, e depois para cada uma, todas rindo das roupas horríveis que usávamos quando começamos a sair para festas da escola e dos saltos ridiculamente altos que achávamos tão legais. E então eu começo a pensar que talvez uma noite na cidade pode ser exatamente o que eu preciso.

CAPÍTULO VINTE E TRÊS
RORY

Luna tenta me dissuadir de ser Larry, a Lagosta de novo no café da manhã, o que eu não estava muito a fim de ouvir. Todas acordamos cedo — eu, porque tenho o Clube Infantil às 9h30, Luna porque resolveu ir à aula de ioga às 6h e Jodie porque não conseguiu dormir com nós duas nos movimentando e nos arrumando.

(Não sei por que me importei em passar maquiagem e gastar tempo fazendo tranças embutidas se vou ficar presa naquela maldita fantasia de lagosta, suando em bicas o dia todo.)

— Não entendo por que você não larga isso para lá — fala Luna, olhando para mim de mau humor enquanto como minhas panquecas. — Ele não vai fazer você pagar *de verdade*.

Jodie bufa.

— Aposto que vai — declara ela.

Luna revira os olhos, encarando Jodie como se dissesse que ela não está ajudando. E, de fato, não está. No mesmo instante, imagino Esteban com um sorriso de vilão de desenho animado sob o bigode, colocando o mais terrível e caro boleto sobre o balcão no momento do meu check-out.

— Não quero arriscar — explico. — Está tudo bem. Tenho que lidar com isso, certo? Além disso, Zoe vai estar lá comigo. Talvez não seja tão ruim.

Vai ser ruim, mas estou determinada a passar por isso. É só o que posso fazer — passar por esses dias. Depois isso pode ser apenas uma história engraçada da qual vamos rir, e talvez um dia eu até conte para Hannah e Nic, e todas vamos chorar de rir quando eu mostrar a elas o quanto eu era tola "naquela época".

Luna bufa, espetando uma batata com o garfo. Não sei por que *ela* está tão chateada. Não é *ela* que tem que aturar crianças gritando o dia todo, vestida de Larry, a Lagosta. Não é *ela* que vai se ferrar se Esteban decidir me cobrar pelo prejuízo. Luna parecer ter muito mais a dizer a esse respeito, mas fico feliz por ela ficar em silêncio.

Não sou como ela ou Jodie. Não tenho meu futuro planejado nem uma ética de trabalho poderosa. Não sou organizada, independente ou decidida, e nunca fui boa em me impor. Até esse desastre de faculdade em Direito, que é cem por cento culpa minha, eu não *precisei* dessas coisas. Sempre tive meus pais e minhas irmãs em que me apoiar.

Também nunca fui boa em assumir responsabilidades. E isso parece o tipo de coisa pela qual eu deveria dar conta — mesmo sendo ridícula.

Não que nada disso seja fácil de explicar, então apenas reviro os olhos, fico quieta e deixo Luna evitar meu olhar, com certeza pensando que estou sendo uma baita idiota, e deixo Jodie suspirar, porque ela acha a mesma coisa.

É claro, assim que visto o uniforme apertado do Casa Dorada e entro na fantasia de lagosta pouco tempo depois, desejo ter ouvido o que elas disseram e só dito "que se dane", desistindo do Clube Infantil, sem me importar com as consequências.

— Falei com Luna e Jodie sobre nossa noite das garotas — digo a Zoe em um esforço para me distrair. — Elas toparam.

— Ótimo! Que boa notícia. Ah, já faz um tempo que estou morrendo de vontade de sair só com garotas. Vou reservar um táxi para as dez.

— Dez? Você não disse que ficava a meia hora daqui?

Zoe ri.

— Só vai começar a encher lá pela uma da manhã! É melhor vocês fazerem uma *siesta* antes de sairmos, descansarem um pouco.

Meu impulso é mandar uma mensagem para as garotas e avisá-las, mas obviamente não posso fazer isso. Vou ter que me lembrar de encontrá-las na hora do almoço e falar com elas.

Zoe está falando sem parar sobre como o lugar é ótimo: as bebidas baratas, a música cafona, o segurança sarado com quem ela tenta conversar toda vez que vai lá...

Faz um bom tempo que não saio para uma boa balada — todas as minhas amigas andam tão *chatas*, se matando de estudar para as provas... então eu já estou animada só de pensar nisso. Zoe parece muitíssimo alegre, e a julgar por nossas noites anteriores no resort, sei que Jodie e Luna também serão ótimas companhias. Na verdade, estou bem alegre quando coloco a cabeça de lagosta.

— Ah, hum... — começa Zoe —, e só para você saber, vamos levar as crianças para a piscina grande hoje. É o dia do passeio pela orla. Vários hóspedes se inscreveram para ir.

— Hum, eu notei que o café da manhã estava vazio.

— É. Bem, vai estar mais tranquilo na piscina de adultos hoje, então vamos levar as crianças para lá por uma hora, mais ou menos. Deixar elas mergulharem um pouco, sabe. Fazer algumas brincadeiras. Vamos fazer uma atividade parecida com uma hidroginástica com eles, colocar música.

— Parece ótimo — digo com o máximo de entusiasmo que consigo... que é menos do que nada.

Zoe ri e pega uma caixa de som azul, grande e robusta, de cima da mesa.

— Vamos, Larry. Já são 9h25. É melhor sair daí.

Estamos quase saindo, mas Zoe fala:

— Ah, querida, esqueci o aparelho de CD. Só peguei as caixas de som.

— Eu pego — ofereço.

Topo qualquer coisa para ficar sem a cabeça fedida de Larry por mais alguns minutos. Coloco a pior parte da fantasia bem apertada embaixo do braço envolvido com espuma e volto para a sala dos funcionários para pegar o antigo aparelho de som. Achei que Zoe pudesse ter um armário especial, ou algo assim, para carregar um celular por causa das crianças, mas qualquer esperança de convencê-la a me deixar usá-lo para verificar minhas redes sociais foi por água abaixo quando ela me mostrou o pequeno walkie-talkie preso na cintura de sua bermuda.

A sala dos funcionários é no fim do corredor, depois da recepção, e a porta está entreaberta, então escuto vozes. Alguns caras estão rindo de alguma coisa. Um deles diz algo em espanhol que parece uma provocação, e outro diz com um sotaque britânico afetado:

— Não, temos que falar em inglês por ele, como sua nova *amiga*. Né, *cabrón*?

Ouço uma certa briga, como se eles estivessem se empurrando, e reviro os olhos. *Garotos...*

Mas então ouço uma voz bem sexy e bem familiar:

— *Cállate*, Eduardo. Ela não significa nada.

— Espero que ela seja boa de cama, então. Ouvi dizer que Luis não ficou muito feliz com sua *aulinha particular* — fala outro cara.

Em seguida, todos riem ainda mais.

Sinto o estômago revirar, estou com o coração na garganta e paro pouco antes de chegar à porta aberta. *Aulinha particular.* Não tem como eles *não* estarem falando sobre Jodie. E Gabriel acabou de dizer que ela não *significa nada...*

E então ele acrescenta:

— Ah, é boa sim, com certeza. *Você* sabe como são essas garotas. As solitárias, só procurando um pouco de diversão... Você só está com inveja de não ter chegado primeiro.

Há mais risadas, provocações e, apesar de a fantasia de Larry ser sufocante, sinto meu corpo todo gelar. Nossa, como eu pude ter sequer um pequeno crush passageiro nesse absoluto *babaca*? Será que Jodie sabe que ele só a vê como uma ficada? Que ela é só mais uma de muitas? Quer dizer... talvez *ela* realmente espere isso do relacionamento deles, mas...

Droga. Será que eu devo contar para ela? Eu deveria, com certeza deveria contar para ela, mas... eu iria querer de saber, se estivesse no lugar dela? O relacionamento deles não deve durar além dessa semana, de qualquer forma...

Eu adoro uma fofoca, e amo estar bem no centro dela, mas não dessa forma.

Incapaz de aguentar ouvir mais alguma coisa, e temendo ouvir algum comentário terrível que certamente *teria* que contar a Jodie, faço o máximo de barulho que posso ao dar os últimos passos até a porta e entrar, cabeça de Larry primeiro.

— Ah, oi! Como vão, rapazes? — digo.

Os três estão sentados a uma mesa com café servido. Os outros dois não parecem muito mais velhos do que eu; já vi um deles fazendo manutenção e outras tarefas perto da piscina. É ele que murmura algo em espanhol rápido e baixo que faz o outro cara rir. Deve ser por minha causa. Gabriel arregala os olhos quando me vê, mas eu fico na minha.

— *Hola*, Rory — cumprimenta.

— Não sou Rory hoje, meu amigo. — Aponto para a fantasia, pego o aparelho de som da melhor forma possível com as garras incômodas. — *Adiós*, garotos.

E antes que o bartender escandaloso e mulherengo possa se sentir culpado o bastante para fazer *eu* me sentir culpada e contar tudo para Jodie, saio de lá.

⁓

Com Zoe liderando a hidroginástica infantil ao som de uma versão para crianças de "Montero", de Lil Nas X (juro, isso *realmente* existe, e eu gargalho dentro da fantasia ao perceber como a música está irreconhecível), deve ser fácil. Balanço de um lado para o outro dentro do figurino, tentando imitar alguns movimentos de Zoe — que são uma versão seriamente reduzida de qualquer tipo de ginástica que já vi.

As crianças parecem estar gostando, o que imagino que seja o importante.

Estou suando e de mau humor, e a cintura de minha bermuda está me apertando, e eu queria muito uma bebida. Acho que eu seria capaz de tomar um litro inteiro de água de uma só vez agora.

Sei que Luna e Jodie estão deitadas em espreguiçadeiras em algum lugar por perto, mas mal consigo enxergar com essa fantasia. No entanto, isso parece uma coisa boa no momento. Se eu não posso vê-las, posso tentar fingir que elas não estão por ali rindo de mim.

Fazemos um rápido intervalo para tomar alguma coisa e ir ao banheiro.

Algumas das crianças me puxam e perguntam se vou entrar na piscina.

— Não sei nadar.

— Mas você é uma lagosta. Não mora no mar?

Espertinho.

— Eu me mudei quando eu era uma bebê lagosta e não aprendi a nadar — explico.

— Bem, você poderia aprender. Zoe pode te ensinar!

— É a vida... não se dá para ensinar truques novos a um cachorro velho.

— Mas você não é um cachorro.

Nunca mais vou trabalhar com crianças.

— Está com medo? — questiona uma delas.

De repente, parece que estou sendo cercada por mãos pequenas e ávidas e rostos inclinados com olhos arregalados, e todas essas crianças estão me perguntando se tenho medo de água e se é por isso que não sei nadar, e todas garantindo que está tudo bem, elas vão me ajudar, e eu posso usar as boias.

É bonitinho, mas ao mesmo tempo eu não estou aqui para isso.

Então, com o máximo de paciência possível, agradeço a elas, mas digo que quem sabe da próxima vez, e pergunto se estão empolgadas de brincar na piscina grande. Isso parece satisfatório demais para elas. Zoe faz uma rápida contagem das crianças e coloca as mãos na cintura.

— Ótimo! Estão todos aqui. Obrigada, pessoal. Agora, todos prontos para voltar para a piscina e se divertir?

As crianças começam a pular e gritar. Zoe pede para todos fazerem uma fila perto da escadinha para entrar, o que eles fazem rápida e silenciosamente, em sua maioria.

Exceto por um pequeno *demônio* que se afasta do grupo e grita:
— Larry primeiro! — E corre até mim.
— Nada de correr perto da piscina! — grita Zoe, mas não adianta nada.
Tudo acontece em câmera lenta.
Zoe grita, e o garotinho ri, e todos berram com uma mistura de horror e diversão quando ele me empurra.
Tropeço no enorme pé de lagosta, perdendo o equilíbrio. A cabeça de Larry voa e caio de costas na piscina.
Atinjo a água com força.
E afundo rápido.
A fantasia é pesada, e eu engasgo na água. Eu me agito por alguns segundos até minha cabeça voltar à superfície. Ainda bem que estávamos perto da parte rasa. Acho que alguma coisa agarra meu pé quando tento subir, e então estou de novo embaixo d'água.
Penso: *vou morrer afogada vestida de Larry, a Lagosta neste resort horroroso.*
E depois penso: *ah, caramba, se eu morrer assim, minha mãe, meu pai, Hannah e Nic vão descobrir sobre o boleto caríssimo e que eu quebrei o resort.*
E, por fim: *bem, pelo menos não vou precisar estudar Direito.*
De alguma forma, me livro da fantasia de lagosta o suficiente para colocar a cabeça acima da água, tossindo e piscando para tirar a água dos olhos. Chuto o restante da fantasia até minhas pernas ficarem livres para eu subir na escada na lateral da piscina e me arrastar para fora.
No instante em que levanto uma perna para sair, ouço um rasgo.
Nem preciso olhar para saber, mas olho assim mesmo.
Minha bermuda rasgou bem na costura. Há basicamente duas metades, unidas apenas pela cintura.
Eu nunca, *nunca*, estive tão feliz em estar em uma zona livre de celulares.
A maior parte das crianças está rindo.
Zoe está repreendendo o menino que me empurrou.
Algumas crianças mais novas com certeza estão chorando.

Jodie e Luna surgem diante de mim, abraçando-me, perguntando se estou bem. Elas enrolaram uma toalha em volta do meu corpo, o que é legal, mas estou encharcando tudo ao redor, e acho que todo mundo ainda consegue ver minha calcinha. Tusso um pouco de água.

— Danem-se as cobranças, aposto que *você* poderia processar Esteban — disse uma delas.

— Vamos, querida, vamos voltar para o quarto para você se secar.

— Ah, merda — resmungo. Meu cérebro está girando, agitado. Eu me afasto das duas. — Larry. Ele vai me matar.

— Larry vai te matar? — Jodie, com certeza é Jodie.

— Não — respondo. — *Esteban*. Ele vai me matar por isso. Aposto que Larry já era.

Eu me abaixo de novo para entrar na piscina, na parte que só vai até minha cintura. Larry é um grande e indistinto amontoado laranja sob a água turquesa. Bem... *dois* amontoados. A cabeça está um pouco mais afastada. Eu me lembro de Zoe dizendo que os pais reclamaram que as crianças tiveram pesadelos quando a cabeça de Larry caiu da última vez que ela usou a fantasia.

Sinto meu coração disparar, e é como se houvesse uma tatuagem nele que diz: *fracassada, fracassada, fracassada*.

— Não, não, querida, Larry não vai a lugar nenhum. — Elas me puxaram de novo entre as duas. — Venha, vamos secar você, está bem?

— Zoe. Zoe. — Eu me afasto delas de novo e me aproximo de Zoe. — Eu sinto muito.

Uma menina puxa minha camisa.

— Você está bem? — pergunta a criança.

Acho que sorrio para ela. Estou ocupada demais agarrando o cotovelo de Zoe para saber.

— Eu sinto muito — digo para Zoe.

— Está tudo bem — fala ela, com uma cara de pena e uma franqueza que me faz pensar que está realmente tudo bem. — Vá se secar. Eu cuido disso. Mas vejo você depois. Vamos sair à noite.

— Isso, vamos — concordo, mesmo isso parecendo estar a mundos de distância.

Luna me leva embora com gentileza, e eu deixo elas me tirarem da piscina e me guiarem na direção do nosso barraco, que fica na praia. O sol está quente e sinto meus ombros doerem da queimadura de sol que tive no início da semana e por ter lutado para me livrar daquela maldita fantasia. Minhas pernas se movimentam, entorpecidas; meus pulmões queimam por ter engolido metade da água da piscina.

— Acha que ela ainda está em choque? — pergunta Luna, à direita.

— Será que a gente precisa dar um tapa nela? — questiona Jodie, por sua vez, à minha esquerda.

— Não ousem... — digo.

— Você está bem?

— *Não*, eu não estou *bem*. Fui empurrada na piscina usando aquela roupa de lagosta por um monstrinho diabólico de sete anos, rasguei a bermuda e mostrei a calcinha para todo mundo. Este é literalmente, com toda a certeza, o pior dia da minha vida. Eu quase *me afoguei*.

Jodie ri, mas disfarça rapidamente e transforma a risada em tosse. Não *tão* rapidamente, no entanto, porque olho feio para ela.

— Não é tão funda — comenta Luna.

Sei que não era, mas...

— Vocês não estão me ouvindo? Eu quase me afoguei. Eu poderia ter morrido como Larry, a Lagosta.

— Nós não deixaríamos você se afogar — murmura, e se encolhe um pouco antes de acariciar minhas costas. — Vamos. Um bom banho quente e uma xícara de chá, é disso que você precisa.

— Esteban vai ficar furioso...

Como posso tentar compensar por inundar o hotel deixando tudo *pior* e causando mais destruição? Sou um desastre ambulante. Em geral sou um pouco imprudente e impulsiva, e às vezes me meto em confusão, mas não tanto *assim*. Isso é um verdadeiro show de horrores, e eu nem tenho as boas notas nem nada para me consolar dessa vez.

Talvez essa seja a forma de o universo deixar claro que sou um fracasso total e deveria apenas desistir e seguir o que todos acham que é melhor, como fiz a minha vida toda.

— O Esteban que se dane — declara Jodie. — Além disso, você tem *testemunhas*.

— Certo, calma, Elle Woods — retruco, conseguindo abrir um sorrisinho. — Foi tão ruim quanto pareceu?

— Sinceramente? — indaga Jodie, apreensiva.

— Sinceramente, aham.

— Então, sendo muito sincera, e eu digo isso com o maior carinho do mundo: foi *hilário*.

CAPÍTULO VINTE E QUATRO
JODIE

Durante a *siesta*, dou uma passadinha no bar da praia, deixando Rory abalada, em silêncio e deitada sobre algumas cangas e um chapéu gigante cobrindo o rosto. Luna está ao lado dela, lendo um livro à sombra de um guarda-sol e de vez em quando dando tapinhas no braço de Rory para demonstrar apoio.

Elas não vão sentir minha falta. Não por algumas horas.

Encontro Gabriel debruçado sobre o balcão do bar com um livro, o restante da cabana totalmente vazia, e meu coração dá uma cambalhota. Não que tivéssemos feito planos, mas...

Ele levanta a cabeça, ouvindo o barulho da areia sob meus pés no deque, e aquele sorriso me fascina. Antes que eu me dê conta, sorrio também, e quase dou os últimos passos saltitando. Apoio os cotovelos sobre o balcão e me inclino na direção dele.

— Oi.

Em vez de dizer "olá", Gabriel coloca o dedo sob meu queixo para erguer minha cabeça e pressiona os lábios gentilmente nos meus. O beijo me faz derreter, o balcão pressionando minha barriga quando chego mais perto. Quando nos afastamos, ele faz sinal para eu dar a volta e me juntar a ele, e vejo que já há duas banquetas ao seu lado. Será que ele estava esperando que eu aparecesse?

— Não sabia se ia te ver — diz ele, e eu me pergunto se ele notou que estou encarando as banquetas. — Ouvi dizer que sua amiga, aquela mais espalhafatosa, se meteu em uma confusão na piscina.

Dou uma risada.

— Isso para dizer o mínimo.

— Ela caiu mesmo usando a fantasia de Larry? — Ele ergue uma sobrancelha, como se fosse tão absurdo que ele não conseguisse nem acreditar.

— Uma criança empurrou ela — explico, defendendo Rory.

Gabriel solta uma gargalhada. Ele balança a cabeça e mechas de cabelo caem sobre a testa, o que me faz estender a mão para afastá-las.

— Melhor ainda — diz ele. — Queria ter visto isso. Mas ela está bem?

— Está mais com o orgulho ferido.

Coloco minha banqueta mais perto, até meus joelhos se encaixarem nos de Gabriel. Uma de suas pernas se enrosca na minha, e eu sinto o clima mudar quando seus olhos se concentram nos meus.

— Mas não quero falar sobre ela — digo, por fim.

— Ah, é? — A voz dele se eleva, provocativa. — Então você quer falar sobre o quê?

Inclino meu corpo para a frente e o beijo de novo.

～

Mais tarde, quando volto para a *villa* depois de algumas horas delirantes na companhia de Gabriel, alternando entre nos beijarmos e nos conhecermos melhor, tenho que admitir:

— Acho que devemos nos preocupar com Rory.

Luna faz uma careta — se era para ser uma expressão empática, parece mais pena.

— Dá para ver por que as irmãs dela a mandaram de férias — comenta. — Sinto que estou preocupada com ela desde antes de a conhecer.

Abro um sorriso amarelo.

— Sério. Você acha que ela está bem?

— Ela parece bem — responde Luna, dando de ombros. — Sabe, considerando que ela caiu na piscina vestida de lagosta gigante e mostrou a bunda para o hotel todo.

Tenho que colocar a mão na boca para não rir de novo... parece tão cruel. Tirando os ombros vermelhos, Rory pegou um bronzeado bonito nos últimos dias, mas a visão do bumbum branquelo sendo mostrado para o mundo foi, de fato, meio hilária. Objetivamente falando.

O som de Rory subindo as escadas nos faz parar de falar.

— Então — anuncia ela —, encontrei umas taças de vinho em um armário, mas não temos vinho. E não dá para fazer um esquenta enquanto nos arrumamos para uma grande noite sem vinho. Mas encontrei uma garrafinha de Malibu. Sinto muito dizer que fui egoísta e bebi tudo.

— É melhor pedir perdão do que permissão, né?

Aponto para Luna antes de sair da cama para pegar meus sapatos.

— Ela tem razão — digo. — Eu resolvo isso. Esperem aqui. Não vou demorar. — *Mas, pensando bem...* Corrijo: — Vou *tentar* não demorar.

— Aonde está indo? — pergunta Rory.

— Visitar um bartender muito sexy e conseguir um pouco de *vino* para nós, obviamente.

Rory me chama, no entanto, e diz, um pouco casualmente demais:

— Então, você e Gabriel andam bem grudados. É... quer dizer, considerando que é só uma aventura de férias.

— Acho que sim — respondo.

Mas não *sinto* que é só isso quando estamos conversando. Ele flerta muito, é claro, mas parece interessado de verdade em saber mais sobre mim, perguntando sobre minha família, meus interesses, e a forma como seus olhos se iluminam quando ele me faz rir, como se estivesse muito satisfeito consigo mesmo por colocar aquele olhar em meu rosto... Acho que o frio em minha barriga é porque isso é mais do que só uma ficada de férias.

— Talvez, mas não sei. Ele disse que pode se mudar para o Reino Unido em algum momento, então... — Não completo a frase. —

E ele disse algumas coisas que me fazem pensar que ele vai pedir meu número e manter contato quando eu for embora.

Luna sorri como se isso fosse a coisa mais romântica que ela já ouviu.

Rory, no entanto, fica com uma expressão enjoada. Ela engole em seco, rosto e ombros se contraindo como se tivesse que se preparar.

Mas antes que eu possa perguntar o que está acontecendo, ela solta:

— Eu ouvi ele falando sobre você com uns colegas de trabalho hoje cedo. Ele disse que basicamente só está querendo transar com uma garota solitária para se divertir.

As palavras são um soco no estômago, me deixando sem ar.

— O quê? Do que você está falando? — pergunta Luna.

Então Rory conta a história toda, recitando a conversa entre Gabriel e dois outros caras, palavra por palavra, eu imagino, dado que ela erra um pouco o espanhol que salpica no meio de sua lembrança da coisa toda.

Então, o eco da voz de Gabriel surge em minha mente, dizendo-me ontem mesmo: *Há outras coisas por aí. E eu quero experimentar tudo. Não é assim que deveria ser?* E... *Eu parti minha cota de corações.*

Rory faz uma careta, e ela dá um salto para a frente para pegar minhas mãos, apertando-as com força.

— Eu sinto muito. Depois de tudo que aconteceu com Larry, eu esqueci completamente, mas, tipo, achei que você deveria saber. Acho... acho que eu iria querer saber. Então, droga. Não sei, eu só... Será que foi a coisa certa? Sinto muito.

Balanço a cabeça, sentindo minha pele dormente. Foi por isso que ele me perguntou sobre Rory antes... não por causa da queda, mas porque ele queria saber se ela tinha me contado o que ela ouviu. E me beijou antes de nos sentarmos para conversar, então talvez seja mesmo mais uma conexão física, da parte dele...

Talvez nem haja conexão, e realmente era coisa da minha cabeça que ele estava flertando comigo. Talvez eu simplesmente tivesse aparecido, me jogando para cima dele, e ele achou que poderia aproveitar para se divertir um pouco, já que eu estava tão disposta a curtir. Eu até *disse* a ele que estava procurando me divertir. "Me soltar."

Ele estava zombando de mim esse tempo todo?

É. Aposto que deve ser hilário. A simples e comum Jodie, agindo como se fosse muito especial, como se fosse *claro* que seria por mim que ele se interessaria.

— Eu...

Preciso de ar fresco. É impossível respirar: o cheiro de perfume no quarto está me sufocando, e o peso da empatia das meninas é demais para suportar.

— Querida, eu sinto muito — diz Luna, aproximando-se com os olhos arregalados, triste, e *não, eu também não consigo suportar isso*. — Mesmo que vocês estejam só ficando, ele não devia ter dito essas coisas. Que *babaca*.

— Bem, você saberia — falo, ainda vacilando.

— O quê?

— Liam não era nenhum santinho, era? Nossa, hum... Certo. Beleza, eu... Eu vou... vou pegar umas bebidas para nós. Volto em alguns minutos, tá bem? Não vai *mesmo* demorar.

Nenhuma delas tenta me impedir desta vez quando saio e engulo as lágrimas.

ᔓ

Gabriel não está em lugar nenhum. Mas não sei se é uma coisa boa.

Ainda são oito da noite, então é provável que muitos hóspedes ainda estejam jantando... mas acho que não tem nenhuma atividade no salão do hotel agora, porque o bar da praia está *lotado*. Aguardo por um tempo numa fila para chegar perto o suficiente do bar, apoiar os cotovelos no balcão e me debruçar.

Uma funcionária com um rabo de cavalo arrumado está servindo e me entrega duas garrafas de vinho branco. Quando digo que não, não preciso de taças, ela ergue as sobrancelhas, estranhando e parecendo pronta para me perguntar se eu gostaria de um canudo, então.

— *Gracias* — murmuro e pego as garrafas geladas e suadas, abaixando a cabeça para sair.

Ainda bem que Gabriel não estava lá. Eu não ia querer chorar na frente de todo mundo, e nem sei ao certo o que diria, de qualquer modo. Nunca gostei de alguém o suficiente para as coisas se enrolarem ao ponto de eu ter que *terminar*. Devia ter pedido um conselho para Luna sobre como ter aquela conversa antes de sair, mas pelo jeito não vou precisar. Talvez eu possa só evitá-lo pelo restante das férias e depois enterrar meu constrangimento pelo resto da vida.

Desvio da multidão ao redor do bar. A música está mais alta hoje, e as pessoas estão em pé, dançando, conversando alto, rindo e se divertindo muito.

Olha só para essa gente, penso, irritada. Sem preocupação alguma. Não se importam em serem apenas mais uma garota solitária na cota de corações partidos de um garoto lindo, adorável e charmoso, porque se deixaram levar a tentar ser algo que não são, ocupados demais tentando se divertir para serem *espertinhos*.

— Jodie!

Não. Não, eu não vou nem *pensar* nele. Ele não merece esse esforço. Em vez disso, vou pensar em como espero que a balada seja tudo o que queremos que seja; que a boate seja tão boa quanto Zoe, a representante do Clube Infantil, disse a Rory, e que Luna aproveite, já que ela pareceu tão relutante ontem quando Rory sugeriu a noite das garotas, e espero que Rory não fique pensando muito sobre o que aconteceu mais cedo.

Nós quatro vamos nos divertir muito, livres de terríveis ex-namorados, graduações que não queremos fazer e de tudo que estávamos fugindo quando viemos para cá. Vamos tomar drinques, dançar, dar risada, e talvez haja outro garoto tão bonito quanto Gabriel que eu possa beijar para tirá-lo da cabeça, e vamos ter uma noite tão boa que isso nem vai importar.

Não consigo me lembrar da última vez que eu saí de verdade. Com certeza não saio desde antes das provas. Estou *desesperada* por isso de uma forma que não esperava. Minha avó sempre diz que eu deveria sair e me divertir, e minha mãe já tentou mais de uma vez me arrastar para um bar quando vou passar o fim de semana em casa... mas isso sempre pareceu ainda mais triste do que *não* sair.

— Jodie!

Não dá mais para ignorar. Eu viro, e juro que meu coração para por um segundo ao ver Gabriel logo atrás de mim, desviando dos *tortolitos* — que realmente estão parecendo pombinhos esta noite... Estão dançando. E Linda está *sorrindo*, para variar. Esse detox digital pelo menos está fazendo bem para alguém.

Sinto meu coração afundar feito pedra.

Quem eu estava enganando? Esse não é um romance épico e turbulento que pode dar em alguma coisa.

Gabriel afasta o cabelo do rosto. Ele está com um pano pendurado no ombro. As mangas da camisa estão arregaçadas até acima dos cotovelos, e imagino que ele deve fazer isso de propósito... deve saber *muito bem* que fica bonito assim. Os olhos dele se alternam entre meu rosto e as garrafas de vinho em minha mão.

— Você vai... ficar no quarto hoje?

Não que eu deva alguma explicação, mas há uma pequena parte de mim que se vinga ao ver como ele parece decepcionado. *Ótimo, então somos dois.* Levanto o queixo.

— É para fazermos um esquenta — explico. — Eu e as garotas vamos sair. Para uma balada.

— Ah... — diz ele, erguendo as sobrancelhas e dando um sorrisinho. — Deve ser a noite das garotas que Zoe mencionou. Vocês vão na Alto, *sí?* Acho que vão gostar de lá. Os turistas adoram.

Meu peito fica apertado, e eu não consigo deixar de me perguntar...

— Ah, sério? É lá que você vai para ficar com outras garotas tristes e solitárias que estão procurando um pouco de diversão?

Droga. Droga, eu *não* queria dizer isso em voz alta. Não mesmo.

Ele recua. Os olhos castanhos que eu achava tão adoráveis ficam arregalados e parecem culpados, e nem tento retirar o que falei. É um olhar que me diz que a lembrança vívida de Rory sobre tudo o que ela ouviu é verdade.

— Sei que eu disse que estava procurando um pouco de diversão — continuo —, mas isso não significa que quero que alguém me veja como se eu fosse descartável. Não significa que *você* pode ficar se achando e deixar óbvio que não passo de mais uma que vai para sua cama.

— Jodie...

Mas é isso, é tudo o que ele diz. Não escuto um "Desculpa, *corazón*, não sei do que você está falando", nem "Não, você entendeu errado, eu não estava falando sobre a gente". Ele fica em silêncio, sem defesa, sem palavras.

Engolindo o nó em minha garganta, junto o que me resta de dignidade e falo:

— Só para sua informação, *você* também não significou nada para *mim*. Talvez eu encontre outro cara hoje que consiga ver que eu *valho a pena*.

Gabriel se contrai.

— Jodie, *corazón*...

Mas o carinho só me faz recuar, indignada. Não acredito que me apaixonei por ele. Ainda mais porque ele *avisou* que já havia partido corações...

Nossa, eu fui tão *idiota*.

Ele tenta me alcançar, mas puxo os braços, evitando aquele toque que eu tinha começado a desejar tanto. Lanço a ele o olhar mais desdenhoso que consigo — o que não é exatamente difícil, já que estou tão decepcionada comigo mesma — e saio sem dizer mais nada.

⁓

Estamos nas últimas taças de vinho, todas já levemente bêbadas e arrumadas, prontas para sair. Depois de uma rápida conversa com as garotas, estou pronta para empurrar Gabriel para o fundo da minha mente e me concentrar apenas em me *divertir*.

Meu vestido preto é mais curto e mais justo do que me lembro, mas percebo que não me importo.

Rory, é claro, está glamorosa sem se esforçar, com seu cabelo loiro e ondulado de praia solto, uma blusa de alcinha branca e short preto de cintura alta com quatro grandes botões dourados. Pareceria casual, não fosse pela pulseira grossa de madeira, o colar longo e os saltos altíssimos. Ela está mais alta do que nós. Luna parece *minúscula* ao lado dela.

Luna foi a que mais demorou para ficar pronta, criticando todas as roupas, mesmo depois de sua primeira taça de vinho. Por fim a convencemos a escolher um vestido floral amarelo-ouro que ela trouxe, e Rory a ajuda com os acessórios, escolhendo bijuterias para ela e prendendo parte de seu cabelo preto em tranças fofas para emoldurar seu rosto.

Rory tenta melhorar meu rabo de cavalo, buscando afofá-lo na frente, mas eu a afasto, sentindo-me muito como uma criança de doze anos brincando de fantasia. Não tenho muita autoestima em relação ao meu corpo, mas estou *confiante* nesse vestido; não preciso me sentir mais insegura me preocupando com cabelo ou maquiagem.

A única coisa que pode melhorar a noite é um pouco de música. Uma playlist cafona no Spotify, ou mesmo um CD com um compilado de músicas, como minha mãe tem no carro. Mas, por outro lado, quem precisa de fones e Spotify para ouvir música? Praticamente nos transformamos em Donna and the Dynamos de *Mamma Mia*.

Luna, depois de três taças de vinho, está pulando entre a cozinha e a sala com os braços para cima e balançando a cabeça, gritando a letra de uma música de Dua Lipa. Não consigo adivinhar qual — Luna desafina e improvisa metade da letra quando não consegue se lembrar dos versos, mas seu entusiasmo mais do que compensa.

Rory esquece que está segurando a taça, joga os braços para cima e começa a rebolar, derramando um pouco de vinho no chão.

— Ah, droga! — exclama Luna, começando a rir. — Ainda bem que é vinho branco, ou Esteban te mandaria a conta da limpeza!

— Nem brinca — resmunga Rory, balançando a cabeça e colocando as mãos perto das orelhas, como se pudesse bloquear até o pensamento. — Nada de Esteban, nada de Larry, a Lagosta, nada de quartos inundados, nada dessas coisas. Hoje nós vamos nos soltar! Sabem por quê?

E ela começa uma versão desafinada e estridente de "Stronger", da Kelly Clarkson.

Por mais perfeita que Rory pareça, ela canta extremamente mal.

Não que isso importe, mas com certeza sou a mais afinada de nós três.

Quando chega a hora de sair, os ânimos estão elevados, estamos rindo e sorrindo de uma forma que tem mais a ver com a nossa amizade do que com o quanto bebemos. Pegamos nossas bolsas, calçamos os sapatos e saltitamos para a frente do hotel de braços dados.

Rory tropeça quase logo depois de passar pela porta. Ela quase me derruba junto com ela, como peças de dominó, e eu dou um grito.

Mesmo um pouco bêbada, Luna age como uma mãezona, perguntando:

— Tem certeza de que consegue andar com esses saltos?

— É a areia — resmunga ela, e os tira, pendurando-os em um dedo para carregá-los até chegarmos ao hotel.

Quando chegamos à recepção, sinto Luna tensa ao meu lado.

— Lá vamos nós — murmura ela por entre os dentes, as palavras tensas como se ela estivesse se preparando para ser atingida na cara por uma frigideira.

Acompanho seu olhar e entendo o porquê. Nosso querido amigo, Esteban Alejandro Alvarez, está saindo de trás do balcão para nos bloquear, torcendo o bigode nas pontas.

— Ah, garotas, *buenas noches*. Srta. Rory, podemos dar uma palavrinha?

Rory paralisa ao meu lado, mas *de jeito nenhum* vou deixar Esteban estragar nossa noite. Preciso muito disso.

— Agora não, Esteban — intervenho, segurando mais firme no braço das garotas e erguendo a cabeça. — Temos lugares para ir, pessoas para ver! Tenha uma noite *muy buena*!

Ele gagueja atrás de nós, mas eu puxo as duas. Rory está ansiosa para se afastar dele antes que leve a culpa por riscar o piso da recepção com seus saltos ou algo tão ridículo quanto isso, mas percebo que Luna está hesitante.

A garota que estava com as crianças na piscina hoje cedo, Zoe, está esperando por nós perto de um táxi onde o ônibus nos deixou no primeiro dia. Ela está usando uma jardineira jeans, uma camiseta branca e tênis surrados, parecendo mais despojada do que a gente. Ela fica na ponta dos pés e acena para nós nos aproximarmos, com um grande sorriso no rosto redondo.

— Estão prontas?

— Mais do que prontas — responde Rory.

Entramos no táxi. Zoe senta na frente e eu acabo ficando no meio do banco traseiro. O cinto de segurança está quebrado. A janela de Rory está aberta, e quando ela tenta fechá-la, ela emperra. O táxi tem cheiro de fumaça, e não do tipo que sai de cigarros comuns.

Luna deve ter notado, porque faz uma careta. Resolvo não comentar nada.

Quando o táxi sai, Zoe se vira e Rory se inclina para a frente e aponta para nós.

— Esta e Jodie e esta é Luna. Meninas, esta é Zoe.

— É, nós meio que nos conhecemos na piscina mais cedo — diz Luna, com uma expressão estranha.

Talvez não esteja se sentindo muito bem. Talvez tenha bebido muito. Ou talvez seja o camarão que comeu no jantar. Ou o cheiro de maconha. Talvez seja apenas o fato de termos ignorado Esteban, e ela é muito certinha com regras.

Seja o que for, faço uma anotação mental de me lembrar de dar um pouco de água para ela quando chegarmos na balada.

Mas Zoe já está conversando com Rory:

— Você está bem, depois do que aconteceu na piscina? Você se machucou?

— Não estou com nenhum arranhão — responde Rory, indiferente de uma forma que certamente não estava mais cedo.

Rio comigo mesma, mas não chamo a atenção dela por isso.

— Estou bem — acrescenta Rory. — Quer dizer... estou completamente humilhada, mas bem.

Zoe assente em solidariedade, e depois me questiona:

— E você é a garota que gosta do Gabe, certo?

Sinto um arrepio por ela o ter chamado de *Gabe*, o que é tão bobo, e me pergunto se ele contou a ela sobre a garota desmazelada e esquisita que se jogou para cima dele. Por mais legal que Rory tenha feito Zoe parecer, eu realmente não quero falar disso com ela e relembrar tudo.

— Parece que Rory andou fofocando sobre mim — digo, tentando manter a voz leve —, o que ela jurou que não tinha feito. Mas, sim, eu acho. Sou eu.

O sorriso de Zoe desaparece, mas logo ela já está conversando toda animada (principalmente com Rory) sobre o resto do dia com as crianças e como ela havia contado tudo a Esteban. Ela diz que o gerente lamentou ouvir o que aconteceu e que algumas das crianças ficaram *muito* chateadas com tudo...

Quando chegamos à balada, o efeito do vinho já está passando um pouco, e tenho quase certeza de que Luna está aborrecida. Mas quando a cutuco e discretamente pergunto se ela está bem, Luna apenas sussurra:

— Sobre o que você acha que Esteban queria falar com ela?

— Não sei e não estou nem aí — falo, baixinho, não querendo que Rory escutasse e entrasse em pânico.

Rory já é uma bêbada confusa do jeito que está. Eu me preocupo com o que Esteban quer falar, mas, seja o que for, podemos lidar com isso amanhã. Com sorte, ele só quer se desculpar, e não aterrorizar mais a coitada. Luna faz um biquinho, mas não insiste.

A noite de hoje é para ser *divertida*. E estou determinada a garantir que seja.

CAPÍTULO VINTE E CINCO
LUNA

Ou fiquei chapada por causa do cheiro de maconha no táxi ou estou enlouquecendo, porque tenho certeza de que Zoe é *igualzinha* à garota da foto no Instagram de Liam que vi de relance no celular de Gabriel (e cuja foto antiga eu curti sem querer). Não tem nada a ver com a garota que vi perto da piscina antes, ou com aquele garoto que tinha o corpo e a cor de cabelo iguais ao de Liam. Até onde consigo me lembrar do que vi, a semelhança é *impressionante*.

Sei que Liam tem um tipo de garota: baixinha e curvilínea. Como eu. Como Zoe.

E ele veio para Maiorca em uma viagem com os amigos no ano passado. Não lembro o nome do hotel, mas acho que era perto daqui. Eu me lembro de ter visto algumas garotas que trabalhavam no hotel nas fotos das férias dele. Estou quebrando a cabeça, tentando pensar se Zoe se parecia com alguma delas.

Ela está conversando com Jodie sobre Gabriel, sem saber da confusão em que está se metendo, mas Jodie diz a ela que só queria se divertir um pouco quando o convidou para aquele encontro. Ela age como se já tivesse superado Gabriel, muito despreocupada. Eu me pergunto se ela está sendo sincera, e penso que talvez tenha sido o choque de saber as coisas que ele havia dito que fez com que Jodie parecesse tão magoada mais cedo.

Zoe dá uma piscadinha para ela.

— Não posso dizer que te culpo — retruca ela. — Não há nada como um bom romance de férias, não é? Mas namorar a distância também pode ser *muito* fofo. Acabei de começar uma coisinha com alguém na Inglaterra, mas não sei. Ainda está muito no começo! Vamos ver como vai se desenrolar. Ele acabou de sair de um relacionamento longo, mas parece que eles já tinham terminado há *tempos*.

As palavras são como um tapa na cara. Estou louca para enchê-la de perguntas sobre esse garoto e a ex dele, só para ver se de fato *poderia* ser Liam, mas talvez seja melhor ir com calma. Se ela *for* a garota da foto, se "alguém na Inglaterra" for ele... não quero que ela ache que sou uma ex ciumenta e maluca e que isso chegue até Liam.

— Então, há quanto tempo você trabalha no hotel? — pergunto enquanto caminhamos do ponto em que o táxi nos deixou até a balada.

— Faz alguns anos — diz ela.

— Você trabalhou em algum outro lugar antes do Casa Dorada?

Zoe ri.

— Como você acha que entrei nessa? — retrucou.

— De onde você é?

Parece que estou interrogando a garota, mas não consigo evitar. É como se eu tivesse perdido a capacidade de ter uma conversa de verdade — e, pelo jeito, perdi a capacidade de *fingir* isso também. Se Zoe acha que eu pareço ter perdido o juízo, ela só desconsidera, como se fosse culpa da bebida.

— Manchester. Eu faço faculdade lá também.

— Eu sou de Manchester.

— É? — pergunta ela, animada.

Zoe fala sobre a cidade e me faz lutar para acompanhar a conversa, mas ainda estou ocupada tentando pensar em uma forma de perguntar a ela sobre Liam. (Se ao menos eu conseguisse lembrar o nome do hotel em que ele ficou na viagem que fez com os amigos...)

Mas, mesmo meio bêbada, sei que não tem como perguntar isso sem parecer uma *stalker* obcecada pelo ex, e com ciúmes de sua possível nova namorada.

O que eu realmente *não sou*, digo a mim mesma, mas não tenho tanta certeza assim.

Ah, a quem estou enganando? Estou com ciúmes, sim. Mas não dela. Ou seja lá quem for a garota que Liam está abraçando na foto. Estou com ciúmes *dele*, por ter superado tão rápido.

Estou com ciúmes porque parece que a vida dele, de alguma forma, continua ordenada, mas estou me agarrando ao que sobrou da minha, e quanto mais penso nisso, menos parece que há algo em que me apoiar, e eu só quero de volta o que tinha antes. Porque, se perdi Liam... perdi também aquele futuro juntos com o qual achei que *ambos* sonhávamos. Perdi muito mais do que meu namorado. Perdi os amigos em comum, e um ano inteiro da faculdade tentando agradar outras pessoas que nem me queriam por perto, e boa parte de minha dignidade.

Só espero que esta noite não seja uma repetição daquilo tudo.

Logo, paramos em frente a uma placa antiga de neon que diz ALTO, de onde música alta escapa por portas escuras. Paramos de conversar para procurar na bolsa alguns euros para pagar a entrada, e fico para trás no grupo, Zoe liderando o caminho até o bar.

Rory paga para todas uma rodada de shots. Eles são de um verde brilhante.

— ¡*Salud!* — grita mais alto do que a música e nós viramos os shots.

O lugar não está exatamente lotado, mas está bem cheio. A Alto fica num prédio comprido e estreito, com uma cabine com DJ no fundo e um andar superior que parece mais uma sacada glorificada do que outra coisa, repleta de mesas com sofás viradas para nós.

Pelo menos não é uma cena muito terrível; eu imaginava a gente chegando em um lugar vazio e duvidoso, como algo saído do filme *The Inbetweeners*, que meu irmão adora.

Zoe nos promete que fica melhor mais tarde. Não me importo tanto com essa atmosfera mais calma — na verdade, tem mais a ver comigo.

Jodie disse que Gabriel mencionou que os turistas adoram esse lugar, e dá para ver que ele tinha razão. Tem uma despedida de solteira em uma mesa no canto, e as mulheres se espalharam pela pista de dança com boás de plumas e colares baratos de contas cor-de-rosa esvoaçando ao redor. Há grupos de jovens que parecem estar comemorando a formatura, com camisetas combinando, que aparentam ser inofensivos em comparação com as mulheres da despedida de solteira, e meia dúzia de homens de terno que bebem litros de cerveja e ficam se provocando. Acho que há algumas pessoas que moram por aqui também, mas são minoria.

Estou bebendo uma limonada com vodca rápido demais: seguro o canudo entre os dentes, bebendo sem parar enquanto as outras conversam com animação, esperando Zoe dizer alguma coisa que confirme ou contradiga minhas suspeitas, ou que me ocorra uma boa pergunta.

Bem, ela não pode ser a garota da foto. Não pode ser. E se *for*...

Termino a bebida primeiro, mas Rory não fica muito atrás.

— Mais uma? — pergunto.

Ela assente e nós olhamos para as outras duas. Elas não estão nem na metade de suas bebidas e fazem sinal para nós irmos, Jodie falando alto e bruscamente sobre estar a fim de dar uns beijos e perguntando se Zoe não acha aquele garoto ali, de bermuda cáqui, bonitinho.

— E o Gabriel? Achei que vocês esta... — começa Zoe.

— Eu também achei — interrompe Jodie. — Então, o que acha, devo ir até lá falar com ele?

Deixamos as duas conversando. Jodie me cortou quando tentei falar com ela sobre a história com Gabriel mais cedo, e Rory parece querer fugir dessa conversa, provavelmente ainda se sentindo culpada por ter revelado tudo.

Não que seja culpa dela Gabriel ter dito aquilo. E se Zoe *for mesmo* a garota da foto de Liam, isso também não é culpa de Rory.

— Você está bem? — pergunta Rory quando chegamos ao bar. Ela tem que berrar por causa da música.

Eu deveria lhe dizer que sim, estou bem.

Mas tudo está um pouco fora de foco e um pouco intenso demais — e muito barulhento, e estou com muito calor por conta de toda a agitação.

— Acho que Zoe está saindo com Liam — grito de volta.
Rory franze o cenho.
— O quê?
— Acho que Zoe está saindo com Liam — repito.
— Seu Liam? O ex-namorado? Da Inglaterra? Aquele com os tênis e o colar de conchas?
— Bem, eu não estou falando do Liam Hemsworth, né?
Rory parece confusa. Ela alterna o peso entre os pés, um cotovelo no balcão grudento do bar.
— Tem certeza?
— Ela parece a garota da foto que eu vi no celular do Gabriel. A que Liam estava abraçando. E ele veio passar as férias por aqui no ano passado. Acho que ela trabalhou no hotel que ele estava hospedado. Além disso, ela é de Manchester. Se ela estava lá quando ele voltou da faculdade para casa, talvez...

Em vez de me dizer que perdi a noção, Rory apenas olha para Zoe, franzindo a testa e pensando por um tempo.

— Não, a menina daquela foto era mais magra, não era? E Zoe tem uma tatuagem no pulso. Eu vi. Nós lembraríamos de uma tatuagem, não lembraríamos? Ainda mais uma em japonês, como a dela. Teríamos falado mal, tipo que apostávamos que estava escrito "abóbora" em vez de "harmonia", ou algo assim.

— Ah.
— A menina da foto tinha tatuagem? — pergunta ela.
— Acho que não.
— Além disso, tenho quase certeza de que Zoe esteve aqui a semana toda, trabalhando com as crianças. Acho que ela teria mencionado se tivesse estado em um bar na Inglaterra, flertando com alguém, alguns dias atrás.

— Ah, porque vocês são *tão* amigas... — comento.
— O que isso quer dizer?

Não sei. E também não sei por que soou tão grosseiro.

Mas olho para Zoe, que está relaxada e se divertindo muito com a gente. Com totais estranhas. Ela é a vida e a alma da festa. Espontânea. *Divertida*. Todas as coisas que eu... que eu *não sou*.

E não importa se ela é a garota que estava com Liam na foto. O fato de ela ser mais o tipo dele do que eu fui no último ano é suficiente.

Então ignoro Rory e me debruço sobre o balcão, fazendo sinal para o bartender.

— Queremos duas limonadas com vodca, por favor. Doses duplas!

— Tem certeza de que você está bem? — pergunta Rory.

Em vez de confirmar, o que sai da minha boca é:

— Por que você convidou ela, afinal?

Surpresa, Rory pisca com os olhos castanhos irritantemente arregalados, os lábios fazendo biquinho e um pouco entreabertos. Uma expressão inocente. Aposto que foi essa cara que fez as irmãs dela a mandarem de férias, e que elas sempre resolvem os problemas de Rory.

— Ela sugeriu esse lugar quando eu disse que talvez sair daquele lugar horroroso não fosse má ideia — explica. — Não dava para *não* a convidar, dava? Além disso, ela é muito legal. Achei que vocês iam gostar dela também.

Mais uma vez, penso naquela lista que encontrei no caderno de Rory, e nas poucas vezes em que ela e Jodie foram meio grosseiras comigo, o medo de eu ter grudado nelas e só estar atrapalhando. E penso nos grupos do WhatsApp que parecem ter desaparecido pouco a pouco nas últimas semanas, desde o meu término... no último *ano*, desde que eu saí de casa e iniciei essa nova fase da minha vida.

Chata, você é tão chata que ninguém te quer por perto. Liam não ficou triste de ver você partir, ficou? Não, se partiu para outra tão rápido. E seus "amigos" também devem ter pensado "já vai tarde".

— Acho que devo ficar grata por você ter se dado ao trabalho de *me* convidar, então — retruco, pagando por nossas bebidas.

— Srta. Lola — repreende ela —, você está sendo muito estranha. O que eu fiz para te deixar tão irritada?

— Nada. Eu *não estou* irritada.

— Mas parece.

— Não estou! — grito, enfurecida. — Pode deixar isso para lá?

— Não! Você está gritando comigo e sendo grosseira sem motivo. Qual o motivo? Só porque eu disse que Zoe não é a garota da foto? Você não gosta dela, então?

Escolhendo lados, ela está escolhendo um lado. Rory também não quer escolher você. Ninguém quer.

— Ah, cala a boca, Rory. Sabe, você nem teria conhecido ela se não tivesse deixado Esteban te manipular daquele jeito, e se não tivesse sido tão burra, tão irresponsável...

— O quê?

— O que está acontecendo, gente? — pergunta Jodie, se aproximando.

— Luna está sendo escrota, é isso — declara Rory, fazendo cara feia para mim.

Ela estreitou os olhos, o traço acentuado de seu delineador aumentando a severidade de seu olhar. Rory cruza os braços, tamborilando os dedos longos no antebraço, apoiando todo o peso em um dos pés e levando o quadril para um lado. Odeio o fato de ela ser tão alta, ainda mais com aqueles saltos. Combinado com a expressão dela, me faz sentir com cinco centímetros de altura. Ela parece arrogante e irritada, e suas bochechas estão coradas por causa da bebida.

Jodie alterna o olhar entre nós duas, desnorteada, mas não a culpo.

Também não faço ideia do que está acontecendo, mas não consigo me conter. Todo o ressentimento do que aconteceu com Liam, toda a estranheza em relação à distância de meus velhos amigos e o estresse dessa semana de repente começaram a falar mais alto, ainda que eu tenha tentado reprimi-los nos últimos tempos, não querendo ter que confrontá-los caso doesse ainda mais. Isso me atravessa como um tornado, rasgando e engolindo meus pensamentos racionais, todas as risadas que as garotas e eu trocamos esta semana. Cruzo os braços também, mas acho que não chego aos pés de Rory em termos de intimidação.

Jodie coloca a mão no meu ombro.

— Luna? O que está acontecendo?

Eu me esquivo do toque, achando a gentileza tão falsa quanto sua indiferença à implosão do romance de verão com Gabriel depois que ela me afastou mais cedo. Jodie *disse* no carro que não se importava com o motivo de Esteban querer falar com Rory. Talvez de fato não se importe e nós sejamos apenas distrações, assim como Gabriel.

— Isso tudo tem a ver com o Liam? — pergunta Rory, revirando os olhos. Para Jodie, ela acrescenta: — Ela acha que *Zoe* é a garota das fotos dele. Onde já se viu? Pelo amor de Deus, Luna, se *controla*. Foi você que terminou com ele! E pelo que você disse, ele é um idiota mesmo!

— Você não sabe a história toda — rebato.

— Me deixe adivinhar — intervém Jodie —, ele era *tão* perfeito, e *tão* ótimo, e vocês estavam *tão* apaixonados. Pois é, você falou. E também contou que ele te traiu. O que, sinceramente, não me deixa surpresa.

Eu me encolho.

Algo muda no rosto de Jodie ao ver minha reação, mas eu digo:

— E como você saberia? Você estava tão *solitária* e desesperada por qualquer tipo de romance que se jogou no primeiro garoto que olhou duas vezes! Você acha que *eu* não paro de falar de Liam? Nós passamos quatro anos juntos: é claro que vou falar! Mas você conhece Gabriel há alguns dias e parece que só falamos sobre isso essa semana, de você e daquele maldito bartender! Você não passaria no teste de Bechdel desse jeito.

— Hum, você pareceu participar daquelas conversas também. Você *me encorajou*, se eu bem me lembro — retruca Jodie, e endireita os ombros ao se aprumar, fazendo cara feia para mim. — E isso é ótimo vindo de você. Você está agindo como a garota propaganda das *solitárias e desesperadas*!

Você grudou nessas garotas, mas elas não te querem por perto, e sabem que você tem muito medo de ficar sozinha.

Antes que eu possa argumentar, Rory entra bem na frente de Jodie, interrompendo nossa discussão. De repente, estou de volta ao caminho de autodestruição que estabeleci com Rory.

— Você está *errada*, sabia? Sobre mim. Não sou burra — declara ela. — E não deixei o Esteban me manipular. Não me diga que sou irresponsável quando eu estava *tentando* assumir a responsabilidade.

— Então isso também estava em sua lista de coisas para fazer nas férias? — explodo, já muito fora de mim para pensar no que estou dizendo.

Rory se espanta, boquiaberta, e seus braços caem ao lado do corpo. Ela parece encolher, mas eu não me sinto mais alta.

— O que você disse?

— Foi só por isso que você se deu ao trabalho de falar com a gente? Para poder, sei lá, escrever um post sobre isso em um blog? Colocar no seu TikTok? Somos uma história divertida em seu estilo de vida de influencer? Tentar *parecer* uma pessoa melhor não *faz* de você uma pessoa melhor, sabia? E agir como se fôssemos amigas para poder riscar isso de sua lista não significa que somos *realmente* amigas.

— Que lista? — questiona Jodie.

Mas nós duas a ignoramos.

— Você leu meu caderno — acusa Rory, furiosa, tremendo, pálida, apesar do rubor do álcool e de sua maquiagem.

Estou possessa. Tomada por alguma coisa… alguém… que não reconheço. Alguém que não é pequeno, nem quieto, nem chato… Alguém terrível e grosseiro.

Alguém que olha feio para Rory e fala:

— O que nós somos, então? Um projetinho? Uma massagem no seu ego? Seu fã-clube, agora que você não tem todos os seus seguidores on-line para te fazerem se sentir importante? Para não ter que sentir que *fracassou* nisso também, e possa ir para casa e provar para sua família que *não é* uma decepção?

Há uma curta pausa e ela engole em seco.

— Dá para ver por que Liam e você não deram certo — resmunga.

As palavras me atingem em cheio.

— Pelo menos não vivo para agradar as pessoas — solto, antes de poder me conter —, nem estou ocupada demais fingindo na internet para realmente lidar com meus problemas do mundo real! — grito.

— Você é tão controladora, condescendente e... — E então Rory se afasta um pouco. — Quer saber, Luna? Vai se ferrar.

Olho para Jodie, mas ela está ocupada demais bufando e balançando a cabeça, bebendo seu drinque com raiva. Ela vira as costas para mim, acho que já voltando a procurar na pista de dança o cara com quem quer ficar. Avisto Zoe não muito longe — perto o bastante para ouvir, mas não o suficiente para ter que se envolver. Ela desvia os olhos quando me vê.

Engulo o resto de minha bebida e bato o copo no balcão do bar antes de sair, nervosa.

Elas já vão tarde.

Caminho o bastante pela rua para tentar encontrar um táxi vazio para me levar de volta para o hotel, aquele furacão dentro de mim desaparecendo, me deixando vazia e sem fôlego, e eu irrompo em lágrimas.

CAPÍTULO VINTE E SEIS
RORY

A pior parte é que Luna tinha razão. Não sobre tratar as garotas como um projeto para ganhar curtidas e engajamento... Eu *vivo* para agradar os outros. Não é por isso que estou aqui, para que minha família pare de se preocupar comigo? Não foi por isso que concordei em estudar Direito, mesmo não tendo nenhum interesse no curso, e escondi deles o quanto estava me esforçando com minha arte quando eles acharam que sempre seria apenas um passatempo? Droga, com certeza foi por isso que me ofereci tão rápido para o Clube Infantil, para tirar Esteban do meu pé.

É uma percepção nítida e preocupante que me dá um aperto no coração.

Mesmo assim... Isso não a faz ser menos culpada por xeretar minhas coisas *nem* por ser tão horrível com a gente.

Embora, de certo modo, ela provavelmente tenha o direito de estar zangada comigo, porque sou responsável por estragar as férias dela e de Jodie. Se não fosse por mim, nós não teríamos sido expulsas para aquela *villa*, que parece mais uma ruína dilapidada na praia.

Mas não tenho ideia de por que Luna de repente está descontando em nós desse jeito. Eu *tentei* perguntar o que estava acontecendo e se ela estava bem, mas Luna virou uma fera. Se ela quer ser babaca, ora, tudo bem. *Ela plantou*, penso com amargura. *Então pode muito bem colher.*

Quando ela sai, nervosa, o espírito de briga me abandona e eu olho para Jodie, sentindo um peso no estômago. Algo parecido com preocupação surge em seu rosto, encobrindo a raiva que estava ali um instante atrás, e seus olhos seguem Luna porta afora.

Já saí sozinha de muitas festas antes. Alguém sempre foi atrás de mim, mesmo quando eu estava muito mal e isso significava ter que lidar comigo antes de poder voltar para aproveitar a noite. Nunca entendi por que se deram ao trabalho, até agora: não parece certo deixar Luna, bêbada, chateada e irritada como está, sair de noite e nesse lugar estranho sozinha. Ainda mais sem celular.

— Não deveríamos deixar ela voltar sozinha — digo.

Jodie concorda, já deixando a bebida de lado.

— O que foi tudo aquilo? — murmura ela. — Ela não estava falando sério sobre achar que Zoe tem alguma coisa com o ex dela, né? E aquilo sobre a lista...

Mas Jodie para quando alguém agarra meu braço e me vira. É uma mulher magra de trinta e poucos anos com um boá de plumas tão claro que é quase fluorescente enrolado no pescoço.

Antes de conseguir questionar o que ela acha que está fazendo, a estranha grita, toda alegre:

— Ai, meu Deus! Kells, você estava certa! É ela!

— O quê? — pergunto.

Por um segundo delirante, penso: *talvez ela seja uma seguidora.*

E então a mulher que está na despedida de solteira ri e pega um celular, posando ao meu lado com um bico de pato e dizendo:

— Acho que você não está com a cabeça de lagosta aí, está, querida?

Sinto um tremor descer por minha espinha e fico paralisada.

Não consigo nem me empolgar de ver um celular.

— A... o quê?

— É você, não é? A garota lagosta? Da *#FracassoDaLagosta?* — Ela abaixa o celular para fazer o sinal da hashtag com os dedos e parece decepcionada por um momento. — Eu poderia jurar que era você.

— Fracasso da lagosta? — indaga Jodie.

Só consigo ficar boquiaberta, horrorizada com a mulher. Algumas de suas amigas se aproximaram, e Zoe também. (Ela ficou distante durante a briga com Luna, e eu não podia culpá-la nem um pouco por isso.)

— Ai, caramba! — exclama a mulher, pegando agora no ombro de Jodie com seus dedos finos. — Vocês não viram? *Todo mundo* já viu. Estava no *BuzzFeed*. Viralizou no Twitter e no TikTok. Até a minha *mãe* viu.

Antes que Jodie ou eu possamos responder, e antes que eu possa me beliscar para ver se isso não passa de um pesadelo terrível, a amiga da mulher está empurrando o celular na nossa direção com um vídeo do TikTok já sendo reproduzido na tela.

Os últimos dias se arrastaram sem celular, mas não era assim que eu queria colocar as mãos em um.

As quatro mulheres da despedida de solteira estão discutindo entre elas (deve ser eu, elas têm certeza, mas não, talvez a garota do vídeo tivesse o cabelo mais escuro? Ela podia ser um pouco ruiva. Se fosse eu, não estaria por aí em público, então não pode ser eu, sou bonita demais para ser a Garota Lagosta...)

Jodie pega o celular e nos debruçamos sobre ele juntas.

Ela clica na tela e assistimos ao horror se desenrolar.

Parece pior na filmagem, eu acho. A forma como me agito quando a criança me empurra é cartunesca. A piscina nem é tão funda, então dá para ver eu me debatendo loucamente dentro da fantasia enquanto todo mundo olha, rindo. Quando me arrasto para fora da água, a câmera pega uma tomada nítida de minha bermuda rasgando e depois vai para o meu rosto, dando zoom: eu pareço um gato afogado. Dá meio para ver Jodie e Luna tentando falar comigo e cuidar de mim, mas então eu faço menção de voltar para a piscina e elas me puxam.

Por fim, a câmera volta para a piscina, focando na cabeça de Larry afundando completamente por alguns segundos, até que a tela fica preta e o vídeo termina.

Sinto o olhar de Jodie em mim, então continuo encarando o celular.

Pego-o da mão dela para ver melhor.

#FracassoDaLagosta no Resort Casa Dorada — criança empurra garota lagosta na piscina (repostado do Youtube) está com mais de 200 mil visualizações. Há centenas de comentários. Dezenas de milhares de curtidas.

— *É* ela! Eu te disse. Olha só!

Um outro celular é empurrado na minha cara. Sem pensar, pego o aparelho e olho para a tela, com Jodie espiando sobre meu ombro.

É meu Instagram.

Só que em vez de 8.392 seguidores, como eu tinha da última vez em que olhei, agora tenho 17 mil.

Tudo o que consigo fazer é apertar o aparelho com tanta força que meus dedos doem com o esforço e encarar a mulher, com o sangue se esvaindo de meu rosto.

— Como você encontrou isso?

— Hã?

— Como você encontrou meu Instagram? — vocifero.

E não é nem a conta falsa que minha família e meus amigos seguem. É o *meu*, aquele que posto com tanta devoção, o que aponta para o meu TikTok na esperança de aumentar meus seguidores.

Jodie coloca a mão no meu braço, mas eu o puxo.

Duas das mulheres se olham. Uma delas pega o celular da mão de Jodie e dá de ombros.

— O vídeo está no Instagram, não está? — explica ela. — Quem postou lá marcou você.

— Me marcou?

— Mas é você? — pergunta a primeira mulher, me olhando com os olhos semicerrados. — Eu sabia que era! Bem que a Kelly falou. Ela disse que tinha certeza de que era você. Não foi, Kells? Podemos tirar uma foto, queridas? Minha mãe vai amar. Eu te marco, se você quiser. Uma selfie em grupo!

Fico boquiaberta, desviando quando ela levanta a câmera. Acho que nunca evitei uma câmera na *vida*, mas agora... Não.

Trombo com Zoe.

E ela parece tão arrependida que pulo direto em sua garganta.

— Você sabia?

— Não! Eu juro que não sabia. Teria te contado se tivesse visto. As mulheres atrás de mim não param de falar.

— Você não sabia que tinham filmado tudo, querida? — pergunta uma delas.

— Era para ser um resort livre de aparelhos eletrônicos — explica Jodie.

E, de repente, estou furiosa.

— Ela está certa — digo. — Livre de aparelhos eletrônicos. Esteban e suas malditas *regras*. Primeiro, sou empurrada na piscina, e agora isso. Eu deveria *processar* ele. Deveria mesmo. Livre de eletrônicos! Rá! Quem postou isso?

Ainda estou segurando o celular de uma das mulheres, e tremo diante do aplicativo do Instagram aberto.

— Quem postou isso?

— Sei lá. Alguma conta de memes repostou, não foi? Todo mundo está repostando e compartilhando. Está por toda a internet. Sinto muito.

Ou algum hóspede tinha um celular contrabandeado — e ninguém percebeu que estava filmando todo o incidente na piscina — ou foi um dos funcionários. De qualquer forma, ambas as possibilidades alimentam minha indignação e meu pânico.

— Vocês estão bem, queridas? Querem uma bebida? Ah, meninas, vamos tomar uns shots! Tequila para a Garota Lagosta! Nós vamos viralizar também. *#QueArraso*.

Olho de novo para o celular.

Meu feed do Instagram está cheio de fotografias selecionadas com cuidado, uma foto com filtro de algum cenário, ou de uma cafeteria. Uma ou outra selfie, um imaculado *#LookDoDia*, e disposições precisas de bijuterias ou maquiagem. Às vezes um Reels repostado de meu TikTok, mostrando todo o processo de um "Arrume-se comigo."

É um feed do qual tenho orgulho e no qual trabalhei duro. É uma marca pessoal que me esforcei para construir e uma presença nas redes sociais que eu estava desesperadamente tentando aumentar.

E agora tenho 17 mil seguidores.

Dezoito.

Já subiu.

Dezoito mil seguidores, que só têm um interesse passageiro por mim porque mostrei minha calcinha e quase me afoguei usando uma fantasia barata de lagosta, e virei a mais nova piada da internet. Não ouso ver se aconteceu o mesmo com meus seguidores do TikTok.

Sinto um nó no fundo da garganta e uma ardência nos olhos, e uma fração de segundos depois, há lágrimas escorrendo pelo meu rosto.

— Ah, Rory... — Jodie suspira, colocando o braço ao meu redor. — Não é tão ruim. Está tudo bem.

— Não é tão ruim? — grito, olhando para ela e para a pena em seu rosto. — Não é tão ruim? Se alguém procurar meu nome no Google, interessado em trabalhar comigo, essa é a primeira coisa que vai encontrar! Luna estava... ela estava... Ai, meu Deus, Jodie, eu sou uma piada! Nunca vou me recuperar disso. Ninguém nunca mais vai me levar a sério. E, *droga*, minha família vai descobrir minhas redes sociais, e eles... eles vão ver...

Eles vão ver que me dedico às redes sociais, à minha arte, mesmo depois de concordar quando eles disseram que não era uma carreira viável. E vão ver que todos os vídeos são um fracasso, e isso vai provar que estavam certos, e...

Ela retorce a boca.

— Acho que você está exagerando...

Mas Jodie não parece tão certa, e mais de 200 mil pessoas viram aquele TikTok, e isso nem está contando aqueles que viram repostagens em outras plataformas...

Um garoto da minha idade, talvez dezessete ou dezoito anos, se aproximou, abrindo caminho no grupo de mulheres à minha volta.

— Você é a Garota Fracasso da Lagosta?

Minha vida acabou.

Empurro o celular sem olhar para as mulheres da despedida de solteira, que se viram para pegá-lo e perguntam se eu estou bem, esquecendo da selfie em grupo que queriam tirar, e eu passo por elas, correndo para a placa luminosa que diz BANHEIRO para procurar abrigo.

CAPÍTULO VINTE E SETE
JODIE

Zoe e eu passamos meia hora no banheiro tentando convencer Rory a sair da cabine. Pelo menos parece que ela parou de chorar: só conseguimos ouvir fungadas leves e curtas. Eu tinha corrido para fora para procurar Luna quando Zoe foi atrás de Rory, logo depois da revelação do #FracassoDaLagosta, mas ela já tinha ido embora.

Por mais irritada que eu estivesse com Luna por ser grosseira comigo quando eu não tinha feito nada errado, espero que ela tenha chegado bem no hotel. Não sei por que ela teve que descontar em *mim* o quanto está magoada devido a seu coração partido.

Até parece que minha vida amorosa está deslanchando...

Dizer que ela estava "solitária e desesperada" foi longe demais, e em total desacordo com o quanto ela foi legal a semana toda. A voz da razão, quieta e gentil, que cuida de Rory e ajuda a me tirar de uma crise de confiança que durou minha vida inteira... O que será que aconteceu para desencadear... seja lá o que foi *aquilo*?

Massageio a testa com os dedos, ainda confusa devido à bebida que tomamos antes de vir e os shots que viramos quando chegamos aqui. Zoe saiu para pegar água para nós, e eu tento bater na porta da cabine de novo.

— Rory, amiga, abra a porta, por favor.

— Não. Não, eu não posso encarar isso. Por favor, só... Vão se divertir, você e Zoe. Vai encontrar aquele garoto bonitinho de bermuda cáqui. Eu encontro vocês daqui a pouco.

Não argumento que ambas sabemos que é mentira — Rory vai ficar trancada naquela cabine até amanhã ou vai sair correndo e pegar um táxi até o hotel sem dizer nada. Sinto que conheço Rory bem o suficiente para me convencer de que ela não vai ser persuadida a sair e aproveitar o restante da noite nem rir de toda a situação. Ainda mais pela forma como ela reagiu ao descobrir que tinha viralizado.

Não a culpo, eu acho. No lugar dela, eu estaria constrangida.

(Estou feliz por não ser eu. Estou muito, muito feliz por não ser eu. Eu nunca superaria. E ela está certa — empregadores procuram o nome dos candidatos no Google. Eles encontrariam esse vídeo. Prefiro passar sem essa. Por mais que minha mãe e minha avó fossem achar muitíssimo hilário, meus amigos usariam isso contra mim para sempre.)

— Ei, por que você não sai daí e nós voltamos para o hotel?

Ela não responde.

— Rory?

Uma fungada.

Suspiro e me encosto na parede de ladrilhos. Essa *não* é a noite divertida e despreocupada que imaginei. Não que seja culpa de Rory aquele vídeo ter viralizado e ameaçado estragar toda sua vida, mas é meio que culpa de Luna, por ter resolvido brigar com a gente...

Se ela estivesse aqui agora, e não de mau humor, aposto que *Luna* seria capaz de convencer Rory a sair da cabine do banheiro. Ela teria algum plano racional e razoável para ajudar a dar um jeito nisso, em vez de ficar ocupada demais pensando em como estava aliviada por não ser com ela, ou chateada porque a noite foi arruinada.

Ou talvez ela *fosse* tão inútil como me sinto no momento. Talvez não a conheçamos como achávamos que conhecíamos.

Zoe finalmente volta.

Pego um copo de água com ela.

— Até que enfim! Você demorou uma eternidade. Começou a encher lá fora?

Ela hesita.

— Hum, mais ou menos. Alguns garotos do trabalho apareceram, na verdade. Demorei por causa disso, estava falando com eles. Acho que depois que mencionei que viríamos para cá... — Seu tom é casual o suficiente, mas ela parece inquieta, sem olhar nos meus olhos.

E então me dou conta. Mesmo tendo nos conhecido apenas esta noite, algo naquele olhar de repente me faz perceber o que ela não está dizendo.

— *Ele* também está lá fora? — questiono, com a boca seca.

Zoe se contrai, e isso basta como resposta.

Há um certo movimento do lado de dentro da cabine de Rory, e a voz dela surge para perguntar:

— Aquele cara, Eduardo, está lá?

— Está. — Zoe revira os olhos. — Aff, para ser sincera, é tranquilo trabalhar com eles, mas eles são tão imaturos. Verdadeiros "cabeças de cocô", como minhas crianças diriam. Mas vocês não ouviram isso de *mim* — acrescenta com uma risada e uma piscadinha.

Rory dá uma risadinha trêmula.

Não é surpresa Gabriel estar lá fora com esses garotos, eu acho. Será que ele os encorajou a vir, ou eles já tinham decidido? Será que ele ficou decepcionado de não me encontrar lá? Afinal, será que me importo?

Então, Zoe faz uma cara mais empática.

— O que aconteceu? — indaga ela. — Rory disse que vocês tinham se dado muito bem! E Gabe está super a fim de você! Sério, aquela aulinha de drinques que vocês fizeram foi o segredo *mais mal* guardado do mundo. Tipo, ele não deveria estar fazendo aquilo, mas estava superempolgado para fazer, e foi tão fofo.

— O que faz você pensar que aconteceu alguma coisa?

— Eu... bem, hum... é só...

Fui tão cuidadosa em manter minhas respostas curtas e simpáticas mais cedo, quando ela estava falando sobre "Gabe", mas tentei deixar claro para ela que não estava mais interessada nele. Já era ruim o suficiente eu ser assunto de ridicularização e fofoca, não precisava colocar mais lenha na fogueira, e Zoe também não necessariamente ficaria do meu lado se eu tivesse explicado tudo.

E se ele disse que eu não significava nada, bem... ela não ia me julgar se eu ficasse com um outro cara hoje à noite, ia?

— Quer saber, Rory? Vou voltar para lá um pouco, afinal. Encontrar aquele garoto, como você disse.

A tranca da porta da cabine desliza se abrindo.

— Jode, talvez não seja...

A porta do banheiro abre de novo e algumas das mulheres da despedida de solteira entram. Elas reconhecem Zoe e eu.

— Oi, meninas! Onde está a Garota Lagosta? — pergunta uma delas.

A tranca da porta desliza se fechando novamente. Enquanto Zoe inventa uma desculpa sobre ela não estar se sentindo bem e as mulheres, solidárias, se amontoam ao redor da cabine de Rory, escapo. Ajeito o cabelo, tirando algumas mechas arrepiadas do rosto, e me preparo para ir até a pista de dança.

Está mais movimentada agora, mas não exatamente lotada. A pista está meio cheia com gente dançando no ritmo da música alta demais que sai da cabine do DJ, e há uma fila no bar.

De imediato, vejo Gabriel com uma garrafa de cerveja, entre alguns garotos mais ou menos da minha idade. Acho que reconheço vagamente alguns funcionários do hotel na escuridão do bar. Eles estão conversando, rindo e se zoando, bebendo rápido, passando os olhos pelas pessoas ao redor.

Gabriel é de longe o mais bonito do grupo e, mesmo não sendo o mais alto, a forma como se apruma junto ao bar, parecendo um pouco entediado, faz com que ele se destaque dos outros. Sinto meu coração dar uma cambalhota traiçoeira no peito.

De repente, um dos garotos aponta para mim. Não consigo entender o que eles gritam, mas o olhar de Gabriel se volta para mim. Congelo no lugar, reprimindo o ímpeto de mexer no vestido ou no cabelo. A expressão dele é indecifrável, e quando alguém cutuca suas costelas com o cotovelo — brincando ou zombando —, eu dou meia-volta e vou para a pista de dança, lançando-me a toda.

Vou para o meio, torcendo para me jogar na energia alegre de todo mundo. Os garotos comemorando a formatura estão por perto, e eu avisto a noiva com um véu cafona e algumas amigas. Um pouquinho mais de coragem em forma de bebida cairia bem, ainda mais porque pretendo dançar, mas me recuso a ir até o bar para encarar Gabriel e seus amigos, então jogo os braços para o ar e mergulho na música com uma confiança que definitivamente não tenho.

Você consegue, Jodie, digo a mim mesma.

Pelo menos no meio da multidão ninguém consegue me ver muito bem se eu estiver fazendo papel de boba. Sempre preferi ficar na cozinha nas festas em casa, ficar sentada a uma mesa nas festas quando saía com o pessoal da faculdade. Não é algo com que tenho muita prática.

Devo estar fazendo algo certo, no entanto, porque logo um garoto chega ao meu lado. Ele deve ter minha idade, mais ou menos, a barba acrescenta um ano ou dois. É loiro e está com o nariz e as bochechas vermelhos do sol, o que indica que é um turista, assim como eu. Ele tem ombros largos, é musculoso de uma forma que me faz pensar que deve passar todo o tempo livre na academia. Não é muito mais alto do que eu. É bonitinho, mas não é nenhum Gabriel.

O que o torna perfeito.

Sorrio quando ele me olha, uma tentativa de flerte, e quando ele se aproxima para colocar as mãos em minha cintura, continuo dançando, com os braços para o alto entre nós, os movimentos fora do ritmo um do outro, com um remix de uma música do Ed Sheeran soando pelos alto-falantes.

O som do baixo ressoa através de mim com tanto ímpeto que supera as batidas do meu coração, e fecho os olhos, fazendo o possível para me perder nele. Para permitir que me carregue nessa onda junto com todos os outros, como parte da corrente, deixando para trás a dor de ter sido procurada porque estava solitária e desesperada, a humilhação de um dia ter acreditado que um garoto como Gabriel pudesse estar interessado em mim...

Só quero me esquecer dele. Salvar o que restou de minhas férias... por mais difícil que possa ser, com meu quarto de hotel chique trocado por um barraco, Luna irritada comigo sem motivo e Rory escondida num banheiro.

    Virando, o cara loiro me puxa para mais perto de seu corpo, as mãos serpenteando pelo meu abdômen, enquanto ele pressiona os lábios no meu ombro. Eu me contorço um pouco, a sensação me puxando de volta à realidade. Sua respiração é quente e úmida junto ao meu pescoço, e eu desisto, forçada a admitir para mim mesma que, apesar de tudo, esta *não* é a distração que eu estava procurando.

    Quando abro os olhos, encontro Gabriel parado bem na minha frente. Algo está em chamas nas profundezas de seus adoráveis olhos castanhos, e sua boca forma uma linha rígida. Uma ruga se forma entre suas sobrancelhas.

    Fico parada, olhando nos olhos dele.

    — Ei, cai fora, cara! — grita o rapaz atrás de mim.

    Eu me desvencilho dos braços dele e fico do lado de Gabriel. O garoto loiro resmunga, irritado, mas volta a dançar e se divertir sem mim.

    Por um instante, eu e Gabriel ficamos ali parados, com pessoas dançando ao nosso redor, corpos esbarrando em nós enquanto estamos completamente imóveis, no olho do furacão.

    — Bem, *muchas gracias* por espantá-lo — digo, como se eu não tivesse afastado o garoto sozinha. — Você veio aqui só para estragar minha noite? Só porque nos beijamos, não significa que...

    — Significa, sim — interrompe, chegando mais perto. Perto o suficiente para eu sentir o calor de seu corpo, para eu não conseguir não olhar para os seus lábios, notar a tristeza gravada em sua testa franzida. Independentemente do quanto a música está alta, a voz dele é baixa e me fez faz estremecer quando diz: — *Significas mucho para mí.*

    Mas eu balanço a cabeça, recusando-me a ser atraída por aquela voz apaixonante e sua beleza.

    — Eu não significo nada para você. Você mesmo *falou* isso. Você... está brincando comigo. Tentando me convencer a ir para a cama para fazer tudo *valer a pena.*

Abro um sorriso entristecido, torcendo para que, se eu parecer forte o suficiente, isso o afaste e ele desista. Talvez seus amigos o tivessem estimulado, ou isso seja só para aplacar uma consciência pesada porque ele foi pego no flagra.

Gabriel engole em seco, seu pomo de Adão oscilando. Meus olhos captaram o movimento, descendo para seu tórax sob uma camiseta branca lisa, seus braços...

Desvio os olhos.

Um de seus amigos aparece do nada, segurando em seu ombro e gritando alguma coisa em seu ouvido, rindo. Meu espanhol não é tão bom para acompanhar, mas não parece nada legal, seja o que for. Gabriel o empurra com uma careta e grita algo que não reconheço, mas identifico o tom bem o bastante para entender que deve significar "sai daqui".

A música muda, e é ABBA. A multidão vai à loucura, pulando, agitando os braços, e todos gritando:

— Voulez-Vous.

Estou prestes a me juntar a eles, a dar as costas para Gabriel e deixá-lo saber como penso pouco dele, como ele também não significa nada para mim... Mas, como se sentisse o que estou prestes a fazer, ele agarra meu pulso, seus dedos quentes e leves na minha pele, e se aproxima o bastante para seu corpo tocar na lateral do meu.

— Por favor, Jodie. — Ele abaixa a cabeça, perto de minha orelha para que eu possa ouvi-lo melhor, provavelmente, mas isso me faz estremecer, querendo me encostar nele. — Me deixa explicar. Por favor.

Eu não devo nada a ele. Nem uma chance de conversar para consertar as coisas.

Mas ele parece tão sincero, tão arrependido... E, assim como as garotas apontaram que eu me arrependeria de não me expor e sempre ficar questionando as várias possibilidades quando voltasse para casa, sei que vou me arrepender de não o escutar agora.

Então concordo, e Gabriel solta um suspiro aliviado. Deixo minha mão escorregar para a dele e o sigo para longe da comoção do bar para podermos conversar, só nós dois.

CAPÍTULO VINTE E OITO
LUNA

O preço do táxi é exorbitante. A recepção do hotel está silenciosa quando passo por ela. Há luzes ao redor da piscina e a água reflete um brilho etéreo, sombras turquesa dançando sobre os guarda-sóis que ainda estão abertos.

Por outro lado, o bar da praia está animado. Diminuo o passo ao me aproximar. Escuto música, conversas e pessoas se divertindo, aproveitando a noite e as férias. Continuo andando.

Quando vejo o caminho na direção das *villas* de luxo que estão sendo reformadas — o barraco triste onde estamos hospedadas — não o acompanho. Sigo reto, para a areia. Meus saltos afundam rapidamente e eu tropeço, jogando as mãos para a frente para me equilibrar.

Desisto, abaixando e alcançando os pés para tirar os sapatos. Esses sapatos horríveis que eu nem queria usar. Estou tão inchada por causa da bebida e por estar prestes a menstruar que parece que a cintura do meu vestido vai me cortar no meio agora que sentei. Abro o zíper na lateral, sem me importar, mas não pareço estar respirando melhor por isso. Penduro as tiras do sapato no dedo e luto para me levantar.

Assim que estou de pé, sigo andando.

A areia é morna e macia sob meus pés descalços, e eu acabo indo na direção do mar, onde a areia é mais fria, compacta. Eu me aproximo até as ondas alcançarem meus pés, e continuo caminhando ao longo da praia, com sapatos e bolsa balançando na mão, o vestido solto na lateral.

Está escuro, mas aqui as estrelas parecem tão brilhantes.

Depois de um tempo, chego a um trecho de pedras. Paro e subo nelas, sabendo que a Luna Sóbria, a Luna Normal, jamais faria algo assim. Escalar uma grande pilha de pedras perto do mar, no escuro, bêbada, é uma ideia mais do que terrível, e uma receita para o tipo de matéria que eu mandaria para os meus amigos para que tomassem cuidado, com uma manchete como: "Jovem se afoga em resort de luxo à beira-mar."

Largo os sapatos, a bolsa e levo as mãos ao rosto.

Sou tão *idiota*.

Não acredito que explodi daquele jeito. Não foi o borrão movido a adrenalina como o término com Liam: não, dessa vez consigo me lembrar de cada palavra que eu disse, de cada vislumbre de emoção no rosto das garotas, e meu peito parece afundar. Não acredito que fui tão grosseira com Rory — e fiz aqueles comentários sobre Jodie e Gabriel... Eu fui tão horrível com elas.

E por quê? Porque não posso lidar com o fato de que minhas amigas mais próximas podem ser duas garotas que eu conheço há cinco dias? Porque fiquei com ciúmes por elas serem muito mais extrovertidas do que eu, com a saída para a balada e a nova amiga Zoe, e sinto que perdi meu namorado, meu futuro *e* meus amigos de uma só vez?

Gosto de estar no controle de minha vida. Sou ótima resolvendo problemas. Gosto de ter as coisas em ordem e pensar nas consequências, e gosto de estar preparada. Todas essas são coisas em que sou *boa*.

E o que isso me trouxe?

Férias infernais. Um ex-namorado que estou começando a achar que eu deveria ter largado há muito tempo, e amigos que não passam de pessoas a cujos stories do Instagram eu assisto e reajo.

Sei que posso ter forçado a barra com Rory e Jodie, já que nós três temos mais ou menos a mesma idade e estamos juntas neste lugar, sem nada do mundo exterior em nossos celulares para nos distrair. Mas... mas ninguém se dá tão bem assim a menos que exista uma amizade verdadeira, certo?

Talvez eu esteja me iludindo.

Jodie disse que não era surpresa Liam ter traído. Rory disse que eu precisava me controlar. Será que estão cansadas de mim e de meu coração partido a semana inteira, mas foram educadas demais para me pedir para parar de falar sobre isso antes? Deve ter sido isso. Talvez seja por isso que elas andaram sendo um pouco grosseiras comigo.

Será que reclamavam de mim pelas costas? Cochichavam uma com a outra sobre como eu era idiota, como quando Jodie quis falar comigo sobre Rory em nossa primeira noite na *villa*? Devem estar falando agora, pelo menos... provavelmente ficaram na casa noturna para reclamar sobre a pessoa patética e triste que sou e rir de mim. Elas devem ter ficado aliviadas por eu ter ido embora, como todos os meus amigos — amigos de *Liam*, na verdade.

Sinto-me terrível por todas aquelas coisas que disse para elas — coisas que eu não falei a sério, não mesmo. Queria não ter sido tão precipitada e não ter ido embora irritada daquele jeito, ao menos para ficar e me desculpar com elas, explicar que aquilo não tinha nada a ver com elas.

Tornei meu mundo tão pequeno, tão centrado em meu relacionamento com Liam... É de se estranhar que eu esteja tão focada apenas em *mim*? Mesmo à custa de pessoas que passei a considerar amigas.

Acusei Jodie de usar Gabriel para se sentir melhor sobre si mesma, falei que ela estava solitária e desesperada. Disse que Rory vivia para agradar os outros. Eu a chamei de *fracasso*.

Mas sou eu que estou sozinha. Fui eu que fracassei.

— Você não está nada bem, Luna Guinness — digo a mim mesma, descendo das pedras e pegando o caminho de volta na areia. — *Nada bem*.

CAPÍTULO VINTE E NOVE
RORY

Não tenho ideia de há quanto tempo estou trancada nesta cabine do banheiro, mas sei que está ficando tarde. O lugar está mais barulhento agora, a música mais alta, e o banheiro está mais movimentado. Dá para ver os sapatos de Zoe do outro lado da porta. As mulheres bem-intencionadas e risonhas da despedida de solteira já se foram há um tempo.

Jodie não voltou mais. Eu me pergunto se ela colocou as cartas na mesa com Gabriel na frente de Eduardo e dos outros idiotas, colocando-o em seu lugar. Eu teria amado ver isso — mas por mais tentador que fosse, a vontade não era maior do que a humilhação excruciante de meus quinze minutos de fama.

Porque agora, não só eu vivo para agradar os outros e me recuso a viver no mundo real, como também viralizei da pior maneira, e me tornei a maior piada do mundo.

O que é ótimo. Totalmente incrível.

Uma verdadeira *bênção*.

Aff. Enterro o rosto nas mãos de novo, mas isso não bloqueia a lembrança daquele vídeo: eu me agitando desesperadamente na água para sair de dentro daquela fantasia, a bermuda rasgando quando saí da piscina... ver aquilo foi tão ruim quanto sentir na hora.

De todas as vezes durante a semana que desejei estar com meu celular, agora queria poder ter vivido na bolha livre de internet do Casa Dorada, desfrutar da ignorância só por mais um tempo.

Fico me perguntando se Nic e Hannah assistiram ao vídeo. Mas a quem estou enganando? *É claro* que viram. As pessoas devem estar retuitando, mandando por mensagem direta para os amigos, postando o link em grupos do WhatsApp. Alguém já deve ter vasculhado meus posts antigos para descobrir qualquer coisa constrangedora ou alguma opinião minha para tirar do contexto e aumentar a impressão de que sou uma piada e uma idiota. Talvez eu tenha até sido *cancelada*.

Talvez os avaliadores da universidade tenham visto. Talvez possam rescindir a oferta porque não querem que uma *piada* esteja associada a eles.

Fico imaginando como meus pais vão ficar decepcionados, porque eles com certeza vão ficar, pois esse é o tipo de coisa que gruda nas pessoas da pior forma possível e, ai, meu *Deus*, não, eles vão querer saber *por que* eu estava vestida de lagosta e ajudando no Clube Infantil enquanto estava de férias, e vou ter que contar *tudo* e droga, droga, droga...

Nunca mais vou poder mostrar a cara em lugar nenhum.

Minha vida acabou.

⁓

Depois de um tempo, percebo que estou sendo terrivelmente egoísta. Luna foi embora, Jodie nunca mais voltou e a pobre Zoe não saiu de seu posto do lado de fora da cabine. Não tenho ideia de quanto tempo faz que estou aqui, não tenho um celular para verificar as horas, mas sei que já faz tempo demais.

Zoe não quer passar a noite de pé em um banheiro sujo, esperando uma relativa estranha se controlar. Ela queria uma noite divertida entre garotas e eu arruinei tudo.

Sentindo-me terrível, eu me levanto, pernas doendo e bunda dolorida por ficar sentada por tanto tempo naquela tampa de vaso sanitário, e destranco a porta.

Ela está encostada na parede, parecendo mais do que entediada, olhando para o celular. Ela se assusta quando saio de trás da porta, e franze o cenho com tanta preocupação que quero voltar a me fechar lá dentro.

— Você está bem?

Nós duas sabemos que não estou. Mas não se *diz* isso, então eu apenas dou de ombros.

— Sim. Claro.

— Quer ir embora?

Como se eu quisesse ficar aqui e voltar para a diversão que deveríamos estar tendo.

Zoe parece cansada e entediada e muitíssimo a favor de encerrar a noite. Opa. Eu vou ficar devendo uma a ela. Talvez haja alguma coisa na loja de presentes do hotel que eu possa comprar para ela como um presente para dizer "me desculpe por ser tão complicada e fazer você ter uma noite terrível".

Nada grita "Obrigada, querida, você é uma santa!" como um ímã de palmeira de plástico, certo?

— Podemos ir — digo. — Não me importo.

Ela assente.

— Então vamos. Sempre tem vários táxis aqui em frente.

Zoe tem razão; nós não temos que esperar muito.

— O que foi toda aquela situação com sua outra amiga mais cedo, por sinal? — pergunta Zoe. — Luna, né? Ela parecia muito chateada com alguma coisa. Ela estava bem?

— Ah. Você vai rir, mas ela achou que você estivesse pegando o ex dela.

Em vez de falar sobre as acusações verdadeiras até demais de minha própria natureza irresponsável e que vivo parar agradar os outros, ou sobre minha lista que Luna achou e xeretou, conto a Zoe sobre a foto de Liam no Instagram, e todas as coincidências loucas e absurdas, como Liam talvez ter ficado no mesmo hotel que ela no verão passado, o fato de Zoe também ser de Manchester, e...

— Ai, Deus — digo, de repente me dando conta. — E depois, no táxi, você estava falando sobre estar ficando com um cara na Inglaterra que tinha *acabado* de sair de um relacionamento longo... Por isso ela surtou tanto com isso.

Zoe olha para mim boquiaberta por um longo momento, e depois começa rir.

— Nossa. Certo. Quer dizer... faz *muito* sentido. Achei que ela estava sendo meio fria, mas, você sabe, eu não quis dizer nada para não deixar o clima estranho. Isso deixaria todo mundo irritado, não deixaria? Eita. Pobre Luna, ela deve gostar mesmo desse cara.

— É — digo, não mencionando que não entendo *por quê*, pois Liam não parece ter sido um bom namorado. Em vez disso, questiono, só para me certificar: — Você *não* está ficando com um garoto chamado Liam, está?

— De jeito nenhum — responde Zoe, rindo de novo e depois me conduzindo ao próximo táxi livre.

Assim que o carro sai, pergunto:

— Posso pegar seu celular emprestado?

— Acha que é uma boa ideia?

— Você está parecendo a minha mãe — digo, rindo, mas a risada parece exagerada e falsa. Eu me encolho.

Zoe tenta sorrir, e embora pareça que só está mostrando os dentes para mim, ela destrava o celular e me passa.

Procuro "fracasso da lagosta" no TikTok. O vídeo que assisti antes já tem mais de 800 mil visualizações, mas o número só me deixa enjoada, então saio do vídeo depressa. Digito no Google, onde um dos primeiros resultados é a matéria do *BuzzFeed* que as mulheres da despedida de solteira mencionaram: descobriram quem eu era pelo vídeo no Instagram que me marcou. O redator foi legal em relação a minhas fotos e até mencionou minha "carreira como artista" (o que é risível, até mesmo por sua inexistência). É brutal a forma como dissecam os "melhores" (piores) momentos do vídeo, mas o *BuzzFeed* pelo menos foi gentil o suficiente para linkar minha lojinha on-line. Talvez eu consiga uma venda ou duas por pena.

Procuro o Instagram, mas o ícone familiar não está em lugar nenhum, e os aplicativos de Zoe estão espalhados sem nenhuma ordem aparente sobre as páginas em vez de alinhados de forma organizada.

Dou uma boa vasculhada, mas acabo perguntando:

— Cadê o Instagram?

— Ah! — Ela pisca para mim, confusa. — Eu não tenho.

— Você não tem Instagram?

— Não. Eu só nunca criei uma conta. Se gosto tanto de uma foto a ponto de querer compartilhar com os meus amigos, eu só mando para os meus amigos. Não entendo toda a cultura disso. Só tenho TikTok porque meus amigos praticamente fizeram bullying comigo para entrar. Mas não uso, a menos que alguém me mande alguma coisa lá.

Enquanto ela está falando, volto a olhar para a tela. Agora que ela mencionou, Instagram, Messenger, Twitter, até Snapchat... não vejo nada disso.

— Você não usa *nenhuma* rede social?

— Para quê?

— Bem... para... porque... é...

Não completo a frase. Não formo nem uma frase porque não consigo entender. O desconforto pelo *#FracassoDaLagosta* some de repente, porque só consigo pensar em como essa garota não tem redes sociais.

Quem não tem redes sociais?

É como... como... bem, é simplesmente *estranho*. Todo mundo tem.

E o que ela quer dizer com *para quê*?

— O próprio nome não diz? São redes sociais: para ser sociável. Para socializar com as pessoas — explico.

— Certo, mas com as pessoas que quero socializar eu só... converso. Não entendo o motivo de compartilhar selfies com desconhecidos ou postar cento e quarenta caracteres sobre alguma piada que você vai esquecer em uma hora.

— Agora são duzentos e oitenta caracteres.

— São? Desde quando?

— Sei lá. Faz tempo.

— Hum. Bem. É, eu só... eu não entendo. Tipo, por que vou querer compartilhar essas coisas com estranhos? O que se ganha com isso? Se precisa de tanta validação de pessoas sobre as quais nem sabe nada, você... — Ela morde o lábio, interrompendo-se. — Quer dizer...

— Mas elas *conhecem* você — digo. — Elas podem conhecer sua personalidade, sua *essência*. E, é claro, elas não sabem onde você estudou, ou se tirou boas notas, ou se come couve-de-bruxelas na ceia de Natal, mas você cria um laço de verdade com algumas dessas pessoas. Você sente que se conhecem de uma forma verdadeira, sabe?

— Então você está me dizendo que as pessoas postam piadas no Twitter sem intenção de viralizar? — pergunta ela.

— Todo mundo quer viralizar — respondo, rindo.

Então, me lembro do celular em minha mão e do fato de que, de acordo com o artigo do *BuzzFeed*, eu agora sou um assunto do momento no Twitter.

— Mas pelos motivos certos — acrescento. — Por fazer uma piada engraçada, ou um comentário sagaz, ou tirar uma foto boa, ou criar algo de que as pessoas gostem.

— Não por ser empurrada em uma piscina por uma criancinha e rasgar a bermuda — completa ela.

Devolvo o celular, resmungando e batendo a cabeça no encosto.

— Não, por isso não — concordo.

— Mas logo vai passar. As pessoas esquecem essas coisas.

— Nem todas. As pessoas se lembram do Grumpy Cat, da garota da Kombucha, do cara que pisca, do Salt Bae, do garoto da música do milho, de "Chrissy, Wake Up"... Alguns ainda continuam por aí.

Zoe abre um sorriso empático.

— Veja bem, não é tão ruim. Se você quisesse processar, tem ótimas provas agora. Quer dizer, é claro, aposto que Esteban vai dizer que foi photoshopado, mas...

Ela olha nos meus olhos, tão impassível que, apesar do meu estômago embrulhado por causa da coisa toda, começo a rir, e nós duas nos dissolvemos em um ataque de riso, fazendo nossas melhores e mais exageradas imitações de Esteban pelo resto do caminho até o resort.

CAPÍTULO TRINTA
JODIE

Gabriel e eu andamos até o fim da rua, fora do caminho dos táxis que passavam e da aglomeração de pessoas indo de um restaurante, bar ou balada para outra. Longe do movimento da multidão e da pressão de seus amigos, minha confiança em passar por isso com o coração inteiro vacila.

— Ouça — digo, levantando as mãos com as palmas para a frente —, o que quer que tenha a dizer em sua defesa... guarde para você. Rory ouviu tudo o que você falou para seus amigos na sala dos funcionários, e...

Não está tudo "bem." Dói demais para estar *tudo bem*.

— É a vida — solto. — Quer dizer... nós dois sabíamos que isso não ia dar em nada. Que não podia dar em nada, na verdade. E eu não vou usar isso contra você. Vamos apenas... esquecer que isso aconteceu, certo? Acho... acho que é melhor assim.

— Não — diz ele.

Pisco, afastando-me para olhar melhor para ele. Não sei o que estava esperando que Gabriel dissesse, mas não era *isso*.

Ele olha nos meus olhos sem desviar, com uma expressão séria.

— Não. Não quero esquecer que isso, *que você*, aconteceu — continua Gabriel, e parte de minha minguante resistência se derrete, porque isso parece algo saído direto de um filme. — Aquelas coisas que eu disse...

— O quê? Você não estava falando de mim? Não foi de propósito? — retruco, aliviada quando noto uma certa força em minha voz. *Imponha-se, Jodie, vamos.*

Ele abaixa a cabeça de leve, ombros caídos.

— Não, não. Eu disse mesmo, mas...

— Mas o quê? Quer que eu acredite que você reconheceu o erro e é um homem mudado em, o quê, menos de um dia? Você fica esperando garotas solitárias e patéticas como eu se jogarem para cima de você para poder rir disso com seus amigos?

— Não é isso.

Eu dou risada, me sentindo uma idiota.

— Você só está tentando se desculpar por ter sido pego e quer ficar com a consciência limpa.

Mesmo se ele *tiver* uma boa desculpa preparada, ou de repente declare como aqueles comentários foram bobos porque se apaixonou perdidamente por mim... o que vou fazer, exatamente? Cair em seus braços e beijá-lo e dizer que está tudo perdoado para podermos caminhar ao pôr do sol e sermos *felizes para sempre*? Alguns dias atrás, isso tudo era algo empolgante, tentador e divertido, mas agora foi arruinado pelas coisas que ele disse — independentemente de ter falado sério ou não.

A confiança e o desejo que me motivaram até o início da tarde agora são lembranças distantes. Acho que não conseguiria recuperar aquela Jodie nem se quisesse. Eu me sinto a garota solitária e desesperada que Gabriel e Luna me acusaram de ser.

— Jodie, por favor. *Escúchame.* Os caras para quem eu falei aquelas coisas... Não justifica, mas eles estavam me aborrecendo. Estavam me provocando, poderíamos dizer.

— E isso deveria melhorar alguma coisa?

Gabriel solta um suspiro agitado, mas pareceu mais para ele mesmo do que para mim. Ele passa a mão pelo rosto e tento não pensar em como ele está charmoso.

— De jeito algum. Sei que pedir desculpa não vai compensar o fato de você estar chateada comigo. Não estou tentando me explicar para você dormir comigo, nem nada assim, mas não gosto de pensar que te magoei. Aqueles caras... eles revelam um lado meu de que não gosto. E volto a ser a pessoa que eu costumava ser. Mas quero pensar que cresci um pouco e não sou mais aquele *cabrón* que era na escola. Não quero mais ser uma pessoa ruim, mas... — Um leve sorriso surge em sua boca perfeita, uma aparência tão vulnerável que faz meu coração dar um pequeno solavanco. — Eu falei aquelas coisas, mas foi mais por... uma espécie de autopreservação. Não acredito de verdade em nada daquilo. Faz sentido?

— Autopreservação? — pergunto.

— Porque eu gostava de você.

Franzo a testa, analisando o rosto dele. Ele parece tão sincero, e eu acredito nele, mas...

— O que uma coisa tem a ver com outra? — pergunto.

Ele dá uma rápida risada e passa as mãos pelo cabelo.

— Tudo! Porque eu acreditei que você fosse o tipo de garota que pudesse significar alguma coisa para mim, e senti aquela faísca, sabe? E *você* não estava procurando nada além de *un ligue*. Um flerte, sabe?

— Eu estava... eu... de *onde* você tirou essa ideia?

— Você disse que era isso que *você* queria! — exclama ele, franzindo a testa. Uma mecha de seu cabelo cai solta sobre a testa, mas ele não arruma. — Foi você que me disse primeiro que queria se divertir enquanto estivesse aqui.

— Eu não...

Eu falei mesmo. *Eu mereço me divertir um pouco. Me soltar.* Mas eu estava tão atraída por Gabriel, e não só por sua aparência e seu sorriso... me encantei por cada história que ele me contou e cada pedaço de si que revelou, tonta com como foi fácil me abrir com ele também...

— Bem, eu só disse aquilo porque *você* deu a entender que estava atrás de uma coisa casual! Você estava falando sobre paixões e querer experimentar tudo, e...

— Eu estava falando sobre o meu trabalho! — rebate ele, com um riso na voz. Sua testa franzida se transforma em descrença, sobrancelhas erguidas e boca aberta. Ele balança a cabeça, olhando para cima. — Comida! Viagens! Não *mulheres*.

— Como eu ia saber disso?

— Como eu ia saber que você não quis dizer o que disse? — retruca Gabriel. — Você foi bem *clara* ao dizer que queria algo casual, e eu pensei que seria melhor te conhecer um pouco do que nada, mesmo que você não estivesse procurando nada sério.

— Eu não sabia que eu estava procurando algo sério — confesso, as palavras saindo de mim calmas, suaves e assustadas, e só depois ouso olhar para ele de novo, o coração acelerado no peito.

Também não sabia que estava com tanto medo de perder aquela chance de algo mais sério até Rory me dizer o que havia escutado. Gabriel não é só o primeiro garoto pelo qual me permiti demonstrar interesse em muito tempo, mas também ele é o primeiro garoto com o qual eu *quis* fazer um esforço, ou com o qual quis me abrir de verdade. E ele tem razão: eu também senti aquela faísca.

— E agora? — pergunta, calmo.

Dou um passo para mais perto.

— Acho que eu gostaria de descobrir.

O belo rosto de Gabriel suaviza, olhos buscando os meus, e um sentimento acalorado e esperançoso brota em meu peito quando nos movemos um na direção do outro. Gabriel me envolve nos braços e minhas mãos deslizam por suas costas, meu rosto pressionado em seu ombro. Solto uma respiração trêmula, com uma vida inteira de tensão por me sentir ignorada e comum demais. Ele dá um beijo em meu rosto e murmura algo suave e docemente em espanhol para mim.

Não sei o que significa, mas parece uma promessa.

∽

Dividimos um táxi para o resort e Gabriel me acompanha pelo hotel e até a praia, na direção oposta ao bar e às *villas*. Mesmo que não tenhamos conversado sobre o que estava acontecendo entre a gente, parece que alguma coisa se encaixou. Algo gentil e delicado, envolvendo-nos como uma manta de algodão.

Está tudo bem. Pela primeira vez, não me permito me preocupar com o futuro, com o que vem a seguir. Só desfruto de onde estou agora.

Onde nós estamos agora.

Caminhando de mãos dadas pela areia, conto a Gabriel sobre a noite terrível que tivemos e todo o drama. Rimos do vídeo do *#FracassoDaLagosta*, que ele já tinha visto, e realmente é bem engraçado; tenho certeza de que Rory vai se dar conta disso depois de um tempo. Tento falar sobre os detalhes da briga com Luna, mas me surpreendo com o quanto fico emotiva ao repetir tudo aquilo.

— Acho que atingiu um ponto delicado — admito, não só para Gabriel, mas para mim. — Não me permiti me abrir para o amor, ou para qualquer amizade verdadeira, nem mesmo minha família, há séculos. Pelo menos desde que eu fui para a faculdade. Acho que estou me esforçando muito para viver de acordo com essa vida que disse a mim mesma que deveria querer, e é... meio difícil recuar e admitir que na verdade não quero nada disso!

— O que você quer? — questiona ele.

É uma pergunta cheia de significado, mas há algo na franqueza de sua expressão aberta, como se nada que eu dissesse pudesse ser errado, que me deixa segura, diferente da granada de que andei desviando por tanto tempo.

— Não isso — digo, com uma risada que escapa em meio a algumas lágrimas que escorrem por meu rosto, surgindo de repente. Eu as enxugo. — Eu *quero* encontrar amor. Quero relacionamentos. Um namorado. Amigos de que realmente goste e queira saber notícias, não amigos de que me ressinto porque parecem ter uma vida muito melhor do que a minha e é tudo uma grande competição, sabe? E não quero mais fazer faculdade. Eu odeio aquele lugar. Gosto de ter algo em que me dedicar, e há coisas do meu curso de que eu gosto, mas tudo aquilo é... Não tem nada a ver comigo.

E eu que disse que não me preocuparia com o futuro, penso, enquanto mais algumas lágrimas rolam.

Eu as seco com o pulso, fungando, e percebo que a única coisa que de fato sinto por dizer tudo isso em voz alta é *alívio*.

Gabriel aperta minha mão e indaga:

— Então por que não se permite ter todas essas coisas, *corazón*?

Como se fosse assim tão fácil...

Mas um peso sai de meu peito e há uma clareza nessa ideia em vez de nervosismo e decepção, e eu também aperto a mão dele.

— Acho que eu gostaria.

Caminhamos um pouco mais pela orla e depois voltamos, trocando histórias alegres sobre nossas famílias, nossos interesses e o que queremos fazer com nossa vida, os lugares a que queremos ir, as coisas que gostaríamos de fazer no grande e amplo mundo.

Gabriel e eu paramos perto de algumas fileiras de espreguiçadeiras, em meio à escuridão e à luz fraca das estrelas. Dava para ouvir as ondas quebrarem, linhas de espuma branca iluminadas à noite. Ele senta na ponta de uma espreguiçadeira, de mãos dadas comigo, puxando-me na direção do espaço ao seu lado.

Não sento.

Em vez disso, fico em pé entre suas pernas, apoiando a mão em seus ombros. Eu me abaixo para beijá-lo devagar, e sua língua desliza por meu lábio inferior como uma pergunta e eu sinto a adrenalina percorrer meu corpo. Só estamos nós dois, a solidão do ar quente da noite carregando o gosto de água do mar, o calor de sua pele junto à minha, a necessidade urgente que faz meu coração gritar por mais, mais, e eu o deixo me puxar para sentar em seu colo. Minha coxa roça em sua ereção e ele me puxa um pouco mais perto. Aprofundo o beijo, passando a mão sobre a saliência em sua bermuda ao mesmo tempo que seus dedos apertam meus seios.

— Gabriel — falo, ofegante, porque é tudo o que consigo dizer, tudo o que encontro para verbalizar o desejo abrasador em minhas veias e a forma como ele faz eu me sentir tão *vista*.

Como se estivesse lendo minha mente, ele hesita e olha nos meus olhos.

— Você é linda, Jodie — elogia ele, abaixando a cabeça para beijar meu pescoço. Sua voz é ainda mais baixa do que o normal, rouca, e um tremor percorre meu corpo por isso tudo ser por *minha* causa. — Você é espetacular.

Estremeço junto a ele, sua voz, suas palavras, seu toque. E, quando me movo para me posicionar sobre ele, o braço de Gabriel desliza ao meu redor para me deitar sob seu corpo, seus olhos escuros e fixos nos meus com tanta intensidade que fazem minha respiração ficar presa na garganta.

Ele apoia as mãos em minha cintura e meus dedos brincam com a barra de sua camiseta.

Quando ele me beija, parece que estou flutuando. Seus lábios são tão macios junto aos meus, e ele mordica meu lábio inferior. Espalmo a mão sobre seu peito, os pelos ásperos fazendo cócegas, e sinto seu coração bater rápido.

Seu cinto tilinta de leve quando o puxo mais para perto e me arqueio para os beijos que ele dá sob minha orelha, no espaço entre meu pescoço e o ombro. Só nós dois, sob o céu noturno.

Acho que nunca vi tantas estrelas.

CAPÍTULO TRINTA E UM
LUNA

Quando acordo, estou com uma dor de cabeça terrível e me sinto péssima.

Tenho quase certeza de que tem menos a ver com a ressaca fazendo minhas têmporas latejarem e o gosto de serragem em minha boca e muito mais a ver com o quanto fui horrível com as garotas na noite passada e como fui dormir chorando por causa disso. Por causa das novas amizades que posso ter arruinado, as amizades que achei que tinha em casa e na faculdade que não existem mais, e o ex-namorado que ainda tem um pedaço do meu coração.

Mais lágrimas surgem em meus olhos e eu pisco sem parar para afastá-las, focando em minha respiração. Inspira, expira, inspira, expira...

Combino isso com o som de Jodie respirando do outro lado da cama — profundo e regular. Ela está dormindo pesado.

Jodie chegou tarde. Dormi tão mal que o som da porta abrindo no andar de baixo me acordou facilmente. Jodie voltou bem depois de Rory, e eu me pergunto se ela acabou ficando com o garoto da bermuda cáqui, afinal.

A luz do sol entra no quarto pelas persianas quebradas, iluminando a poeira que voa pelo ar. Eu a observo por um tempo, meus pensamentos girando em minha cabeça latejante, me punindo por revisitar todas as lembranças terríveis de ontem à noite — as coisas que eu disse, a exasperação delas com Liam e *comigo*.

Odeio a ideia de que um garoto que nem está mais na minha vida tenha me custado a amizade delas. Ou, pior, que eu tenha causado isso *sozinha*. Eu nem sequer quis dizer as coisas que falei; só disse para magoá-las, para elas se sentirem como eu. A vergonha me causa ânsia.

Sentindo um pouco de agitação agora que estou acordada, e um pouco preocupada que, se Jodie acordar, eu tenha que lidar com uma indiferença que mais do que mereço, faço o possível para sair da cama com cuidado. Prendendo a respiração, empurro as cobertas devagar. Elas fazem um ruído, alto demais no silêncio absoluto do quarto. O colchão range quando me sento e, quando levanto, calçando os chinelos, a cabeceira bate na parede.

Fico completamente imóvel por um instante, contraindo os músculos e meio encolhida, como se estivesse imitando Quasímodo em um jogo de adivinhações.

Mas Jodie dá uma roncadinha, o que acho que significa que ela ainda está dormindo. Solto um suspiro aliviado e olho para ela por sob o ombro. Sua boca está aberta, um braço na lateral do corpo e outro dobrado sobre a cabeça, as pernas esticadas de uma forma estranha ao redor dos lençóis que chutou. Seu cabelo, que estava tão bem arrumado ontem à noite, agora está sem brilho e arrepiado, uma grande nuvem embaraçada ao redor do rosto. Há um rastro de baba em sua bochecha.

Uma parte minha quer rir, desejando poder tirar uma foto para rir com elas depois.

Eu teria gostado de ser amiga de Jodie.

Eu me troco rápido, e nem uso o banheiro com medo de que a descarga faça muito barulho. Pego minha bolsa de praia, ainda com as coisas de ontem, e desço as escadas na ponta dos pés para conseguir sair depressa e em silêncio.

Sei que evitar as garotas faz de mim uma covarde, mas... isso não é parte do motivo de eu ter reservado essa viagem? Fugir dos problemas que criei, das consequências de uma crise emocional? Não consigo me obrigar a encarar o quanto elas devem me odiar depois de ontem à noite. Ainda não.

Rory está encolhida como uma bola no sofá, usando as roupas de ontem. Seus olhos estão fechados, mas não sei se ela está dormindo.

Não espero para descobrir.

⁓

O café da manhã está movimentado quando chego lá, depois de dar uma passada rápida em um dos banheiros do hotel. O relógio gigantesco na parede marca 8h05. É um horário entre atividades, e a maioria das pessoas está com roupa esportiva. Deve ser um dia agitado, porque quase não há mesas vazias quando eu chego. Oscar e sua prancheta com as atividades estruturadas parecem tão distantes agora.

Encontro uma mesa livre para deixar minha bolsa em uma cadeira e vou pegar um pouco de chá, depois deixo de lado minhas frutas e granola de sempre e pego um café da manhã inglês completo.

Quando volto com um prato cheio para a mesa, tem mais alguém lá.

Magra, ombros curvados e longo cabelo loiro preso em um rabo de cavalo bagunçando, e ainda com as roupas de ontem. Rory está usando um brinco verde com franjas hoje.

Quando sento, ela está inclinada sobre uma xícara de café, restos de delineador de ontem à noite borrado sob os olhos, acentuando a olheira. Fico me perguntando se ela passou a noite em claro também, e instantaneamente me sinto péssima, caso tenha a ver com as coisas que eu disse.

Ela não fala nada, nem se importa de olhar para mim.

Desculpa. Me desculpa pelo que eu disse ontem à noite. Foi cruel, desnecessário e eu não devia ter feito aquilo.

Rory não vai me perdoar, e não tem motivos para isso, mas não quer dizer que eu não precise me desculpar.

E ainda assim...

Não me desculpo. As palavras ficam presas em minha garganta, sufocadas com lágrimas que não quero chorar. Não sou *eu* que tenho direito de ficar chateada aqui.

Acho que estou esperando ela gritar comigo, dizer o quanto me odeia, e que nenhuma desculpa pode mudar isso, então não gasto saliva. Sento ali, preparando-me para ela dizer sua parte, porque Deus sabe que eu já falei muito ontem à noite.

A cadeira de Rory arrasta no chão e corta a conversa e a agitação do restaurante, fazendo-me recuar.

Eu a vejo ir até o bufê e meu estômago revira com a culpa.

Ela volta alguns minutos depois com um prato cheio de torradas e um punhado de minipacotes de geleia. Rory estende o braço sobre a mesa para pegar um de meus pacotes meio usados de manteiga, pegando coisas do prato dos outros como vinha fazendo a semana toda, mas sua mão hesita perto de meu prato e eu levanto os olhos.

— Posso pegar um desses?

— Desculpa — digo. — Desculpa mesmo, Rory. Todas aquelas coisas que eu falei, elas não eram... eu não devia... Desculpa.

— Claro — murmura ela, pegando a manteiga e se concentrando em sua torrada.

Ela abre a boca algumas vezes, respirando fundo todas elas, mas nunca diz nada.

E minha boca está se movendo de novo, como se eu tivesse apertado um botão de autodestruir.

— Por que você sentou aqui se não vai falar comigo? — pergunto.

Rory abaixa a faca com um barulho.

— Bem, *me desculpa*, eu não sabia que você tinha um monopólio das mesas. Caso não tenha notado, está bem cheio aqui.

Ela não está errada: olhando ao redor, não vejo nenhuma outra mesa livre.

Mordo a língua por um minuto, me odiando.

Não consigo acreditar que estou fazendo isso de novo.

— Rory, eu...

— Guarda para você. Beleza? Vamos só... tomar café da manhã.

Dá para sentir o climão entre nós. Eu me pego desejando que Jodie aparecesse porque, mesmo ela provavelmente estando do lado de Rory, pelo menos pode mudar um pouco a dinâmica. Prefiro que as duas gritem comigo e me evitem do que esse terrível e vergonhoso limbo.

Como se eu precisasse ir para casa com o coração ainda mais esfarrapado do que quando parti.

CAPÍTULO TRINTA E DOIS
RORY

Eu dormi por, tipo, três horas, e provavelmente estou com cheiro de álcool de uma noite que nem aproveitei. Fingi estar dormindo quando Luna saiu sem dizer nada esta manhã, e não quis tomar banho e me trocar, já que podia acordar Jodie. Então meu estômago começou a roncar demais para eu continuar ignorando. Imagino que *no mínimo* devo deixar Jodie dormir até mais tarde, ainda mais depois que ela passou metade da noite enfiada em um banheiro sujo.

Luna não parece muito acabada, considerando a noite de ontem. Ela parece estar com os olhos brilhantes, a energia e o entusiasmo de sempre, na verdade... talvez só meio deprimida e como os olhos inchados, como se tivesse chorado.

Nesse caso, sabe, somos duas. Mas eu me pergunto se havia algo mais em seu surto da noite passada do que apenas atacar Jodie e eu.

Ela *tentou* se desculpar. Mais ou menos.

Eu estava meio que esperando que ela fizesse isso, mas assim que começou, eu não quis ouvir.

Porque se ela se desculpar, vou me sentir obrigada a contar a ela que aquilo só me *chateou* tanto porque ela tinha razão, e esse era o tipo de coisa que eu estava tentando ignorar quando vim para cá. E, bem, eu gostaria de permanecer um pouco mais nessa bolha em que não tenho que lidar de verdade com minhas coisas, beleza?

Luna demora para decidir que terminou seu enorme café da manhã, mas eu praticamente só mordisco umas torradas e fico segurando uma xícara de café morno. Como parei de beber bem cedo ontem à noite, eu não deveria estar de ressaca, mas sinto que estou.

O café não ajuda.

Eu nem *gosto* de café puro.

Não sei quem estou tentando impressionar com isso.

A bebida só deixa um gosto amargo em minha boca e faz eu me sentir ainda mais nojenta e acabada.

— Terminou? — perguntei, vendo Luna espetar a mesma linguiça umas oito vezes.

Ela está largada com o cotovelo na beirada da mesa e o punho pressionado à bochecha.

— Hum — responde ela.

Nós nos levantamos. Luna pendura a bolsa no ombro, e vamos até a piscina.

Não consigo questionar se ela ainda está com meu protetor solar na bolsa, ou se tem um pente de cabelo em algum lugar lá dentro.

Ela está tão mal-humorada que começo a pensar que talvez eu esteja errada, e que a noite passada foi culpa *minha*.

Escolhemos as espreguiçadeiras, mas não conversamos. (Isso significa que fiquei um pouco para trás enquanto Luna percorreu a piscina algumas vezes antes de escolher de qual espreguiçadeira gosta mais. Ela faz isso a semana toda, e sempre pega a melhor disponível, em vez de jogar suas coisas na mais próxima, como eu faria.) Há toalhas do hotel já dobradas na ponta de cada uma. Um funcionário aparece logo em seguida para nos oferecer garrafas de água gelada.

Eu me ocupo brigando com o guarda-sol gigante, para que eu não me queime por enquanto, imaginando que vou voltar para a *villa* daqui a pouco e tomar um banho, me refrescar e vestir um biquíni.

É o último dia das férias.

Mas não parece.

Sempre que viajei com minha família, o último dia significava que estávamos todos irritados por termos dormido demais e depois corríamos para a piscina, brigando para ver quem teria que voltar para o quarto para arrumar as coisas e pegar o que quer que tivéssemos esquecido. (Sempre era o meu pai que voltava, menos no ano em que Hannah estava no último ano do ensino médio e decidiu que o cloro não fazia bem para seu bronzeado falso e cabelo tingido, então ela que tinha que subir. Nós a empurramos na piscina no final, no entanto, e ela tentou ficar irritada por uns dois minutos antes de Nic tentar afundá-la, e depois todos caímos na gargalhada.)

E minha mãe sempre esquecia de passar protetor solar em alguma parte do corpo e acabava com uma área vermelha no meio de um bronzeado perfeito. Mais ou menos como meus ombros, que estão descascando agora mesmo, ainda vermelhos em comparação com meus braços e pernas bronzeados.

Encolho as pernas para a sombra de um guarda-sol e sorrio, pensando nisso.

— Ah, srta. Rory! Estava procurando por você, *señorita*.

Eeeee, meu bom humor momentâneo se foi.

Droga. Esqueci que tinha sido quase encurralada por Esteban quando saímos à noite passada.

Respiro fundo e levanto os olhos, sorrindo tensa.

— Esteban, meu amigão. O que posso fazer por você?

Seu sorriso adulador está um pouco menos confiante do que o normal, as sobrancelhas grossas unidas em uma única e profunda ruga em sua testa.

Se eu não o conhecesse, diria que Esteban Alejandro Alvarez estava nervoso.

Sento um pouco mais reta e percebo que Luna está abaixando o livro. Ela está de óculos escuros, mas tenho certeza de que está olhando para nós. Podemos não estar nos falando direito, mas ela quer estar por dentro de tudo.

Mas não posso dizer que a culpo.

— Esteban? — pergunto, gentil.

Será que é uma gota de suor sobre seu lábio superior ou... estou delirando?

Não, eu acho que é, sim.

— Ah, srta. Rory, fiquei sabendo o que aconteceu ontem. Zoe me informou do incidente. Que desafortunado.

— Desafortunado?

— Extremamente desafortunado. Mas eu, ah, gostaria de lembrar sobre o contrato que assinou, em que concordou em... *se ofereceu para*... trabalhar em nosso Clube Infantil. O Casa Dorada não pode ser considerado responsável por quaisquer ferimentos leves no decorrer de...

— Sim, eu lembro.

Não estou pensando em processá-lo porque uma criança me empurrou na piscina, nem porque minha bermuda estava muito apertada, até porque acho que não conseguiria nada com isso... mas é *tão bom* vê-lo suar.

— Sim, sim, bem... — Ele pigarreia.

Apesar de tudo, não consigo deixar de olhar para Luna. Ela ainda está de óculos escuros, mas vejo um pequeno sorriso: ela está se esforçando muito para não sorrir ou rir, gostando tanto quanto eu do que está vendo. Mordo a parte interna da bochecha, lutando para permanecer inexpressiva ao encarar Esteban de novo.

— Bem — diz ele, aprumando-se um pouco mais. — Encontrei outra pessoa para ajudar com as crianças hoje. E, é claro, nós não cobraremos pelos danos causados pelo apagão, sob essas, ah... novas circunstâncias. Espero que não haja... ressentimentos, hum, srta. Rory?

Sem ressentimentos?

Não sei ao certo se quero rir, gritar ou *empurrar* ele de costas na piscina e observá-lo se debater enquanto tenta entender o que acabou de acontecer. Sem ressentimentos... meu rabo! Literalmente. Meu rabo por todo canto da internet, e não graças a ele.

E, além disso, Esteban achou mesmo que eu apareceria no Clube Infantil hoje? Zoe me disse ontem que já tinha pedido para alguém ajudá-la e que tinha falado com Esteban. Acho que ele não precisou de muito convencimento, pelo jeito como veio verificar se não vou processá-lo no instante em que chegar em casa.

— Aham — respondo.

Posso ter livrado a cara dele, mas Esteban ainda não se desculpou de verdade.

Ele hesita por um instante. Suas mãos estão entrelaçadas nas costas e ele se balança para a frente e para trás, alternando o peso do corpo entre os pés. Ele estala a língua.

— Bem. Sim. Ótimo.

Quando está prestes a partir, eu elevo a voz, querendo dar a última palavra e atormentá-lo um pouco mais.

— Você sabe que alguém aqui tem um celular, né?

— *¿Perdón?*

— Alguém aqui tem um celular. Não sei se é hóspede ou funcionário, mas você nos *puniu* por aquela pequena tentativa na outra noite, e alguém aqui está fazendo vídeos e compartilhando na internet. Só para você saber. Dá para ver que sua política está funcionando a todo vapor.

As orelhas de Esteban ficam vermelhas.

— Entendo, *gracias*, srta. Rory, pela informação.

Ele ainda não se desculpa, mas dá meia-volta e vai embora, furioso e irritado, e isso é mais recompensador do que qualquer desculpa esfarrapada.

Luna se aproxima.

— Que cretino. Bom para você, que o colocou em seu devido lugar.

— Hum.

Eu me pergunto se devia simplesmente ter feito isso antes e me defendido em vez de fazer todo o possível para evitar as multas com que ele havia me ameaçado. Acho que Esteban não podia ter falado *tão* sério, afinal, se deixou passar com tanta facilidade.

Um funcionário do hotel avisa que o vôlei na piscina vai começar em cinco minutos, o que cria murmúrios de empolgação ao redor.

— Acho que vou voltar para a *villa* — digo a Luna —, tomar um banho e colocar um biquíni. Acho que é melhor eu acordar Jodie também. Ela vai ficar brava se perder o café da manhã.

— Ah... — responde Luna, baixinho. — É claro. Certo.

Eu me levanto e calço os sapatos.

— Eu *realmente* estou arrependida por ontem à noite — solta Luna de repente, tirando os óculos escuros para me lançar um olhar choroso, com o lábio inferior entre os dentes. — Não sei o que me deu. Eu não... Rory, me desculpa. Você não merece nenhuma daquelas coisas que eu disse.

Quando Luna começa a soltar mais desculpas, ergo a mão para fazê-la parar.

— Ah, fala sério — digo. — Você foi sincera, e eu mereci. Estou sendo chata a semana toda. Obrigando vocês a ficarem naquele barraco depois que inundei meu quarto, arruinando a semana de luxo de vocês... E concordei bem rapidinho com aquele roubo dos celulares que nos colocou em apuros, para começar, não foi?

Mas ela balança a cabeça com veemência.

— Não. *Não*, você não está sendo chata de jeito nenhum! Como pode pensar uma coisa dessas? Eu que grudei em vocês duas a semana toda! Arrastei vocês para jantar naquela primeira noite, e depois...

— Do que você está *falando*?

Os lábios de Luna tremem, mas ela respira fundo e diz:

— Desculpa. Mesmo. Não espero que você me perdoe, porque o que eu falei é imperdoável, mas...

Dou risada, porque... sério? Ela está se ouvindo?

E eu que pensei que *eu* era a dramática.

— Ora, qual é? — replico. — É a vida. Amigas brigam. É assim que as coisas são. E, sim, você com certeza me deve desculpas por mexer nas minhas coisas e ter sido grosseira comigo daquela forma... mas fala sério. Não é nada *imperdoável*. E até parece que a maior parte das coisas que você disse não é *verdade*.

— Mas...

— Luna, escuta — interrompo. — Acho legal que você queira resolver as coisas, de verdade, mas é sério: *eu preciso de um banho*.

Então vou lá, beleza? E depois, quando eu não estiver mais com cheiro de cecê, podemos conversar.

Ela solta um grande suspiro e morde o lábio de novo, e em seguida concorda. Posso jurar que ela precisou engolir outro pedido de desculpas também.

Acrescento:

— Sabe, acho que não consigo nem olhar para essa piscina depois do incidente com Larry ontem. Por que não encontra um lugar para a gente na praia? Nós te encontramos daqui a pouco.

Luna assente, pegando suas coisas. Nós nos afastamos da piscina em silêncio, mas estou feliz em notar que parte da tensão do café da manhã desapareceu.

Sei que não preciso escutá-la. Depois de amanhã, nunca mais preciso vê-la de novo. Mas não consigo imaginar ir de nosso pequeno e unido trio de amigas dessa semana para *nada*, e... parece a coisa adulta a se fazer. Então, talvez eu não deva isso a Luna, mas devo a mim mesma.

A ideia me conforta, um vislumbre de orgulho em meu peito, igual a quando me impus com Esteban. Se é assim que um pouco de independência e responsabilidade se parece... Acho que gosto disso, afinal.

CAPÍTULO TRINTA E TRÊS
JODIE

— Um aviso... — anuncia Rory, subindo as escadas. Eu me apresso, terminando de vestir a calcinha e pegando a toalha para me cobrir.

— Luna está se sentindo muito arrependida — continua —, então se prepare para olhos de cachorrinho triste e muita humilhação. O que, tipo, ela nos deve desculpa mesmo, eu sei, mas é meio difícil de escutar. Então se prepara.

Ela entra no quarto, descabelada e meio fedida. O que não é de se surpreender, dado que parece que ela nem penteou o cabelo desde ontem à noite.

— É bom saber — digo.

Não fiquei muito triste quando vi que Luna já tinha saído quando acordei. Ter que conversar sobre a briga logo cedo era uma forma certa de acabar com o bom humor com que acordei depois de um fim de noite tão maravilhoso. Mas pelo menos Luna quer consertar as coisas. Acho que não conseguiria lidar com a gente se ignorando o dia todo, ainda mais porque ainda estamos compartilhando a *villa* até amanhã.

Rory começa a tirar a blusa, o short e as bijuterias, jogando-os na cama.

— Eu a deixei na praia, se quiser nos encontrar depois de tomar café da manhã. — Ela me olha inexpressiva. — E *voltei* para te acordar a tempo do café, fique sabendo. Você fica meio irritada quando não come, sabia?

— "Nos" encontrar? — pergunto, em vez de agradecer. — Vocês fizeram as pazes, então?

— Mais ou menos. Acho que sim — Ela cheira as axilas e faz uma cara de ânsia de vômito. — Para ser sincera, preciso tomar banho antes de lidar isso tudo. Mas vai ficar tudo bem. Acho que alguma outra coisa estava acontecendo com ela. Talvez a situação toda com Liam, ou algo assim? Não que *exista* alguma *situação*, mas...

— Mas ela ainda está perdidamente apaixonada por ele — completo, concordando. — E não tenho ideia do motivo. Quer dizer... tenho certeza de que há todo um outro lado da história que não ouvimos, mas ela também não veio para cá furiosa com ele, veio?

— Acho que ela quer voltar com ele. O que... não. Ela perdeu a cabeça ontem, mas deixar Luna voltar com aquele *idiota* está muito acima de qualquer tipo de punição.

Eu dou risada. É um alívio saber que Rory não guarda rancor, que pode haver mais nessa história do que Luna só sendo uma babaca em segredo e mostrando de repente sua verdadeira cara. Mas Rory está certa: café da manhã primeiro.

— Eu encontro vocês na praia — digo a Rory quando ela entra no banheiro.

— Ótimo. Ainda preciso saber tudo sobre seu sumiço ontem! Você me deve uma história depois de ter me largado!

∽

Depois de tomar o café da manhã, e com uma canga limpa debaixo do braço, vou até a areia. Avisto Luna descansando bem fora do caminho da aula de tai chi, aliviada quando vejo Rory ao lado dela. Pelo menos se tudo der errado, Rory pode agir como um amortecedor...

Eu não sei se Luna quer se desculpar *comigo*, afinal. Posso muito bem estar tirando conclusões precipitadas.

— Oi — digo, anunciando minha chegada.

Estendo a canga e abaixo para me sentar com elas, esticando as pernas para absorver os últimos raios de sol da viagem. Apesar do clima tenso e do olhar desanimado no rosto de Luna, a combinação de areia em meus pés, o som das ondas e a música distante da cabana parecem um êxtase absoluto.

Bem. Em segundo lugar, depois de ontem à noite...

Em três segundos, Luna começa a tagarelar desculpas, dizendo que ela sabe que perdeu a cabeça e não pretendia dizer nenhuma daquelas coisas terríveis que falou sobre mim e Gabriel, e que não espera que eu a perdoe...

— Não teve nada a ver com vocês — explica Luna, movendo a cabeça entre nós duas, olhos arregalados e suplicantes. — Eu juro. Eu estava chateada com... com outras coisas, e comigo mesma. Acho que coloquei na cabeça que vocês não gostavam de mim, e sei que não devia descontar isso em vocês, mas...

— Espera um pouco. — Eu me inclino para a frente, interrompendo-a. — Por que você achou que *não gostávamos* de você?

Quando Luna volta a falar, ela conta muito depressa que nenhum de seus amigos da faculdade se deram ao trabalho de entrar em contato com ela desde o término, e que ela está percebendo que eles nunca foram seus amigos de verdade para começo de conversa, o que ela diz que não é surpreendente quando ela sempre foi tão chata e séria em comparação com Liam, e que não é de se estranhar que *ele* preferisse passar tempo com todo mundo em vez de ficar com ela...

— E acho que — continua ela —, juntando o fato de que minhas amigas da escola mal conversam no grupo do WhatsApp, e vocês terem sido meio grosseiras comigo algumas vezes, eu fiquei paranoica e pensei que *vocês* estavam só me aturando. Ainda mais quando você disse não ter ficado surpresa de Liam ter me traído — acrescenta, baixinho.

— O quê? — Vasculho o cérebro até me lembrar do que ela está falando, e percebo que eu disse isso ontem, na balada. — Nossa, não. Eu quis dizer que não estava surpresa porque ele parece um namorado horrível! Não por *sua* causa.

Rory concorda, dizendo:

— Um namorado horrível.

Luna fica boquiaberta, e quase dá para ouvir as engrenagens girando, processando essa nova informação.

— Sé-sério?

— Sim! Sério, foi por isso que você foi grosseira comigo ontem, dizendo que fiquei me jogando para cima do Gabriel?

Ela alterna os olhos marejados entre nós duas, a vergonha estampada em seu rosto.

Por mais que suas palavras tivessem me chateado, eu só sinto pena dela... e frustração porque as coisas saíram tanto do controle. Eu me movo para sentar em sua canga e passar um braço ao seu redor.

— Sua criaturinha idiota! — exclamo, como minha avó diz para mim. — Como se fôssemos passar a semana inteira com você, *e ainda por cima* dividir um quarto, se não gostássemos de você!

Ela solta uma risada chorosa. Rory cutuca a coxa dela com o pé.

— Foi por isso que você ficou tão chateada por eu convidar Zoe? — pergunta ela. — Não só porque achou que ela estivesse saindo com seu ex? O que, só para você saber, foi uma *loucura* sequer imaginar, mas eu quis me certificar e ela não está saindo com Liam. Então, tem isso também.

Luna parece aliviada, e solta um grande suspiro, lágrimas escorrendo por seu rosto agora, enquanto fala sobre como estava sendo tola. Ela nos diz que se arrepende de ter terminado com Liam, mesmo que estivesse começando a ver que há muitos motivos pelos quais ela realmente deveria ter feito isso, só que Luna não sabe dizer se sente falta *dele* ou se está apenas com medo de não estar em um relacionamento.

— Porque não foi só ele que eu perdi, foi ter alguém com quem compartilhar tudo — explica. — São todos os nossos amigos e... A pior parte é que eu nem *notei* que eles não eram *meus* amigos! Porque Liam estava sempre lá, me convidando para os eventos, e... é... Não riam do que eu vou falar agora, está bem?

— Nós nunca faríamos isso — garante Rory com uma seriedade tão fatal que parece mais que ela está prometendo rir.

— Parece que vocês duas são mais minhas melhores amigas do que qualquer um em que de fato penso como um melhor amigo. O que eu sei que me faz parecer louca, e, tipo, uma *stalker* estranha ...

— E pensar que a Zoe, do Clube Infantil, estava namorando seu ex *não fazia você se sentir assim?* — questiono.

— Sinto muito informar, querida — diz Rory, inclinando-se para a frente para pôr a mão no ombro de Luna —, mas agora você não tem mais saída. Se acha que vou deixar vocês, bobonas, sumirem depois que dermos o fora desse lugar, estão redondamente enganadas. E se acha que *você* parece triste, eu tenho muitos amigos, mas ninguém que eu chamaria de *melhor* amigo. Ninguém com quem sinta que posso... ser eu mesma, como sou com vocês.

Luna funga, com lágrimas nos olhos.

Ambas olham para mim.

— Sou uma bobona sem amigos também. Estou *tão* feliz de não ser só eu. As únicas vezes que mando mensagem para alguém da antiga escola é no LinkedIn. Eu provavelmente não vou manter contato com a maioria dos meus amigos da faculdade depois que eu sair.

O que... pode ser antes do que eu esperava.

— Sério, gente! — fala Rory. — Se vocês acham que não vou mandar solicitação de amizade em todas as redes sociais no segundo em que estivermos naquele ônibus com nossos celulares, vocês estão por fora.

— É agora que eu digo que só tenho LinkedIn? — pergunto, impassível.

— Como é? — Rory engasga, arregalando os olhos. Ela joga os braços para o alto e a cabeça para trás. — Qual é a das pessoas que não têm redes sociais? Zoe não tem quase nada! Por favor, me diga que você tem pelo menos Instagram, Jodie?

— Hum...

Sinto o rosto corar, sem saber ao certo o porquê. Isso nunca me incomodou antes. Mas, então, acho que talvez não tenha tido pessoas em minha vida pelas quais eu quisesse estar nas redes sociais.

Era apenas outra forma de as pessoas esfregarem a vida delas na minha cara, de fazerem eu me sentir inadequada.

Explico tudo isso para elas, que estão espantadas, depois acrescento:

— Além disso, eu estava tentando provar para os meus amigos que era melhor do que eles porque não precisava disso, mas... acho que eles nunca se importaram, para ser sincera. Só significava que eu podia dizer: "Ah, eu não tenho redes sociais", como as pessoas dizem que são veganas, ou que vão para Oxbridge. Mas por vocês, meninas — digo no tom de voz mais majestoso que consigo, esperando que dramatizar em excesso esconda a emoção genuína por trás de minha declaração —, posso abrir uma exceção.

— Obrigada, meninas — murmura Luna com a voz trêmula. Ela aperta a mão de Rory e se inclina para o lado para apoiar a cabeça no meu ombro por um segundo, antes de voltar a endireitar o corpo. — Sinto muito por ter gritado com vocês duas daquele jeito e estragado a noite.

— Acredite — diz Rory, rindo —, aquilo não chegou nem perto.

CAPÍTULO TRINTA E QUATRO
LUNA

Estou muito aliviada pelas meninas terem me perdoado — ainda que constrangida com meu comportamento e com a paranoia que me levou a descontar nelas. Nunca fiquei tão feliz de estar errada sobre alguma coisa.

Sem mais delongas, Rory assume a conversa e rouba os holofotes, iniciando uma detalhada descrição de tudo o que tinha acontecido no segundo em que fui embora, me contando sobre a hashtag que viralizou, *#FracassoDaLagosta*, até fazendo sotaques do norte da Inglaterra assustadoramente bons para as mulheres da despedida de solteira, quando elas aparecem na história.

— Acho que eu não ligaria muito se ninguém soubesse que era eu — diz Rory.

Olho para Jodie, que sorri. *Quem ela está querendo enganar?*

— Mas alguém sabia que era eu, e me marcou, e agora *todo mundo* sabe. O *mundo inteiro* sabe que Rory Belmont é a Garota Lagosta. Isso vai me acompanhar em todos os lugares. As pessoas vão procurar meu nome no Google, e a primeira coisa que vão ver é aquele vídeo e minha bunda branca.

— Talvez você possa dizer que não é você e que te marcaram por engano? Aposto que não dá nem para distinguir seu rosto no vídeo.

Jodie faz cara feia para mim.

Ah, bem... Deixa para lá.

— Não ajuda nada o fato de dar para me ouvir gritando o nome dela quando ela cai na água — acrescenta Jodie. — Aparece a gente correndo para ajudar.

Mordo os lábios por um instante.

— Certo. Hã. Isso não é... o melhor cenário, eu acho.

— Além disso — continua Rory, com os olhos arregalados — eles marcaram meu Instagram *público*. Bem. Então, eu não conto às pessoas que tenho essa conta porque estou tentando construir uma presença on-line e me promover como artista para tentar provar que *sou capaz* de fazer isso, e, tipo, se eu for boa nisso, meus pais vão ter que admitir que eu não preciso estudar Direito. Mas agora *todo mundo* vai descobrir que eu tenho esse Instagram, vão encontrar meu TikTok e minha lojinha, e ver o quando estou fracassando como artista, e minha família vai achar *muito* triste, e...

— Ah! — exclamo. — Você posta os seus desenhos lá, como os que vi no seu caderno? Desculpa, sei que eu não devia ter olhado, mas você é ótima.

— Espera — diz Jodie, totalmente confusa. — É para isso que serve aquela conta de Instagram? Eu achei que fosse só... sabe, pessoal, *sua*.

Rory fez um biquinho, dando a impressão de que ela está ofendida, mas não consigo entender o motivo.

— O que você quer dizer?

— Não me leve a mal, é bonita — responde Jodie, recuando. — Mas eu nunca ia adivinhar o que você estava tentando promover. Tipo, quer dizer, sua arte. Só achei que parecia um feed bonito e... tipo uma conta de influenciadora.

— O quê?

Jodie dá de ombros e continua:

— Sei lá, acho que eu pensaria que veria... mais do seu trabalho, eu acho. Quer dizer, se você dissesse que era tudo a marca que você construiu para tentar se lançar como *influenciadora*... eu teria entendido cem por cento. Mas, olha, eu finjo que não ter redes sociais me faz parecer superior. Então não sei de muita coisa.

Rory ri, beirando à histeria. Ela volta a deitar na areia, passando as mãos pelo rosto algumas vezes.

— Ai, meu Deus. Ai, meu Deus. Eu não... Você *tem razão*. Eu nunca mais promovi a droga do meu trabalho lá. Estive tentando com tanto afinco fazer o que em geral tem engajamento em *outras* contas que parei de postar o tipo de conteúdo que *eu* quero compartilhar. Que estava indo bem quando eu *postava*! Por isso estou perdendo seguidores e não tenho mais tantas curtidas e visualizações! Por isso ninguém se importa com minha lojinha. Deus. É tão óbvio, agora que você disse!

Ela solta um suspiro alto e desolado.

— Vamos encarar, gente — continua Rory. — O que quer que eu pensasse que pudesse fazer, não posso mais. Mesmo que as pessoas me levassem a sério como artista, ninguém vai ligar se tudo o que querem ver é *#FracassoDaLagosta*.

— Então acho que é melhor assumir isso — sugiro, dando de ombros, lembrando de seu discurso motivacional "Repensar. Reformular!" para Jodie outro dia, depois do incidente dos lóbulos adoráveis. — Coloque "Garota Lagosta" em sua bio e tal. Se as pessoas vão descobrir de qualquer modo, você pode muito bem sair na frente. Compra um vestido laranja e posta uma foto de uma Garota Lagosta impecável. As marcas agora fazem campanhas com as pessoas que viram memes, né? Talvez isso até *ajude*.

Rory se vira para mim, as tranças balançando na areia.

— Desculpe — murmuro, recuado quando seus olhos castanhos me encaram. — Eu estava só... tentando ser positiva. Encontrar um lado positivo.

— Não — retruca ela, e abre um sorriso de orelha a orelha. — Isso é *perfeito*. Ai, meu Deus. Por que não pensei nisso? Você tem razão. Como vocês são tão boas nisso? Achei que *eu* era uma guru das redes sociais, mas não consigo nem promover meu próprio trabalho, nem pensar em uma forma boa de reverter todo o fiasco do Fracasso da Lagosta. Eu preciso... aff, qual é a frase? Assumir o controle da narrativa! Preciso contar minha própria história. Você está *coberta de razão*, srta. Lola.

— Estou?

— Ela está? — pergunta Jodie.

— Sim! Não acredito que fiquei ocupada demais sentindo pena de mim mesma para sequer pensar em fazer dinheiro em cima disso. Ai, meu Deus. Eu viralizei! Tudo bem que logo vão esquecer disso, mas, ei, eu posso tornar isso uma marca, continuar com a hashtag. Posso usá-la. Amei a ideia do vestido laranja, é genial. Com certeza vou roubá-la.

— Fique à vontade.

Para ser sincera, estou muito assustada com o novo rumo das coisas. Rory passou de atordoada e triste, mal desfazendo o bico desde que a vi no café da manhã, para... bem, isso. Seus olhos estão arregalados e animados. Se ela sorrir mais, acho que o rosto pode quebrar, e ela está quase vibrando.

Ela parece enlouquecida, mas no bom sentido.

Em toda semana, é seu momento mais animado.

— Temos certeza de que ela não bateu a cabeça ontem? — Jodie finge sussurrar para mim, fazendo Rory rir e a empurrar.

— Cala a boca! — exclama Rory. — Eu estou bem. Só... Ah, é uma ideia tão boa! Eu queria todos aqueles seguidores, e agora eu tenho! Preciso direcioná-los para o que eu quero. E *pensar* que, depois de ontem, eu estava considerando fechar todas as minhas redes sociais. Luna, você salvou minha vida.

— Aham! — diz Jodie, levando a mão ao peito. — Acho que eu também ajudei a te arrastar da piscina ontem.

Rory lança um olhar lacônico para ela.

— E, meu doce cavaleiro — fala Rory, dramática —, estarei para sempre em dívida contigo. Devo pedir que façam um banquete em tua honra... Ah, gente, vocês percebem o que isso significa, não é?

— O quê?

— Agora eu não vou mais poder estudar Direito. Ninguém levaria um advogado a sério se ele tivesse sido uma *piada*. É isso... É assim que vou dizer aos meus pais que não vou fazer isso, e que eu deveria me inscrever em outro curso que de fato combine comigo.

Ou tirar um ano sabático! Dizer que vou esperar isso passar enquanto faço dinheiro com essa situação.

Jodie revira os olhos, mas diz, sincera.

— Que bom, querida, que bom. Estamos felizes com o fim da choradeira.

Rory vira de bruços e se levanta, jogando areia para todo lado. Ela procura minha bolsa, vasculhando dentro dela.

— Você ainda está com o meu caderno, não está? Onde... Arrá! E caneta, caneta... Onde... Achei.

Sinto meu estômago embrulhar ao ver o caderno dela.

— Desculpa por ter lido o seu diário — peço —, ou seja lá o que for isso. Eu não... — Não, isso é mentira, eu *tive intenção de* olhar, sim. — Não deveria ter feito isso.

— Tudo bem — diz ela, balançando a mão e a caneta para mim.

Rory equilibra o caderno nos joelhos e tira a tampa da caneta com os dentes, escrevendo em uma página em branco. É algo diferente de sua reação ontem à noite, mas acho que não deve ter ajudado o fato de eu estar gritando com ela.

Jodie estala os dedos, sentando um pouco mais reta em sua canga, para onde havia voltado.

— Ah, é! Eu tinha esquecido. O que era essa lista de que vocês ficaram falando?

Rory não responde por um minuto, ocupada demais escrevendo, resmungando e apontando com a cabeça para mim como se pedisse para que eu explicasse. Então falo sobre a lista que encontrei no caderno de Rory, admitindo em um sussurro que seu objetivo de fazer amigos e conversar com pessoas tinha me deixado ainda mais insegura.

Sinto-me tão patética, tão boba.

Mas Jodie não ri de mim por isso, apenas assente, sorrindo em solidariedade, como se compreendesse.

Como pude achar que elas não eram minhas amigas de verdade?

Digo isso em voz alta, e Rory cospe a tampa da caneta na areia para dizer:

— Há coisas que acontecem que constroem amizades. Para os meninos e a Eleven, foi o Mundo Invertido e Demogorgon. Para nós, é um resort de detox digital, sangria demais e um barraco caindo aos pedaços na praia.

— Acho que da próxima vez vou preferir o troll da montanha — retruca Jodie.

Ficamos em silêncio por um tempo, deixando Rory escrever. A página parece uma bagunça de anotações rápidas e rabiscadas. Está coberta de setas, algumas coisas com estrelinhas, e outras dentro de círculos desenhados de forma aleatória. Por fim, ela bufa e fecha o caderno. Olha para nós, corando e encolhendo-se.

— Desculpem. Eu só... tive muitas ideias — diz ela.

— Tudo bem.

— De agora em diante, Luna — continua Rory —, você tem permissão para gritar comigo o quanto quiser, se isso é o que acontece depois. Eu vou dar a volta *por cima*. Esperem para ver. Vou chegar a um milhão de seguidores logo, logo. E que venham os pedidos na minha lojinha!

Mas ela diz isso com uma piscadinha autodepreciativa para que saibamos que não está com a cabeça completamente nas nuvens, nós sorrimos para ela.

Rory bate com o pé na perna de Jodie.

— E você? Você sumiu ontem à noite. Foi atrás daquele garoto de bermuda cáqui? Ai, meu Deus, e o que aconteceu quando Gabriel e seus amigos apareceram?

— Espere... *Gabriel estava* lá ontem à noite? — pergunto, de olhos arregalados. — Você está bem?

— Na verdade...

Fico surpresa quando um grande sorriso surge em seu rosto, iluminando seu olhar.

Rory levanta o dedo para ela, espiando sobre seus enormes óculos de sol.

— Meu amor, esse *não* é o olhar de uma garota que teve o coração estraçalhado depois de brigar com o crush. Conta tudo!

E a Jodie animada está de volta com força total, ficando de joelhos e com gestos exagerados ao nos contar sobre querer provar para Gabriel que não se importava, dançar com outro garoto, e o pequeno confronto tenso na pista de dança. Ela explica que foi tudo um grande mal-entendido, como ele foi gentil e sincero...

Não posso deixar de sentir uma pontada de inveja, desejando que Liam tivesse demonstrado aquele tipo de consciência sobre sua imaturidade em algum momento. Mas isso desaparece depressa, substituído por algo muito próximo do sentimento de ter desviado de uma bala ao terminar com ele naquele momento.

Distraída, Jodie se apoia nos cotovelos para nos contar sobre o passeio noturno deles.

— Nós passamos... Nossa, devem ter sido horas... apenas caminhando na praia, conversando.

— E se beijando — completo.

— Teve muito disso, sim — diz ela, parecendo um tanto quanto satisfeita consigo mesma.

— E transando também? — sugere Rory, balançando as sobrancelhas.

As bochechas coradas de Jodie são resposta suficiente, mesmo ela não contando detalhes, o que faz todas nós rir.

— Mas não foi só isso — diz Jodie. — Eu realmente senti que podia me abrir com Gabriel. As coisas apenas... fazem *sentido* com ele, de alguma forma, sabem? Tipo, eu resolvi que vou largar a faculdade.

— O quê? — Rory e eu gritamos ao mesmo tempo.

Sei que Jodie tinha mencionado no primeiro dia o quanto estava infeliz, e que pensar em seu último ano e em sua carreira foi o que fez com que ela viesse para cá, para fugir disso tudo... mas ela de repente parece tão certa de sua decisão, tão em paz com ela. *Tão feliz.*

— É o que eu quero já há um tempo — confessa ela, assentindo para si mesma —, e é hora de eu começar a ir um pouco mais atrás do que eu quero.

— Me ensina como você faz — declara Rory, com uma risada entristecida.

Mas ela estica a perna para cutucar Jodie com o pé de uma forma que parece dizer: "Estou orgulhosa de você."

— Você e Gabriel conversaram sobre... sobre vocês... — começo.

Mas a forma com que Rory olha para mim me faz hesitar. Acho que foi uma péssima ideia.

Jodie parece entender que eu estava prestes a perguntar se havia algum futuro para eles dois. Ela dá de ombros.

— Na verdade, não — responde. — Eu disse que o veria hoje, mas não combinamos nada sobre *depois*. É o dia de folga dele, então pensei... sei lá. Talvez eu me despeça mais tarde. Foi uma noite tão perfeita, e se isso for tudo o que a gente pode ser ...

Ela suspira com pesar.

— Bem, com licença, srta. Ro-di — falo, fazendo minha melhor imitação de Esteban. — O que você acha que está fazendo aqui com a gente?

— O quê?

— Você tem mais um dia para desfrutar desse pedaço de paraíso — respondo, estendo a mão para a vista.

A areia branca, o mar azul e brilhante, o bar da praia... O próprio hotel parece algo saído de uma revista, brilhando sob a luz do sol, e cercado de palmeiras e arbustos floridos. Até o jogo de vôlei que começou na praia parece convidativo.

— Então *o que* está fazendo aqui sentada com a gente — continuo — se seu crush tem um dia de folga do trabalho, que você poderia estar passando agarrada com ele?

Jodie fica corada e murmura algumas coisas sem sentido, mas tem um sorriso no canto de sua boca.

— Vai lá — encoraja Rory. — Vá procurá-lo! Vamos estar por aqui se você quiser voltar ou mudar de ideia, ou seja lá o que for. Mas, por enquanto, vai e beija muito, até cansar.

— Vocês têm certeza? Quer dizer, é... é nosso último dia aqui. E...

— E vamos ficar juntas a maior parte de amanhã em um ônibus até o aeroporto e no avião para casa — argumento.

O rosto de Jodie se ilumina, mas ela abaixa a cabeça e tenta escondê-lo. Não consigo deixar de sorrir.

— Se você não for atrás dele, uma de nós vai — brinco. — E eu acabei de ficar solteira. Não me testa!

Jodie ri, levantando e limpando a areia do corpo.

— Está bem, está bem. Eu vou. Vejo vocês na hora do jantar, então?

— A última ceia — retruca Rory.

— O último "viva" às férias infernais — acrescento.

Jodie pega os chinelos e dá um aceno discreto antes de começar a se afastar. Rory e eu gritamos, assobiando e torcendo por ela. Jodie para, joga as mãos para o alto e dá uma reboladinha antes de correr pela praia.

— Essa garota está aproveitando a vida — declara Rory.

Ela se vira para deitar de bruços, abrindo o caderno de novo. Pego um livro na bolsa, mas depois de mais ou menos um minuto, me dou conta de que não estou lendo nenhuma palavra.

Fecho o livro, abraçando os joelhos e vendo as ondas baterem e recuarem. Fecho os olhos e aproveito o calor do sol na pele, o silêncio.

Jodie está, como Rory disse, aproveitando a vida. Saiu para ficar com o crush, e está determinada a fazer mudanças e repensar suas prioridades. Rory está escrevendo sem parar, com um gosto renovado por todas as suas ambições.

E só sobro eu.

E talvez eu não tenha muitos bons amigos no mundo lá fora, nem um namorado. Talvez eu não tenha um plano de cinco anos que esteja remotamente nos trilhos, nem plano *algum* no momento.

Mas estou... bem.

Não, nada disso. Estou *mais* do que bem.

Eu estou *ótima*.

CAPÍTULO TRINTA E CINCO
RORY

— Você deveria passar mais filtro solar — sugere Luna.
— Fala sério! Que britânica branquela eu seria se passasse filtro solar no meu último dia de férias?
— Uma britânica queimada, correndo o risco de ter câncer de pele e rugas.

Aceno, dispensando a ideia.

— Passei um pouco hoje de manhã, e não entrei na água. Estou bem, srta. Lola. Mas... — digo, suavizando a voz. — Agradeço pela preocupação, querida.

Luna revira os olhos e é impossível não sorrir. Hannah e Nic iam adorá-la. Ela é a personificação da jovem adulta responsável que elas querem que eu seja.

Ficamos sentadas na praia um tempo depois que Jodie sai. Estou envolvida em meu caderno e planos, anotando ideias para vídeos e legendas para o Instagram e como quero que seja minha nova bio. Fico pensando na ilustração de Larry, a Lagosta que fiz no Clube Infantil com a garotinha, e o esboço de novo, da melhor forma que consigo me lembrar. Eu o desenho mais algumas vezes até achar que está perfeito.

Poderia fazer alguma coisa com isso. Não sei *o quê* ainda, mas vou pensar em alguma coisa. Hoje, meu cérebro está a todo vapor e estou determinada a usar toda a fumaça e continuar em frente.

É inacreditável que não pensei nisso antes. É surreal que precisei que Jodie me apontasse o óbvio: todos os meus esforços para "construir uma marca" não estavam, no fim das contas, focados no produto, na arte que eu queria vender. A paixão que eu realmente queria *compartilhar*.

Volto algumas páginas até minha lista. Mordo a parte interna da bochecha ao riscar algumas coisas:

~ Lista para as férias ~

1. Escrever uma lista de prós e contras de estudar Direito em uma universidade da qual recebi uma OFERTA IRRECUSÁVEL.
2. Escrever uma lista de prós e contras de fazer qualquer outra coisa além de Direito.
3. ~~Considerar outras graduações para me inscrever em vagas remanescentes.~~
4. ~~Escrever uma lista de prós e contras de um ano sabático, só por garantia.~~
5. ~~ME DIVERTIR! FICAR TRANQUILA! PRATICAR ATENÇÃO PLENA!~~
6. ~~Falar com estranhos (fazer amigos???).~~
7. ~~Fazer algo pela primeira vez!~~
8. ~~Descobrir como contar para minha mãe, meu pai, Nic e Hannah que não quero fazer faculdade de Direito, nunca quis fazer faculdade de Direito, nunca vou querer fazer faculdade de Direito e que talvez eu comece a chorar se alguém mencionar Direito mais uma vez.~~
9.
10.

Acho que minha experiência como Larry conta como "fazer algo pela primeira vez", e quanto a minha preocupação e indecisão sobre a graduação em Direito...

Minha família toda vai ter visto o *#FracassoDaLagosta*, sem dúvida. Também aposto que isso significa que vão ter descoberto meu TikTok, Instagram e a lojinha on-line. Eles vão *saber*.

E, pela primeira vez, isso... não me aterroriza como antes. Como aterrorizava meros *dias* atrás. E daí se minhas visualizações estavam caindo e eu estava perdendo seguidores? Vou dizer: vejam como me dediquei para fazer algo que eu *amo*! É com certeza muito mais esforço do que coloquei em meus estudos, e só porque passei pela escola sem dificuldades até agora, não quer dizer que a universidade será moleza. Jodie é a prova viva disso.

Mesmo assim, eu gostaria de fazer faculdade. Sempre que Jodie e Luna falaram sobre isso, fiquei animada para ter essa experiência. Apenas, tipo, não Direito.

Minha família vai ter que engolir esse fato, e isso é tudo.

E depois me ajudar a descobrir como funcionam as vagas remanescentes, porque não sei muito bem.

Levanto os olhos de novo quando Luna diz:

— Acho que vou pegar uma bebida, você quer? Acho que o almoço já deve estar sendo servido a essa hora...

Entendido.

— Eu já comeria.

— Tem certeza? Se estiver ocupada, não quero interromper.

Balanço a cabeça, fechando o caderno. Ela segura a bolsa aberta para eu jogar minhas coisas lá dentro (mas faz questão de tirar a areia primeiro), e voltamos na direção do hotel.

— Entãããoo — diz ela, arrastando a palavra e olhando para mim incerta. — Sua lista. Algum, hum... algum progresso? Depois de todas aquelas anotações frenéticas?

Finjo um susto, levando a mão ao peito.

— Luna, que terrível, me lembrando de sua bisbilhotice. Estou de coração partido com sua traição.

Ela parece um pouco estranha, embora revire os olhos e me cutuque com o cotovelo.

— Ah, fala sério.

Conto a ela sobre as listas de prós e contras que estava fazendo, que são bem curtas dado o quanto eu estava estressada só de pensar nelas, e como elas parecem definitivas agora. Digo que vou ser uma garota crescida, agir como adulta de uma vez por todas, e simplesmente dizer à minha família que quero estudar outra coisa.

Se posso me impor a Esteban, então falar com meus pais vai ser tranquilo.

— Que bom, Rory. Isso é... isso é ótimo, de verdade.

Ela sorri, e algo caloroso brota em meu peito. Se parece um pouco com orgulho. É um bom contraste com o terror que senti quando recebi aquela carta da faculdade com a vaga, nem se compara.

— E você? Superou aquele ex chato, traíra e seus tênis horrorosos?

Luna dá uma risada curta e incerta e, quando ela revira os olhos novamente, começo a falar mais depressa.

— Ele não te merece, você sabe. Sei que isso parece estranho vindo de mim, porque só nos conhecemos há poucos dias, mas... Somos amigas. E você merece coisa melhor do que um garoto que está mais preocupado em sair e se divertir do que respeitar o relacionamento de vocês. Vocês ficaram juntos uma *eternidade*, e é muita coisa para superar, eu entendo, mas parecia que as coisas não estavam bem havia um tempo, e que você mordia a língua muitas vezes em vez de dizer que ele estava te irritando antes de finalmente terminar com ele. Você é linda, é gentil. Você é tudo de bom. Se ele não enxerga isso, então é problema *dele*, não seu.

Luna me encara, perplexa, ouvindo com atenção. Talvez ela ache que sou muitíssimo esquisita, ou talvez (o que eu espero) seja o tipo de coisa que ela mesma vem imaginando e precisa ouvir em voz alta. Mas... até ontem à noite, pelo menos... ela tem sido tão gentil e empática, se esforçando para animar Jodie e a mim e sendo uma ótima ouvinte. Eu duvido que seu terrível ex-namorado tenha demonstrado a *ela* esse tipo de cortesia — ou qualquer um de seus amigos horríveis que a estão ignorando.

— Além disso — continuo —, se seus amigos preferiram escolher ele a você, isso diz muita coisa a respeito *deles*. Essa gente não faz seu tipo de pessoa, de qualquer modo. Você também está melhor sem eles. Mas você disse que tem outros amigos no seu curso, certo?

— Sim — responde, baixinho, com os olhos concentrados no chão e assentindo, absorvendo tudo. — Tenho.

— E, para sua informação, você não é chata. Eu te acho muito legal.

Luna fica corada.

— Obrigada, Rory — responde, baixinho. — Fico feliz por ouvir isso.

Quando chegamos à recepção, seguindo um fluxo de pessoas se dirigindo para o almoço, avisto Zoe do outro lado. Toco o braço de Luna.

— Eu, hum, pode ir na frente, está bem? Eu te encontro lá em um minuto.

— Tudo bem — diz ela.

Acho que ela nem prestou atenção, mas segue para o restaurante assim mesmo e eu vou até Zoe. Ela está apoiada no balcão da recepção, preenchendo um formulário. Fico ali por um segundo, mas ela não parece me notar.

Nossa, por que de repente me sinto tão estranha? Estávamos nos dando tão bem. Não foi uma amizade tão rápida como aconteceu com Luna e Jodie, mas ela era legal, e nunca ficamos sem ter o que dizer. Então por que me sinto tão estranha agora?

Ah, certo. Porque a fiz ir para uma balada com a gente, viralizei, perdi a cabeça e me fechei em uma cabine no banheiro a noite toda e a fiz esperar por mim esse tempo todo.

Pigarreio.

— Oi.

Ela dá um salto, assustada, e olha para mim com os olhos arregalados antes de largar a caneta e abrir um sorriso amplo.

— Rory! Ei! Como vai? Está, hum... se sentindo melhor?

— Muito — digo com sinceridade. — Só queria me desculpar por ontem. Prometi uma noite das garotas incrível e divertida e estraguei tudo.

— Você acreditaria se eu dissesse que já passei por coisa pior? — brinca.

Estou tão aliviada por Zoe não parecer zangada. Eu estaria, se estivesse no lugar dela.

— Fico feliz por você estar melhor hoje — diz Zoe. — Aquele vídeo... ele logo vai desaparecer.

Não explico que estou esperando que isso não aconteça.

— Bem, é, de qualquer modo, eu só... queria me desculpar. E agradecer. Fiquei muito feliz por você ficar por perto a noite toda daquele jeito, e até que foi divertido trabalhar com você no Clube Infantil.

— Ah, você sabe, o dia é uma criança...

Olho para ela com um olhar impassível.

— Não *tanto*.

Zoe ri alto.

— Foi divertido ter você por perto por um tempinho. Obrigada por ser Larry.

— Eu diria *disponha*, mas o que realmente quero dizer é... *nunca mais*.

— Saiba que eu vou contar sobre você para as pessoas durante anos — fala Zoe.

— Eu me desesperaria se você não contasse. Se algum dia voltar para as redes sociais, me procure, beleza?

— Pode deixar, Garota Lagosta.

CAPÍTULO TRINTA E SEIS
JODIE

Gabriel não está em lugar nenhum. Depois de meia hora vagando pelo hotel, tentando encontrá-lo, começo a perder a esperança. Ele havia dito que me veria hoje, mas não disse *quando*, e eu não posso simplesmente mandar uma mensagem para ele... E não posso entrar na sala dos funcionários para ver se ele está lá. Até porque não quero encontrar Eduardo e nenhum dos outros garotos que estavam com ele ontem à noite.

— *Hola, señorita* — diz uma voz cordial quando estou voltando da recepção pela, talvez, oitava vez. — *¿Como estás?*

Olho ao redor e vejo Rafael, o motorista de nosso primeiro dia, sorrindo para mim.

Sorrio também e respondo:

— *Estoy bien, ¿y tú?*

— Seu espanhol é muito bom, srta. Jodie. Vejo que está vagando pelo hotel. Perdeu alguma coisa?

— Ah! Hum, não, eu só...

— Esqueceu em que atividade deveria estar, talvez? — pergunta, com um ar sarcástico.

Não consigo conter uma risada.

— Não é bem isso. Eu só estava... — Arrisco, preparando-me para perguntar: — Você viu Gabriel em algum lugar?

— Ah — diz Rafael, sorrindo novamente —, não me diga que há mais *tortolitos* por aqui. *Señorita*, eu ouvi dizer que ele estava caidinho por uma de nossas hóspedes!

Tudo o que posso fazer é dar uma risada encabulada e um sorriso mais encabulado ainda.

Mas Rafael fica com pena de mim e faz sinal para eu acompanhá-lo até uma sala atrás da recepção. Ele folheia uma agenda e encontra um número de celular. Liga de um telefone fixo sobre a mesa, sem dizer nada para mim, mas cumprimentando a pessoa do outro lado com entusiasmo.

Depois de trocarem algumas gentilezas, ele diz em inglês, olhando de soslaio para mim e com um sorriso malicioso:

— Estou ligando porque estou aqui com uma jovem que está procurando por você. Aham. *Sí, sí...*

Ele se despede e desliga.

— Gabriel está a caminho. Ele não vai demorar.

— Obrigada. Agradeço a ajuda.

Fico positivamente surpresa pela falta de perguntas e por ele ser tão *solícito*. (Depois de Esteban ter sido passivo-agressivo e o fato de sermos pressionadas a fazer atividades no início da semana, eu meio que esqueci que funcionários podem ser *gentis*.)

— Acho que ele gosta de você — declara Rafael em tom conspiratório, me lembrando de quando eu era pequena e minha avó me contou onde minha mãe havia escondido meus presentes de Natal. — Ele é muito solitário às vezes, eu acho. Não o vejo empolgado com uma moça há um tempo.

— Hã... — É tudo o que consigo dizer.

Por dentro, estou socando o ar e fazendo uma dancinha feliz e ridícula, porque, *caramba*, então Gabriel não dá em cima de toda garota desse hotel que demonstra interesse por ele e elogia seus lóbulos das orelhas.

Não que eu de fato *achasse* que ele fazia isso, considerando as coisas que ele disse ontem, mas... é legal ouvir isso.

Rafael fica por ali, conversando comigo por um tempo, até Gabriel aparecer. Ele acha hilário nós três termos sido transferida para uma das *villas* caindo aos pedaços na praia. ("Não serve nem para as baratas", diz ele), e falou que assistiu ao vídeo do

#FracassoDaLagosta de Rory. Ele é um pouco mais empático em relação ao vídeo, mesmo morrendo de rir ao se lembrar.

Quando uma sombra surge no cômodo e alguém para na porta, Rafael e eu paramos de fofocar sobre os *tortolitos*, que ele viu discutindo enquanto comiam ovos de café da manhã. É Gabriel, ali parado, sorrindo para mim com os olhos brilhando, e minha boca fica seca.

— *Hola*.

— Oi — respondo com a voz rouca.

— Vou deixar os *tortolitos* a sós, hum? — diz Rafael, piscando para mim.

Ele dá um tapinha no ombro de Gabriel ao sair, que continua encostado na porta aberta e sorrindo para mim por mais um instante.

Ele está vestindo uma calça jeans velha e desbotada e uma camiseta com gola V que exibe seus braços fortes, colada em seu peito largo. Achei que ele ficava bem sexy de uniforme, mas isso é... Uau.

Queria passar os dedos por seu cabelo escuro e...

Como se estivesse possuída por uma versão mais confiante e sedutora minha, já estou me levantando para fazer exatamente isso. Seu cabelo macio desliza pelos meus dedos e eu o puxo para um beijo. Um arrepio me percorre e suas mãos se acomodam em minha cintura, sua língua acariciando meu lábio inferior.

Interrompo o beijo primeiro. No entanto, Gabriel se inclina para a frente quando eu me afasto, com um gemido em protesto, seus lábios por fim se separando dos meus. Sinto-o sorrindo, e não me importo que suas mãos se apertem em volta do meu corpo para me impedir de ir a qualquer lugar.

— Pronto, era só isso — provoco, batendo com as mãos em seu peito. — Já pode voltar para casa.

Ele ri. É um som tão alto e sincero, que me envolve como se fosse um abraço.

— Me desculpa ter te arrastado até aqui no seu dia de folga. Não percebi, hum...

Ele nem encolhe os ombros, apenas continua sorrindo para mim.

— Fiquei feliz quando o Rafael ligou. Achei que você passaria o dia com suas amigas.

— Prometi me encontrar com elas na hora do jantar.

Ele me puxa de volta para mais perto com uma piscadinha atrevida.

— Só se eu puder te dispensar.

Meu coração dispara e tudo o que consigo pensar é: *estou acabada*.

~

Gabriel convence o pessoal da cozinha do resort a nos preparar um piquenique. Eles fazem sanduíches de frango em baguetes ainda quentes e macias, salada de frutas e até colocam uma garrafa de Cava, taças e tudo mais. A garrafa ainda está suando quando Gabriel a abre na praia.

Ele nos levou na direção oposta à de ontem, depois das *villas* e bem distante de qualquer hóspede perdido. As palmeiras são mais robustas aqui, e há um trecho de rochas perto do mar. Sentamos na areia, comemos o que veio na cesta de piquenique e tomamos nosso Cava, com o sol brilhando sobre nós. Está tudo quieto por aqui... é quase uma praia particular. Só dá para ver o bar da praia apertando bem os olhos. As pessoas são pontinhos ao longe.

— Você não vai me perguntar se Rory fez as pazes com Luna depois de ontem? — pergunto a ele depois de um tempo.

Gabriel ri, apoiando-se em um cotovelo e pegando um pedaço de manga da tigela de salada de fruta.

— Por favor, *corazón*, vocês sempre vão fazer as pazes. Vocês três são como... — Ele parou um momento para pensar. — Como o Doutor, Rory e Amy.

— Acho que Rory é Rory nessa analogia.

Ele ri, só percebendo depois que eu apontei.

— Acho que isso é um elogio — continuo. — Vou considerar como um elogio.

— *Claro que sí*. Vocês têm um laço forte, *sabes?* Se você não tivesse me falado, juraria que são amigas há anos. Uma briga não é nada. Mas estou feliz em saber que fizeram as pazes.

Digo a ele que Luna pediu desculpas e parece estar em crise por não ter nenhum amigo e por ter terminado com o namorado, e que Rory decidiu tirar o máximo de proveito do tal *#FracassoDaLagosta*. Gabriel morre de rir só de pensar no vídeo... ri tanto que chega a bufar, ofegar e perder o fôlego.

Talvez seja a risada menos atraente que já ouvi, mas é extremamente contagiante.

Sinto um frio na barriga ao pensar no quanto gosto mais de Gabriel agora que descobri algo sobre ele que *não* é perfeito.

Ai, meu Deus, por que gosto tanto dele?

Gabriel toma um gole de seu Cava.

— E o fato de ela ter tentado *voltar para a piscina* para pegar a maldita fantasia... — comento.

E ele engasga com a bebida, expelindo Cava pelo nariz e me matando de rir.

Caio de costas e preciso até me virar de lado, me afastando dele enquanto ele seca o rosto e tenta parar de tossir, e eu tento me acalmar. Acho que fiz xixi de tanto rir, e Gabriel *ainda assim* seria menos atraente nesse momento.

Quando nos controlamos e ele se arruma, minhas bochechas estão doendo. Meus olhos se fecham atrás dos óculos escuros.

— Você tem sorte de ter lóbulos tão adoráveis — digo a ele. — Ou eu já teria ido embora há tempos.

Ele joga uma uva em mim, que bate no meu nariz.

— Para — resmungo. — Não tenho mais energia para rir.

— E para isso?

Ele é bem *sedutor*. Com Cava saindo pelo nariz e tudo mais.

Gabriel se virou, de modo que fica debruçado sobre mim, com as mãos apoiadas de cada lado de meus ombros, e se abaixa *muito devagar* para me beijar. Seus lábios suaves passam de leve por meu queixo, beijam sob minha orelha, mordem gentilmente minha pele, sugam a parte inferior de meu pescoço. E eu *desfaleço*, soltando murmúrios. Minhas mãos agarram seus ombros e braços, depois passam por seu cabelo e acabam por dentro da sua camiseta...

A pele dele é quente e macia, e o quadril pressiona o meu. Deslizo minhas mãos por seu peito e tiro sua camiseta. Os lábios de Gabriel deixam minha pele pelo instante que ele demora para se livrar da camiseta, e eu lanço a ele um olhar provocativo e desinibido, compensando a escuridão de ontem à noite. Ele ri quando me vê, mas está ocupado retribuindo o favor, despindo-me pouco a pouco, beijando e acariciando meu corpo no processo. Ele se demora sobre cada um de meus seios, carinhoso de um modo que parece reverente, derretendo minha vergonha com sua boca e suas mãos.

Eu me arqueio na direção de seu toque, calor se espalhando em meu corpo quando suas mãos descem; ele murmura palavras românticas em uma mistura de inglês e espanhol pertinho de minha pele, elogios que me deixam tão delirante quanto seus dedos e as carícias de sua língua. Agarro seu cabelo, meu quadril se inclinando na direção dele enquanto sussurro seu nome. Em seguida, trago Gabriel de volta para cima para beijá-lo e tatear para abrir suas calças. Ele solta um gemido grave quando minha mão o envolve em carícias longas e lentas, e o som que ele faz agita meu coração, desfazendo o restante de minha insegurança. Puxo Gabriel para mais perto, envolvendo seus quadris com as pernas, e seguro seu rosto nas mãos, com areia nos polegares, contornando as linhas de seu rosto.

Ele pressiona a testa na minha, misturando nossa respiração, e eu tenho a mesma sensação de ontem à noite: que o que quer que aconteça depois, isso vale a pena, e *é repleto de significado.*

Não sou do tipo de garota que fica totalmente volúvel por causa de um garoto de que gosta, e não achei que era o tipo de garota que transava com um cara que só conhece há alguns dias, na praia — *duas vezes.*

Mas acontece que sou exatamente essa garota. E nunca estive tão feliz por isso.

Pelo jeito, também sou o tipo de garota que vai nadar nua com um garoto que ela conhece há cinco dias e com quem acabou de transar na praia.

Gotas de água do mar cintilam sobre a pele marrom de Gabriel. Com o cabelo molhado todo para trás, vejo que ele tem uma testa grande. Estou estranhamente empolgada por descobrir mais uma coisa que é um pouco menos perfeita sobre ele.

Ficamos boiando perto das pedras. A água está calma, ondas batendo de leve em nós. Mal consigo ficar na ponta dos pés aqui, mas os braços de Gabriel me seguram e meus pés não tocam no fundo. Faria uma piada sobre ele me tirar o chão, mas seria um pouco literal demais.

— Quis te beijar desde o dia em que te conheci — revela ele. — Quando me pediu aquela aula de drinques, quase disse não.

— É mesmo?

Ele assente, parecendo sério, mas um sorrisinho surge em seus lábios.

— Eu sabia que ia gostar de você. *Y me dio medo*. Me deu medo, *sabes*? É como eu disse, pouco tempo com você seria melhor do que ficar me perguntando o que teria acontecido. Nunca conheci ninguém que me faz querer ser... tão eu mesmo.

Ah, gente. Justo quando pensei que ele não podia ser mais fofo... Ele parece tão *vulnerável* agora, também, franzindo as sobrancelhas grossas e com um biquinho nos lábios. Não consigo resistir e dou um beijo nele.

— Para mim, é difícil me abrir com as pessoas também — confesso. — Luna e Rory, e você, são as primeiras pessoas com quem fui sincera em... nossa, *anos*. Eu nem contei para minha mãe e minha avó exatamente as dificuldades que venho tendo, estando fora, na faculdade. Não queria que elas pensassem que eu estava... sendo covarde. Desistindo.

— Você vai contar a elas?

— Sim, vou — respondo, decidida. — Meus amigos, que já não sei se são amigos de verdade, fazem tudo parecer uma competição, mas isso só me deixa para baixo. As pessoas que importam, como minha mãe, minha avó... até Rory e Luna... elas não vão ver isso como um desperdício, ou achar que sou uma decepção.

— O que vai fazer depois? — pergunta ele.

Sempre soube o que viria em seguida. Não como Luna, com seu plano de cinco anos e sua vida tão planejada, mas em termos de: *escola, vestibular, universidade, estágio, emprego*. É um caminho que foi trilhado pelos milhares de estudantes que vieram antes de mim, e eu o estava seguindo sem pensar muito.

Seguro um pouco mais forte o pescoço de Gabriel, ambos flutuando com uma nova onda. Uma risadinha escapa de meus lábios quando sorrio, e o beijo.

— Não sei — digo. — Isso não é empolgante?

E então, roubando um pouco dessa coragem recém-descoberta a respeito do meu futuro, pergunto a Gabriel por que ele quis me beijar naquela primeira noite em que nos conhecemos.

— Gostei da expressão em seu rosto.

— Quer dizer, boquiaberta, secando o quanto você é sarado? — pergunto.

Ele ri, mas se sente lisonjeado.

— Você pareceu ser o tipo de pessoa que... — Ele demora um minuto para encontrar as palavras. — Que não leva desaforo para casa. Que sabe quem é, que sabe o que quer e ninguém pode tirar isso de você.

Bem, agora *eu* estou lisonjeada.

Acho que essa é a coisa mais legal que alguém já me disse.

— *Gracias*.

Seus olhos estão semicerrados e ele me puxa para mais perto, seus dedos nas laterais de meu corpo.

— Gosto quando você fala espanhol, *corazón*.

— Gosto quando você me chama assim.

Noto a mudança na conversa antes de ele falar de novo, a seriedade que deixamos que se espalhasse por nosso flerte e confissões.

— Você... — Gabriel hesita, olhando para baixo, uma ruga aparecendo em seu belo rosto. Sinto sua coluna enrijecer e os ombros ficarem tensos. — Você vai embora amanhã.

— Vou — murmuro.

Entendo o que ele está tentando dizer, e sinto meu coração disparar. Mas, de alguma forma, engulo o nó em minha garganta.

— Poderíamos continuar em contato, talvez — sugiro. — Se... se você quiser. Quer dizer, eu... eu gostaria.

Gabriel pressiona a testa na minha mais uma vez, e seus lábios pairam sobre minha pele. Ele me puxa para mais perto e eu o envolvo com as pernas.

— Eu também gostaria, *corazón*.

Eu o beijo mais uma vez, e nunca fui tão feliz por ser *esse* tipo de garota.

CAPÍTULO TRINTA E SETE
LUNA

— Terminou?
— Acho que sim.

Peguei algumas páginas do fim do caderno de Rory emprestadas, por insistência dela, para fazer uma lista de prós e contras de meu relacionamento com Liam. Depois de seu pequeno discurso motivacional antes do almoço, admiti que eu esperava que esta semana de alguma forma curasse meu coração partido em um passe de mágica, mas estou com um pouco de medo de que, quando voltar para casa, eu veja uma mensagem de Liam ou encontre com ele em algum lugar, e acabe cedendo e suplicando para ele voltar comigo.

Mas Rory declarou:

— *Não*. Você sabe do que precisa? De uma boa e velha lista de prós e contras.

Precisou de muito convencimento para eu fazer isso.

Em parte porque estava com medo do que encontraria. (E se houvesse tantos prós que eu me desse conta de que cometi o maior erro do mundo e ele não me aceitasse de volta, como me preocupei a semana inteira? E se *não* houvesse tantos prós como eu imaginava, provando quanto tempo perdi e que fui uma tola em ficar com ele?)

Mas, para ser sincera, só serviu para eu me sentir uma pessoa horrível. Gosto de planejar. Gosto de listas. Mas reduzir Liam e nosso relacionamento de quatro anos, e todos os planos que eu tinha de casar e ter filhos com ele, e a forma como eu imaginava nossa vida juntos... Reduzir tudo isso a uma *lista* pareceu errado.

Levei um século para colocar três itens na lista, mas quando peguei o ritmo, ficou assustadoramente fácil acrescentar mais e mais, uma profusão de meses sentindo que não sabia mais quem ele era, me sentindo deixada de lado e inferior, não encaixando em sua nova vida na faculdade. Rory estava certa quando disse que eu devia ter mordido a língua muitas vezes perto de Liam em vez de ser sincera com ele sobre algo que ele havia feito e que havia me chateado ou irritado.

A maior parte da lista consiste em momentos passageiros pelos quais parece até mesquinho guardar rancor, mas que colaboraram para algo maior, algo que me fez surtar e terminar o nosso namoro, incapaz de aguentar mais.

Agora, passo os olhos pelas três páginas de "contras". Rory me observa.

— Isso meio que se tornou uma longa divagação incoerente — confesso em um murmúrio, um pouco constrangida.

Estou recostada, revisando o que escrevi nas páginas. Eu me encolho, resmungando e empurrando o caderno para a beirada de minha toalha.

— Nem preciso do júri cibernético para me julgar. Minha nossa. Por que você me fez fazer isso? Não, não *leia*.

Mas é tarde demais. Rory já pegou o caderno e o está folheando.

Ela ergue as sobrancelhas para mim e rebate:

— Ei, se você pode xeretar, eu também posso.

Enterro o rosto nas mãos, puxo os joelhos até a testa e resmungo de novo.

— Amiga... — diz Rory depois de um momento — você *certamente* não é a errada aqui. Nem vou mencionar a traição, obviamente, mas está de brincadeira? Ele tinha dinheiro para sair com os amigos e comprar videogames, mas não para te dar um *presente de Natal*? Está de sacanagem? Que *babaca*. Meus Deus. Me desculpa, srta. Lola, mas como você aturou esse cara por quatro anos? Ele parece terrível. Aff. Você está *muito* melhor sem ele.

Meio que espero me encolher de novo, e estou pronta para defendê-lo, mas as palavras fogem quando percebo que *não* estou constrangida.

Estou... aliviada.

Estou aliviada.

Estou *feliz* por ela pensar essas coisas dele. Estou feliz de Rory ter olhado a lista de prós e contras, lido as coisas gentis e adoráveis de que sinto falta nele, e ainda assim acreditar que estou melhor sem ele.

Ela acha que ele é um babaca. E terrível. E que eu *aturava ele*.

— Quer saber de uma coisa? — digo de repente, me sentando com o corpo mais reto. — Você tem razão. Eu estou *mesmo* melhor sem ele. Ele nunca ia mudar. Não por mim, não comigo. Ele só me deixava *cansada*, e que tipo de relacionamento é esse? Que tipo de pessoa eu seria se ficasse com ele?

— Você estaria se conformando — concorda Rory. — É isso! E ficaria triste e ressentida, e se divorciaria depois de ter o terceiro filho quando ele esquecesse de comprar "o grande presente" para o aniversário de dez anos do primeiro, e a essa altura todo o estresse teria te deixado com rugas, cabelo grisalho e peitos caídos.

Fico boquiaberta e agarro meus peitos.

— Não diga essas coisas horríveis. — Abro um sorriso, no entanto, e digo com mais suavidade: — Talvez eu devesse ter terminado com ele há muito tempo.

— Não. Não, não. Não fica se preocupando com essas coisas. Veja, vocês dois tiveram uma coisa legal juntos, mas isso acabou, e agora você vê que é um ótimo partido e supera ele. E, para ser sincera, você *realmente* precisa superar esse cara. Bem, você achou que Zoe estava saindo com Liam. *Zoe*. A monitora das *crianças*.

Eu rio, mas de repente se transforma em um suspiro lamentável de humilhação. Sinto minhas bochechas queimarem.

— Por favor, não me lembra disso.

Rory franze o rosto, os olhos castanhos brilhando.

— Hum, você deu uma surtada. Mas está tudo bem. — Ela dá tapinhas em minha perna. — Acontece nas melhores famílias.

~

Recebo um discurso motivacional parecido de Jodie quando ela nos encontra para jantar. Seu cabelo está opaco devido à água do mar e à areia, suas roupas estão amassadas. Ela parece tão feliz consigo mesma que logo entendemos que sua tarde com Gabriel foi muito boa.

Então ela e Rory ficam me fazendo perguntas sobre meu relacionamento com Liam até eu sentir que elas sabem tudo sobre nossos quatro anos juntos.

E *elas têm razão.*

Eu mereço coisa melhor.

Liam me fez feliz por um tempo, mas não perto do fim. Não de verdade, e não o suficiente. E não é culpa dele. (Bem, é, *sim*, mas... não completamente.) O que eu quero dizer é que tenho certeza de que ele vai fazer outra pessoa muito feliz um dia, talvez. Mas essa pessoa não sou eu, e está tudo bem.

— Não estou dizendo que preciso de alguém melhor do que Liam — declaro, espalmando as mãos sobre a mesa.

Rory coloca alguns profiteroles na boca e tenta dizer alguma coisa, mas logo balança a cabeça e deixa para lá enquanto mastiga.

— Só estou dizendo que preciso de alguém *diferente*. Sou uma mulher adulta — acrescento.

Jodie assente e Rory dá um tapa na mesa.

— E eu fiz a coisa certa — declaro. — Mereço alguém que *combine* comigo, e que não me canse.

— Ah, querida, você precisa de alguém que te canse — rebate Rory. — Só que, sabe... Do jeito *certo.*

Jodie cai na gargalhada.

— Você tem razão! E eu *posso* ficar sozinha — continuo. — Não preciso de Liam por perto para me fazer feliz, porque ele não me fazia mais feliz. Estou *bem melhor sem ele.*

E, pela primeira vez, não sinto que isso é algo que se eu disser o bastante, se eu fingir com convicção, posso tentar me convencer.

Digo isso porque é *verdade.*

CAPÍTULO TRINTA E OITO
RORY

Gabriel, graças a Deus, nos ajuda com nossa bagagem na *villa*. Ele acompanhou Jodie de volta pela manhã (de... onde quer que tenham passado a noite) e ficou por lá para nos dar uma mão com nossas coisas.

Só por isso, ele é o novo padrão pelo qual vou medir todos os interesses românticos de minha vida.

(Depois que Jodie ficou um pouco com a gente após o jantar, muitíssimo radiante e com um enorme sorriso no rosto, ela voltou para encontrar Gabriel. E só posso imaginar, a julgar pelo fato de que ainda está sorrindo e cantarolando consigo mesma, fazendo a mala e se aprontando, que foi uma noite *muito* boa.)

Quando digo que Gabriel está ajudando com nossas coisas, quero dizer principalmente as minhas.

Tenho que admitir a derrota e pedir para as garotas me ajudarem a refazer minha mala. Não tenho ideia de como Hannah conseguiu colocar tudo lá dentro. Luna faz o possível para me ajudar a enrolar as roupas do menor tamanho possível, mas ainda acabo com um punhado de sutiãs e calcinhas na mala de mão. No fim, Jodie precisa sentar em cima da minha mala, com Gabriel brigando com os zíperes para fechá-la.

Também não me lembro de minha mala estar *tão* pesada assim quando chegamos.

— Devem ser todas as lembranças que você está levando de volta — brinca Luna.

— Eu juro que se você começar com essas baboseiras emocionais, vou deixar de ser sua amiga no *segundo* em que aquele avião pousar.

Ela apenas ri.

Na recepção do hotel, pego minha mala da mão de Gabriel. Ele e Jodie ficam para trás. As mãos dela agarram a camiseta dele como se ela fisicamente não conseguisse suportar largar, puxando-o para mais perto e aproximando a cabeça um do outro, conversando em voz baixa. Os lindos, lindos braços de Gabriel estão envolvendo Jodie, os polegares acariciando as costas dela.

Não consigo decidir se é meloso demais ou o gesto mais romântico que já vi.

Isso me faz desejar um pouco ter alguém assim para ficar juntinho de mim.

Quando parece que eles vão se beijar, eu me viro para lhes dar um pouco de privacidade para se despedirem, seguindo Luna para entrar na fila da recepção para fazer o check-out. É um processo lento... as pessoas estão pegando seus pertences e assinando um documento que diz que receberam todos os seus aparelhos eletrônicos. Os recepcionistas perguntam a todos como foi sua estadia e conversam sobre as atividades de que cada hóspede participou.

Acho que é algo legal, mas simplesmente bufo para Luna e reviro os olhos.

— Srta. Rory.

Ah, que maravilha.

Exatamente o que eu queria. Uma última chance para Esteban me encher o saco por ter arruinado seu hotel.

Ele sorri para mim, parecendo muito mais calmo do que ontem.

— E srta. Lola. *Bueno.* Acredito que ambas tiveram uma estadia agradável?

Luna apenas lança a ele um olhar que aterrorizaria qualquer um. E, para o meu profundo choque e admiração, com toda a autoconfiança que ela teve na noite passada quando estava falando sobre ficar solteira, ela responde, em um tom de voz arrogante que faria minhas *irmãs* tremerem:

— Não tenho certeza de que "agradável" é a palavra, Esteban, dado que ficamos em uma cabana que parecia que ia desabar a qualquer momento, tivemos nossos quartos inundados, e fomos *banidas* de certas atividades.

Ela está canalizando sua Rainha do Gelo interior e, sério, é a melhor coisa do mundo.

O rosto de Esteban se contrai.

— Como discutimos durante a semana, a visita de vocês ao parque aquático foi...

— Me poupe — diz ela, erguendo a mão com a palma para fora. Ela até faz uma virada teatral com a cabeça, fechando os olhos por um momento. Não tenho ideia de onde isso veio de repente, mas é dramático para caramba e eu *adoro*. — Já ouvi o suficiente sobre as regras de seu hotel por uma semana. Tudo ficou perfeitamente claro nas letras miúdas.

Ele franze os lábios.

— Tirando isso — continua ela com uma alegria repentina —, foi uma estadia adorável.

— Fico feliz em ouvir isso, srta. Luna — responde ele, ríspido.

Fico boquiaberta. Ele... ele acertou o nome dela, né?

Aquele idiota espertinho...

Luna abre outro sorriso digno de Rainha do Gelo e se vira, deixando a impressão de que vai escrever uma avaliação terrível no Tripadvisor quando chegar em casa.

Esteban pigarreia e diz alguma coisa para mim, mas eu sou mais rápida. Estou tão cansada desse seu jeito — ainda mais depois que ele não se desculpou ontem pelo incidente na piscina, e depois que Luna o colocou em seu devido lugar.

— Eu estava pensando — digo. — Depois do... problema... com Larry, a Lagosta, acha que poderia me mandar a cabeça dele?

Esteban dá uma risadinha descrente, incapaz de esconder a surpresa.

— Como é?

— A cabeça. A cabeça da fantasia. Vou deixar meu endereço com vocês. Poderia mandá-la pelo correio? Veja como... um gesto de boa vontade.

— Não tenho certeza.

— Vamos ter que tomar vacinas contra tétano — reclama Luna em voz alta. — Não estou convencida de que aquela *villa* era segura. E as farpas... Nossa, a coceira por causa dos lençóis...

Não houve coceira por causa dos lençóis. Nem farpas. E certamente não precisamos de reforço contra tétano agora.

Mas antes que eu pudesse olhar para ela como se estivesse ficando maluca, Esteban retruca:

— *Señorita, claro que sí,* srta. Rory. Vou garantir que isso seja providenciado para você, depois que mandarmos lavar a fantasia.

— *Muchas gracias,* Esteban. Você é muito gentil.

Coloco um sorriso cheio de dentes no rosto, olhando para Esteban até ele desmoronar.

— Bem, *señoritas,* fico feliz em saber que desfrutaram de sua estadia aqui no Casa Dorada. Esperamos que retornem logo — diz ele.

Ele se afasta para falar com um casal perto das portas.

— Não é muito provável, amigo — zomba Luna.

— Não sei do que você está falando — digo a ela. — Vou arrastar vocês duas de volta ano que vem. Podemos esconder os celulares da próxima vez. Vai render vídeos incríveis para o TikTok.

~

Tampo a caneta e assinto mais uma vez, satisfeita por agora ter conseguido.

— Certo. O que vocês acham?

Seguro o caderno no alto para mostrar a elas. Jodie e Luna estão do outro lado da mesa em uma das cafeterias do aeroporto, com copos de papel com um chá não tão gostoso e doces de baixa qualidade, debruçadas sobre o celular de Luna. Ela acabou de fazer a descoberta constrangedora de que, quando reservou sua viagem completamente bêbada, de alguma forma *escreveu errado o próprio nome*, e por isso todos os funcionários a chamavam de Lola. Jodie não consegue parar de rir.

Pegar meu celular de volta foi estranhamente prazeroso, mas minha mente estava indo a mil quilômetros por minuto. Fiz um rápido resumo do *#FracassoDaLagosta* e de minhas contas nas redes sociais. Estou agora com 24,7 mil seguidores no Instagram e meus seguidores do TikTok aumentaram cinquenta por cento, o que me deixa muito empolgada. Atualizei minha bio para declarar que, sim, eu sou a Garota Lagosta. Há mais de 3,5 milhões de visualizações no vídeo do TikTok.

Recebi o que parecem centenas de mensagens de meus amigos sobre o vídeo, e um monte de mensagens diretas, mas estou menos preocupada com isso agora.

Ainda nem dei uma olhada nos comentários no meu perfil.

Luna teve uma ótima ideia sobre eu assumir essa nova identidade. Mal posso esperar para postar uma foto minha (com boa aparência, dessa vez) com a cabeça de Larry, a Lagosta, quando ela chegar. Talvez fazer algumas dancinhas usando ela. Preciso tirar o máximo de proveito disso, e é exatamente o que vou fazer.

Seguro o caderno para mostrar a elas a caricatura que acho que por fim ficou boa, com base no desenho que fiz no Clube Infantil outro dia. É uma caricatura minha, encharcada e segurando a bermuda rasgada, com uma lagosta laranja gigantesca se afogando na piscina ao lado.

— Eu não sabia que você era *mesmo* boa nisso! — grita Jodie, tirando o caderno de minha mão para ver melhor. — Achei que você só dava um jeitinho no Photoshop! Isso é incrível!

— Você acha? — pergunto.

— Ela está *tão* parecida com você — elogia Luna.

— Essa é a ideia.

— Está *tão* bom — diz ela com admiração, olhos arregalados e um sorriso.

— Qual é o plano, então? — questiona Jodie.

— Vou transformar nosso amigo, Larry, a Lagosta, em minha marca enquanto ainda está viralizando. Acho que vou postar algumas fotos desse tipo de desenho dele, aumentar as curtidas, conquistar esses seguidores... E transformá-lo em uma espécie de quadrinho para tentar promover algumas de minhas outras artes.

Abaixo o caderno, trocando-o por meu celular agora e abrindo meus e-mails. Está provavelmente cheio de lixo eletrônico, mas...

Minha nossa.

Minha. Nossa.

Solto um grito que faz as duas meninas pularem e várias pessoas olharem. Levo a mão à boca e agito a outra para elas duas.

— Gente. Gente. Ai, meu Deus, olhem para isso. Vejam! — Enfio o celular embaixo do nariz delas, mas antes que elas possam ver, já estou berrando: — Eu vendi tudo! Minha lojinha on-line! Vejam todos esses pedidos de reposição! *As pessoas estão comprando minha arte.*

Isso não está acontecendo. Isso não está acontecendo.

Está acontecendo. Está acontecendo mesmo, e eu... eu não posso... é...

Solto uma longa lufada de ar, tentando me equilibrar e não me deixar levar. Isso é loucura. Um tipo *incrível* de loucura.

Isso tudo está acontecendo. E eu sei que são meus quinze minutos de fama, mas isso não quer dizer que eu não posso aproveitar depois disso. Foi apenas um empurrãozinho na direção certa.

Não foi o melhor dos empurrões, certo, e nem o que eu escolhi, mas, olha... posso tirar proveito disso.

E com certeza vou.

Toda a minha família viu o vídeo — e minha arte nas redes sociais. No grupo da família no WhatsApp, minha mãe disse que talvez eu devesse fazer faculdade em uma área mais criativa, afinal, e disse que eles estão orgulhosos de mim por "toda a iniciativa e esforço que vim fazendo, quando eles achavam que eu só estava rolando a tela do celular!".

Então acho que esse é um bom começo para o grande discurso "mãe, pai, desculpa, mas não quero estudar Direito, é o sonho *de vocês*, não o meu!" que eu estava pensando que teria que fazer para eles.

Hannah e Nic descobriram alguns dos comentários das pessoas no meu Instagram, perguntando quando os itens de minha loja seriam repostos, e se eu aceito encomendas, mandando-me prints de tela deles. Hannah se ofereceu para me ajudar com as finanças para garantir que eu estou cobrando o "bastante". Nic quase só me mandou seus tweets preferidos sobre o vídeo do *#FracassoDaLagosta* e me disse como isso tudo era incrível.

E é.

É tão incrível.

— Ai, minha nossa — sussurra Luna. — Caramba. Gente. Gente!

Ela dá um tapa no braço de Jodie e balança o dedo na minha cara, arregalando os olhos, encarando o celular.

— O que foi?

— Bem, eu olhei a conta que postou o primeiro vídeo do Fracasso da Lagosta no YouTube. Vocês *nunca* vão adivinhar quem foi.

Ela olha pra nós, celular junto ao peito, um tipo enlouquecido de brilho nos olhos. Seja o que for, tem que ser bom. Talvez alguma celebridade que não sabíamos que estava hospedada no hotel e não conhecemos.

E então ela diz:

— *Esteban.*

Grito (de novo), fazendo várias cabeças virarem no aeroporto (de novo) e nós pegamos o celular dela. E, sim... lá está, claro como o dia: uma conta que pertence a um tal Esteban Alvarez, e um sorriso espertinho e familiar com bigodes retorcidos na foto de perfil.

— Isso não pode ser verdade — sussurra Jodie, morrendo de rir, quase dobrando o corpo. — Ai, meu Deus, parem. Tirem isso daqui. Eu vou fazer xixi nas calças!

Aquele idiota ridículo.

Mas não posso evitar o sorriso em meu rosto enquanto gargalho com Jodie e Luna e penso: estou tão feliz de poder ter compartilhado tudo isso com elas.

CAPÍTULO TRINTA E NOVE
JODIE

— Certo — diz Luna, toda séria e em modo planejadora, seu modo preferido.

Acabamos de passar pelo portão de desembarque. Ainda estou me sentindo um pouco abalada devido ao voo. Pegamos um pouco de turbulência, o que não foi nada divertido, mas as garotas foram muito empáticas a esse respeito e não fizeram nenhuma piada. Rory segurou minha mão e eu fiquei muito feliz com o pedido de Luna para sentarmos juntas quando fizemos o check-in.

— Agora — continua Luna. — Vocês duas me adicionaram no Facebook e me seguiram no Twitter?

— E no Instagram — digo, tendo criado contas no ônibus, indo do hotel ao aeroporto.

— E no TikTok — acrescenta Rory.

Luna digita em seu celular.

— E... fiz um grupo no WhatsApp. E todas pegamos os números umas das outras.

— Isso.

Ela abaixa o celular, acenando com a cabeça e sorrindo para nós.

— Ah! Não posso acreditar que essa semana já acabou! Não acredito que só conheço vocês duas há uma semana!

— Se você começar a chorar... — brinca Rory.

Luna balança a cabeça. Acho que ela está de fato à beira das lágrimas.

— Cala a boca. Vou sentir tanta falta de vocês!

— Vou mandar mensagem para vocês assim que entrar no trem, sério — falo. — Vocês vão enjoar de mim antes de sentirem a minha falta.

Nós três trocamos abraços de despedida pelo que deve ser a oitava ou nona vez.

No entanto, concordo com Luna. Não parece que nos conhecemos apenas há poucos dias, ou que a essa hora na semana passada éramos totais estranhas.

Algo me diz que toda essa conversa sobre trocarmos mensagens e nos visitarmos, sairmos e termos um grupo no WhatsApp não é só uma promessa vazia que vai se transformar em meras mensagens de "Feliz aniversário" uma vez por ano e curtidas em posts nas redes sociais de vez em quando.

Elas parecem ser amigas para a vida toda.

E eu não tenho amigas assim há muito tempo.

Confesso que senti uma pontada de inveja da fama repentina de Rory na internet e seu recém-descoberto sucesso como artista — mas esse sentimento não durou muito. Ainda mais porque estou animada por ela, já que as coisas parecem estar saindo do jeito que Rory deseja.

O que, para mim, é uma nova sensação.

Estou tão acostumada a competir com meus amigos.

É uma boa mudança.

— Rory! — grita uma voz. — Rory! Ei! Garota Lagosta!

Todas olhamos em volta. Uma mulher loira com o rosto redondo, nariz parecido com o de Rory, usando um casaco caro e sapatos de salto alto, está acenando para ela.

— Essa é a Hannah — diz Rory. — Parece que minha carona chegou!

— Garota Lagosta, quem são suas amigas? Que marca você está vestindo? Cuidado com os paparazzi!

— Ai, meu Deus — murmura Rory. Suas bochechas estão vermelhas e ela abre um sorriso estranho quando se dá conta de que as pessoas estão olhando. — É melhor eu ir antes que ela comece a fazer escândalo.

Ela nos abraça de novo antes dar um chute em sua mala e arrastá-la, indo na direção de sua irmã. Elas se abraçam, trocam beijos no rosto, e Rory tenta entregar a mala para a irmã. Hannah dá um peteleco no chapéu de Rory, ri e sai andando.

Rory se vira com um floreio, segurando seu chapéu na cabeça.

— Amo vocês, suas bobonas! Tchau, srta. Ro-di, srta. Lola! — grita ela para nós, e joga um beijo antes de sair com sua irmã do aeroporto.

O celular de Luna vibra e ela olha ao redor, soltando o ar quando vê alguém.

— Ah! — diz, empolgada. — Minha carona também chegou.

Acompanho seu olhar, avistando um garoto baixinho e gordinho usando óculos com armação marrom, acenando para Luna com um olhar levemente entediado e irritado que só pode significar que deve ser seu irmão mais velho.

— Parece que é sua deixa para ir para casa — respondo. — Te vejo em breve?

— Sim! Com certeza!

Nós nos abraçamos de novo — quantas vezes foram, dez? — e Luna respira fundo como se estivesse se preparando.

— Tem certeza de que não quer uma carona até a estação de trem? Meu irmão não vai se importar.

— Não tem problema. Eu já comprei a passagem de ônibus. E não é caminho para você, de qualquer modo.

— Se você insiste... Bem... Até mais.

Espero ela chegar na metade do caminho até a porta antes de mandar uma mensagem: Já estou com saudades, bjs.

Luna para e verifica o celular. Ela se vira, rindo, e acena por sobre o ombro, indo embora.

É minha vez agora, eu acho.

É estranhamente agridoce vê-las partir. Foi a mesma coisa na despedida de Gabriel. Prometemos mais uma vez manter contato.

— Gosto muito de você — disse ele, antes de eu fazer o check--out. — Eu poderia me apaixonar por você, Jodie.

— Não diga essas coisas.

— Por que não? É verdade.

— Eu sei. Mas isso faz eu não querer ir embora.

Só que eu fui embora, e tem uma mensagem dele esperando uma resposta em meu celular, perguntando como foi o voo e dizendo que esperava que eu tivesse chegado bem em casa. (Com quatro beijos.) (Não que eu esteja contando. Mas estou.)

Não consigo me ver perdendo contato com Rory ou Luna tão cedo. E, para ser sincera, também não quero perder Gabriel. Eu me sinto tão boba admitindo isso, dado que mal o conheço, mas... houve algo tão *real* entre a gente. Talvez eu seja uma tola ingênua, ou ele descobriu uma romântica dentro de mim, mas...

Eu gostaria de pensar que *tem* alguma coisa entre nós.

E ele também parece sentir o mesmo.

Essa última semana pareceu durar anos.

E, não sei, mas apenas me sinto... diferente.

Como uma nova Jodie.

Acho que minha avó estava certa: férias eram exatamente o que eu precisava.

O portão de desembarque está começando a esvaziar e eu me dou conta de que é mesmo hora de ir. Guardo o celular no bolso, com planos de responder a Gabriel quando eu estiver no trem, e ajeito a bolsa no ombro, seguindo na direção da rodoviária do lado de fora, arrastando a mala atrás de mim.

— Com licença — diz uma voz familiar demais, fazendo-me parar de repente. — Aonde você acha que está indo?

Minha mãe entra na minha frente, braços cruzados, chaves do carro penduradas no dedo, olhando para mim toda animada.

— O que está fazendo aqui? — pergunto.

— Que jeito ótimo de cumprimentar sua mãe! Que tal, oi, mãe, que bom te ver, obrigada por vir me buscar e me poupar de uma viagem de ônibus e outra de trem? Você nem acenou para mim, de tão ocupada que estava conversando com suas novas amigas. Não vai me dar nem um abraço?

Eu dou risada, ainda sem acreditar, e a abraço. Não somos uma família de fazer surpresas, então isso me surpreendeu muito.

— Pensei em vir te buscar! Hum? É uma boa surpresa, não é? Podemos ir para a casa da vovó para você poder vê-la. Achei que você quisesse ir direto daqui para um chá com conversa. E mesmo se não quiser, *nós* estamos morrendo de vontade de ouvir tudo sobre sua semana fora! Tão corajosa!

— Obrigada, mãe. E isso parece ótimo, você tem razão.

— E quando eu não tenho? Me dê isso. — Ela pega minha mala e nós saímos. — E então? Como foi? Você está bem bronzeada. Parece bem *relaxada*.

— Foi...

Penso por um minuto. A última semana tinha sido muitas coisas, uma montanha-russa tão grande que mal sei por onde começar.

— Quer saber, mãe? Foi perfeito.

Luna Guinness criou o grupo

Luna Guinness
Eeeeee um grupo de WhatsApp criado!

PS: aqui está o link para aquele resort em Portugal que estávamos vendo para nossas próximas férias! Eles estão com uma boa promoção, se reservarmos logo.

Jodie Davenport
Perfeito! Obrigada, Luna. Vamos reservar!

Rory Belmont
Vamos

Nem preciso suplicar para os meus pais por dinheiro agora que estou rica por ter vendido todos os produtos da minha loja rs

Todos os dezesseis itens bjs

Jodie Davenport
Dezesseis a mais do que ontem!!!

Luna Guinness
Quero prioridade quando você repuser aquela paisagem de Tenby, por sinal! Está chegando o aniversário do meu avô e ele vai amar

Rory Belmont mudou o nome do grupo para:
"Casa Nada Dorada"
Rory Belmont colocou o apelido de Luna Guinness
como "Seu nome era Lola"
Rory Belmont colocou o apelido de Rory Belmont
como "Garota Lagosta"
Rory Belmont colocou o apelido de Jodie Davenport
como "Vadia da sangria"

Vadia da sangria
Por que eu sou a vadia da sangria????

Garota Lagosta
Hum, você fez sexo selvagem e incrível com um bartender espanhol na praia.
Mas também nunca vi ninguém personificar tanto o emoji com coraçõezinhos nos

olhos como você sempre que via uma jarra de sangria, então

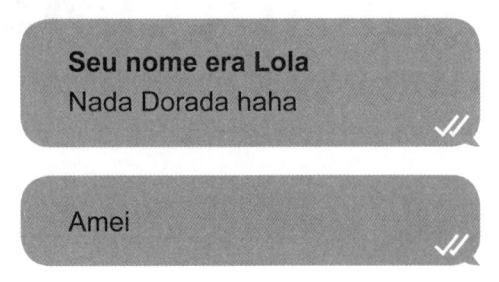

Seu nome era Lola
Nada Dorada haha

Amei

Luna Guinness colocou o apelido de Jodie Davenport como "Steve Irwin"
Jodie Davenport colocou o apelido de Jodie Davenport como "Vadia da sangria"

Vadia da sangria
Ah, eu meio que gostei dessa versão de mim

E adivinhem quem tem um encontro por FaceTime com o Gabriel amanhã à noite?!

AGRADECIMENTOS

Para ser sincera, acho que eu não conseguiria ficar uma semana sem meu celular tão bem quanto Luna, Rory e Jodie — mas se eu tivesse que ficar, sei quem são as amigas que me fariam esquecer da internet e que merecem um agradecimento por sempre estarem por perto. Lauren e Jen, sinto saudade de vocês e agradeço por tê-las em minha vida. As Goggle Gals, onde estaríamos sem as atualizações da vida que passam completamente sem serem mencionadas por semanas e os *brunches* cheios de risadas e noites de jogos? (Hannah e Ellie: não foi no Casa Dorada, mas fico feliz por termos ficado juntas durante *aquela coisa toda* e depois saído para o mundo como melhores amigas.) A Aimee, a amiga da vida toda que eu amo. O Cluster/Squad Ghouls: amo vocês, nerds. O que são alguns milhares de quilômetros e alguns fusos horários quando temos um grupo no WhatsApp?!

Uma mensagem e um abraço especial para a turma de física: duas das personagens principais deste livro estão lutando com as grandes mudanças de vida que a universidade traz e o impacto que ela tem em suas amizades, eu de verdade não consigo imaginar aquela época da minha vida sem vocês. Sério... com quem eu teria ficado bêbada no caminho para uma balada, ou chorado na biblioteca, ou tido discussões profundas sobre a Perdição de Valíria, em vez de me certificar de que aprendi sobre a lei de Planck para radiação do corpo negro antes de uma prova? Com quem eu ainda estaria rindo sobre memes bobos e jogos de adivinhações todos esses anos depois? Katie, obrigada por sempre estar do outro lado da tela me fazendo sorrir; sei que posso confiar em você para compartilhar meus padrões quando se trata de pernoite, ainda mais quando envolve um colchão inflável. E Amy, você não está tão feliz por termos nos unido por meio de diários acadêmicos depois de sermos colocadas no mesmo grupo de tutoria na semana dos calouros, agora que você me tem em sua vida para te irritar e te enviar todos os TikToks *goblincore*? Não está??? Amo muito vocês, minha maravilhosa turma de Física.

Como sempre: um grande obrigada à minha família. À minha mãe e ao meu pai, a Gransha (que encontra fãs de meus livros em qualquer lugar!), à minha tia, ao meu tio e à minha irmã, Kat: muito amor a todos vocês, e obrigada por sempre apoiarem meus livros. Além disso, a Katie e Harriet: por um lado, sinto muito por nossas férias não envolverem epifanias de mudar a vida e bartenders gatos, mas... Vai, quem não ama hidroginástica?!

E, é claro, nenhum livro está completo sem um ENORME agradecimento à equipe dos bastidores. Clare, você é uma verdadeira estrela do rock, e eu não poderia ter feito nada disso sem você. A Naomi e Sara, obrigada por acreditarem no meu livro e ajudarem a trazer as garotas à vida comigo, e ao restante da equipe da PRH UK — obrigada por levar este livro às estantes!

DIREÇÃO EDITORIAL
Daniele Cajueiro

EDITORA RESPONSÁVEL
Mariana Rolier

PRODUÇÃO EDITORIAL
Adriana Torres
Júlia Ribeiro
Beatriz Rodrigues
Juliana Borel

REVISÃO DE TRADUÇÃO
Alice Cardoso

REVISÃO
Isabela Sampaio
Thais Entriel

DIAGRAMAÇÃO
Douglas Watanabe

ESTE LIVRO FOI IMPRESSO EM 2025, PELA CORPRINT, PARA A LIVROS DA ALICE.
O PAPEL DO MIOLO É IVORY 65G/M² E O DA CAPA É CARTÃO 250G/M².